RAIMUND A. MADER

Roter Herbst

HERZ DER DUNKELHEIT Kommissar Adolf Bichlmaier flüchtet aus Regensburg, um in einer öden Moorlandschaft zu sich zu finden. Doch er erkennt schnell, dass er den Geistern der Vergangenheit nicht entkommen kann. Als im Moor eine grausam entstellte Leiche entdeckt wird, sieht er sich mit einem neuen Fall konfrontiert. Die Ermittlungen rufen Erinnerungen an ein Ereignis hervor, das Bichlmaiers Leben vor vielen Jahren auf den Kopf gestellt hat. Gibt es eine Verbindung zwischen dem, was sich damals zugetragen hat, und dem jetzigen Mordfall? Und welches Geheimnis hütete das Mordopfer, das der Auslöser für dessen brutale Ermordung war? Gemeinsam mit seiner Kollegin Amanda Wouters verfolgt Adolf Bichlmaier eine Spur, die sie tief in die frühen Jahre einer vom Terror erschütterten Bundesrepublik führt.

Raimund A. Mader, geboren 1952 in Bad Tölz, lebt seit vielen Jahren in der nördlichen Oberpfalz. Er studierte Anglistik und Germanistik in München und Seattle/Washington. Heute arbeitet er als Gymnasiallehrer in Weiden. Mit dem Kriminalroman »Roter Herbst« setzt er seine Serie um den Regensburger Kommissar Adolf Bichlmaier fort.

Bisherige Veröffentlichungen im Gmeiner-Verlag:
Schindlerjüdin (2010)
Glasberg (2008)

RAIMUND A. MADER

Roter Herbst

Kriminalroman

GMEINER *Original*

Personen und Handlung sind frei erfunden.
Ähnlichkeiten mit lebenden oder toten Personen
sind rein zufällig und nicht beabsichtigt.

Besuchen Sie uns im Internet:
www.gmeiner-verlag.de

Im Ehnried 5, 88605 Meßkirch
Telefon 07575/2095-0
info@gmeiner-verlag.de

1. Auflage 2013

Lektorat: Sven Lang
Herstellung: Mirjam Hecht
Umschlaggestaltung: U.O.R.G. Lutz Eberle, Stuttgart,
unter Verwendung eines Fotos von: © wankahanka / photocase.com
Druck: GGP Media GmbH, Pößneck
Printed in Germany
ISBN 978-3-8392-1433-6

Für die, die so große Geduld mit mir haben ...

Ehe das Meer und die Erde bestand und der Himmel, der alles
Deckt, da besaß die Natur im All nur ein einziges Antlitz,
Chaos genannt …

Ovid, *Metamorphosen*

Das Gespräch fand womöglich am 20. Oktober, an einem gewittrigen Herbstmorgen des Jahres 1977, statt. Die letzten Tage waren aufreibend gewesen und nervöse Spannung lag in der Luft. Sie hatte nicht nur die beiden Männer erfasst, die sich im Büro des Bundeskanzlers gegenübersaßen, oder die Männer und Frauen des Großen Krisenstabs, die in verschiedenen weiteren Büros des Kanzleramts tagten, sondern die gesamte Republik. Es waren Stunden und Tage, in denen die Menschen den Atem anzuhalten schienen.

Der Meinungsaustausch der beiden Männer war ins Stocken geraten. Eine Weile folgten sie nur ihren eigenen Gedanken. Es war der Bundeskanzler, der die lastende Stille nach einigen Minuten wieder durchbrach.

»Wir haben diese Leute groß gemacht. Diese Bürschchen und Muttersöhnchen, die jetzt plötzlich mit uns Krieg spielen wollen …«

Hans-Jürgen Wischnewski, sein Gegenüber, zog an seiner Pfeife und stieß eine Rauchwolke aus. Auch der Kanzler rauchte. Sie saßen seit Stunden zusammen in Schmidts Büro. Die Luft war zum Schneiden, aber das bemerkten die Männer nicht, war ihnen wohl auch egal.

»Das waren anfangs nichts anderes als langhaarige Wirrköpfe, brave Bürgersöhne und Bürgertöchter, die Molotow für einen russischen Wodka gehalten haben … Wer zum Teufel hat diesen Wichtigtuern denn Waffen und Sprengstoff in die Hand gedrückt? Wer?«

Er zögerte einen Moment, ehe er die Frage selbst beantwortete. »Unsere eigenen Leute waren das.«

Schmidt wirkte erregt. Wischnewski, der ihm seltsam lethargisch gegenübersaß, versuchte, den Kanzler zu beruhigen, was den noch mehr auf die Palme brachte.

»Es gibt genug Hinweise, dass die Brüder vom Verfassungsschutz ihre Finger in der Sache hatten …«

»Unsere internen Untersuchungen …«

Schmidt konnte seine Wut nicht recht beherrschen. »Interne Untersuchungen … Schon vor zehn Jahren haben die die Regie übernommen. Kurt in Berlin und dieses verdammte Gesindel.«

Die Worte wirkten wie hingerotzt, doch Wischnewskis Gesicht ließ keine Reaktion erkennen. Im Grunde teilte er Schmidts Meinung.

Immer wieder hatte es Gerüchte gegeben, dass der Verfassungsschutz die bewaffnete Linke und vor allem die RAF erst möglich gemacht hatte. Viele fragten sich, ob die Radikalisierung und Kriminalisierung von Teilen der 68er-Bewegung zu Beginn der 70er durch politische Kräfte ermöglicht worden war, die einen Vorwand schaffen wollten, um sich der Studentenbewegung zu entledigen. Bei diesen Gedankenspielen war immer wieder auch der Name des ehemaligen Berliner Innensenators Kurt Neubauer, eines Parteifreundes des Bundeskanzlers, gefallen.

Nun, Jahre später, war es zur Katastrophe gekommen …

Es war die Zeit des Deutschen Herbstes, wie die bestürzenden Ereignisse im September und Oktober 1977 später einmal bezeichnet werden sollten. Es waren Tage, die durch die Anschläge der linken Terrororganisation Rote Armee Fraktion geprägt waren, Tage, die den Höhepunkt des deutschen Terrorismus darstellten. In diese kurze Phase der bundesrepublikanischen Nachkriegsgeschichte fielen die Ermordung Hanns-Martin Schleyers, des Arbeitgeberpräsidenten, die Entführung des Lufthansa-Flugzeugs Landshut, aber auch die Selbstmorde der in

Stuttgart-Stammheim einsitzenden führenden RAF-Mitglieder Baader, Enslin und Raspe.

Wenn Schmidt an diesem grauen Morgen recht hatte, dann war zu diesem Zeitpunkt eine blutige Saat aufgegangen, die zu gesellschaftlichen Auseinandersetzungen führen sollte, die mit Waffengewalt und menschenverachtender Brutalität ausgetragen wurden und erst mit der Bekanntgabe der Selbstauflösung der RAF am 20. April 1998 enden würden.

Hinter den beiden Männern, die sich im Kanzleramt zu einer sehr persönlichen Aussprache getroffen hatten, lagen eine Reihe von Tagen und Nächten, in denen sie sich zusammen mit einem Stab an erfahrenen Politikern aus den verschiedenen Fraktionen des Deutschen Bundestages gegen eine der schwersten Krisen in der Geschichte der jungen Bundesrepublik zur Wehr gesetzt hatten.

Schmidt wirkte erschöpft, und auch Wischnewski war gezeichnet von den Anstrengungen, die er sich zugemutet hatte.

»War's das nun?«, fragte der Kanzler, ohne Wischnewski direkt anzusprechen. »Ist der Wahnsinn zu Ende? Jetzt, wo sie tot sind.«

Der Staatssekretär erhob sich und ging zum Fenster. Versonnen blickte er hinaus.

»Wir müssen vorsichtig sein«, meinte er. »Es darf zu keiner Legendenbildung kommen. Was wir nicht brauchen können, sind Märtyrer.«

Schmidt nickte. Baader, Ensslin und Raspe waren tot. Nur die ebenfalls in Stammheim einsitzende Irmgard Möller hatte mit vier Messerstichen in der Herzgegend überlebt.

Die Nachricht vom Selbstmord der drei Inhaftierten hatte ihn in der Nacht vom 17. auf den 18. Oktober erreicht. Ein konsequentes Ende, hatte er damals gedacht. Er war erleichtert gewesen, doch dann, am 19. Oktober, hatte man die Leiche von Hanns Martin Schleyer gefunden. Seine Entführer hatten ihn erschossen. Als Reaktion auf die Stürmung des Flugzeuges Landshut.

Im Grunde hatten der Bundeskanzler und die Frauen und Männer seines Stabes bereits zu diesem Zeitpunkt gewusst, dass der Kampf weitergehen würde.

Unmittelbar nach dem Tod der RAF-Leute wurden Gerüchte laut, dass es dabei nicht mit rechten Dingen zugegangen sei. Es wurde von Isolationsfolter und sogar Mord gesprochen. Wer diese Gerüchte in die Welt gesetzt hatte, war nicht nachzuvollziehen, doch wurde allein damit klar, dass die Auseinandersetzung der RAF mit den Staatsorganen der BRD in eine neue Phase gehen würde.

Dieser Kampf wurde auch über die Medien ausgetragen. Für die war der RAF-Terror in den Jahren zuvor ein beherrschendes Thema gewesen, was im Übrigen dazu geführt hatte, dass sich die Angst vor neuen Anschlägen in der Bevölkerung stark verbreitet hatte. Die Situation sollte sich in den folgenden Jahren noch deutlich verschärfen. Straßensperren, Personenkontrollen und schwer bewaffnete Polizisten gehörten in immer stärkerem Maße zum Alltagsbild. Innerhalb weniger Jahre hatte sich damit die Atmosphäre in Westdeutschland und West-Berlin in gravierender Weise verändert.

Für viele aus der linken Szene, aber auch für weite Teile sozialdemokratischer und liberaler Kreise, hatte die Bundesrepublik begonnen, sich in einen hochgerüsteten Polizeistaat zu verwandeln. Ein kalter, blutig roter Herbst war ins Land gezogen, der die Menschen frösteln ließ. Die Aufbruchsstimmung der 60er-Jahre war damit unwiederbringlich vorbei, war Vergangenheit geworden, und …

… natürlich gab es eine ganze Reihe von Menschen, die mit dieser Entwicklung nicht ganz unzufrieden waren …

Das Gespräch im Büro des ehemaligen Bundeskanzlers fand zu einem Zeitpunkt statt, der wohl den Höhepunkt einer politischen Entwicklung darstellte und irgendwo, angesiedelt zwischen banalen Anfängen und groteskem Ende, seinen Platz hat.

Und obwohl es damals wie heute den Anschein hat, als könne man die Grenze zwischen Opfern und Tätern klar ziehen, gibt es doch Zweifel, ob Wahrheit und Lüge ebenso klar voneinander zu scheiden sind.

Letztlich fehlen die Aussagen der Beteiligten, die genauere Einblicke in die Abläufe von damals geben könnten. Denn was damals galt, gilt noch heute:

›Keiner spricht mit Bullen. Kein Wort.‹

Dieses Schweigegebot hat die Zeit überdauert.

Erstes Buch

Wahrlich, keiner ist weise,
Der nicht das Dunkel kennt,
Das unentrinnbar und leise
Von allem ihn trennt.

aus: H. Hesse, *Im Nebel*

Vor undenklicher Zeit, so wollen es die Menschen der Gegend wissen, versank im schwarzen Moor ein großes Dorf, weil die Einwohner von ihrem sündhaften Leben nicht ablassen wollten …

An die Stelle dieses Dorfes trat ein unergründlich tiefer, schwarzer See, der nach und nach bis auf wenige schwarze Löcher von einer dichten Moordecke überzogen wurde.

In der Tiefe des Moores jedoch ist das Leben noch nicht erstorben; denn wenn die Bewohner des versunkenen Ortes nach ihrer Kirche eilen und reuevoll dort um Erlösung beten, dann braust es im Moore gewaltig, und schwarzes, schlammiges Wasser gärt aus den sogenannten ›Teichen‹ …

Und in nächtlicher Stunde schweben die Seelen der dort Versunkenen als Irrlichter über dem Moor.

Ja, und manchmal hören Wanderer, die am Rande des Moores lauschen, die Glocken der Dorfkirche läuten und den Dorfhahn aus der Tiefe krähen …

Volkskundliche Überlieferung

1

Sein Blick ging in die unendliche Weite, die sich vor ihm erstreckte. Langsam und ohne Eile ließ er ihn zum Horizont schweifen, bemüht, die Grenze zu erahnen, die die Erde vom Himmel schied. Wo begann der Himmel, dachte er. Wo hörte die Erde auf? Er blinzelte ein bisschen, kniff die Augen zusammen. Wo fing die Hoffnung an? Ob es diese unerschütterliche Grenze zwischen Zeit und Ewigkeit überhaupt gab? Wo war sie denn nur, diese Grenze. Wieder strengte er seine Augen an. Dort in der Ferne vielleicht, irgendwo dort, wo sich Himmel und Erde berührten, dort, wo sich Gott und Teufel trafen.

Vor ihm lag eintöniges, feuchtes Land, so weit er sehen konnte. Schlüpfriger Morast. Tümpel von schmutzigem Blut. Monatsblut, schoss es ihm durch den Kopf. Bläschen auf braunem Wasser. Um ihn herum ein Glucksen und Brodeln, sodass er sich vorkam wie in einer überdimensionalen Hexenküche. In jeder Pfütze das Gekrösel kleinster Lebewesen – dazu ein Geruch nach Fruchtbarkeit, nach blühender Verwesung. War dies vielleicht das verlorene Paradies?, schoss es ihm durch den Kopf. Oder doch eher der Zugang zur Hölle. Gedanken, die er sogleich wieder verwarf. Absurde Gedanken.

Ihm schien, als würde die Zeit stillstehen. Nichts passierte an diesem Ort. Dann, mit einem Mal, zog Nebel auf, kam aus dem Nichts, wehte vorbei und raubte ihm für eine Weile die Sicht. Er würde sich nie an diese Landschaft gewöhnen, ging es ihm durch den Kopf. Die ungeheure Weite, dazu der Nebel, der alles infrage stellte, der dem

Auge trügerische Geborgenheit vorspiegelte. Schwaden von weißem Dunst, die unvermittelt kamen und gingen.

Das Moor mit seinen verlassenen Torfwegen, seiner sumpfigen Tiefe, den unzähligen Schichten vergangenen Lebens, wirkte bedrückend auf ihn, machte ihm Angst, und gerade hier, in dieser Umgebung, fühlte er seine ganz persönliche Einsamkeit. Dennoch konnte er sich der Faszination der Landschaft nicht entziehen.

Nur Augenblicke später lichtete sich der Nebel und gab den Blick erneut frei auf die graubraune Fläche, die sich im Wind zu wiegen schien. Nichts, an dem sich das Auge festhalten konnte. Nur am äußersten Rand, in schier endloser Ferne, entdeckte er eine Hand, die wie ein bleiches Gerippe aus dem Boden ragte und zum Himmel deutete. Ein Baum vielleicht? Trockenes Gehölz ohne Leben. Daneben ein schwarzer Punkt, der sich bewegte.

Mehrere Minuten lang konzentrierte er sich auf den Punkt, verlor ihn aus den Augen, als die Bilder vor ihm zu flimmern begannen. Dann war er wieder da, und er war größer geworden.

Jemand rannte auf ihn zu.

Mehr als ein Jahr war es nun her, seit Adolf Bichlmaier, Kriminalkommissar bei der Regensburger Kripo, dem Dienst ferngeblieben war. Offiziell krankgeschrieben, befand er sich immer wieder in Behandlung, ohne dass die Ärzte mit letzter Gewissheit sagen konnten, was ihm fehlte. Er allein wusste, dass die Ereignisse, die seinen letzten Fall begleitet hatten, ihm die Sicherheit geraubt hatten, die er gebraucht hätte, um sinnvoll weiterzuleben und weiterzuarbeiten, die Sicherheit, zwischen Gut und Böse unterscheiden zu können. Er hatte erkennen müssen, dass es keine Wahrheit und keine Seele gab und die Welt chaotisch und bar jeglichen Sinns in absoluter Leere kreiste. Da gab es keine Orientierung, keinen Halt. Hatte er bislang geglaubt, als kleines Rädchen Ordnung in dieser unvollkommenen Welt bewahren zu müssen, so war ihm während der damaligen Ereignisse auch dieser Glaube abhandengekommen, war ihm der Riss in seinem Leben, der Bruch zwischen seiner Rolle als Polizist und dem, was er glaubte zu sein, schmerzlich bewusst geworden. Er hatte die Orientierung verloren, den Kompass seines Lebens, und es war seine Seele, die darunter litt. Wohl war es – dessen war er sich ziemlich sicher – die Krankheit der Zeit, die auch ihn erfasst hatte.

Anfangs hatte er sich in seine Wohnung in Regensburg zurückgezogen, sich darin eingeigelt, bis er gemerkt hatte, dass seine Gedanken in der Abgeschiedenheit angefangen hatten, sich im Kreis zu drehen. Ein Gefühl von Leere hatte sich seiner bemächtigt. Die kleinsten Probleme hatten sich zu krakenhaften Bedrohungen entwickelt, bis er nur noch dagesessen und vor sich hingestarrt hatte. Damals war er sich seiner Situation durchaus bewusst gewesen, hatte seine Hilflosigkeit erkannt, und war doch nicht in der Lage gewesen, etwas dagegen zu tun.

Kurz darauf hatte er angefangen, zu trinken. Der Alkohol hatte ihm anfangs geholfen, sich zu betäuben. Als er das erkannt hatte, war er bereits verloren gewesen. Zuerst waren es nur kleine Mengen gewesen, Wein und Bier und immer wieder auch Magenbitter vom nahen Kiosk. Irgendwann war er so weit gewesen, dass er ohne die ganz harten Sachen nicht mehr existieren konnte. In dieser Zeit hatte er begonnen, sich selbst zu vernachlässigen, hatte sich treiben lassen. Morgens war er kaum aus dem Bett gekommen, und wenn er es doch geschafft hatte, hatte er sich sofort nach dem Abend gesehnt, um sich die Bettdecke wieder über die Ohren zu ziehen. Die Stunden dazwischen hatte er in einer Art Dämmerzustand verbracht.

Oft hatte er sich in dieser Zeit tagelang kaum gewaschen, auch nicht rasiert. In seiner Wohnung hatte es angefangen, zu stinken. Ein fauliger, süßlicher Geruch hatte sich über die Räume gelegt, nach billigem Fusel und verkommenen Essensresten, aber er hatte nicht einmal die Energie gehabt, die Fenster zu öffnen oder den Müll hinauszutragen.

Eine ältere Frau mit einem osteuropäischen Namen, die im Stockwerk über ihm wohnte, hatte ihn mit den nötigsten Lebensmitteln versorgt, nachdem er ihr Geld dafür geboten hatte. So brauchte er selten die Wohnung zu verlassen. Nur seine Schnapsvorräte besorgte er sich selbst.

Eines späten Abends, als er im Schutz der Dunkelheit zur nahe gelegenen Tankstelle geschlurft war, um Schnaps und Wein zu kaufen, war er beim Überqueren einer Straße von einem Auto erfasst und zu Boden geschleudert worden. Der Aufprall war zum Glück nicht besonders heftig gewesen und er hatte sich sofort wieder erheben können, doch war die Fahrerin des Wagens zu Tode erschrocken und hatte darauf bestanden, ihn ins Krankenhaus zu bringen. Als er sich geweigert hatte, hatte sie ihn die wenigen Meter nach Hause gefahren und ihm schließlich aus dem Auto geholfen. Vor dem Haus war er plötzlich aggressiv geworden und zudringlich, hatte gewollt, dass die Frau ihn nach oben begleitete. Aus irgendeinem Grund, den er später nicht mehr nachvollziehen konnte, hatte er gedacht, dass sie sich in diesem Augenblick genauso nach Sex gesehnt hatte wie er. Als sie sein Ansinnen völlig verstört und angewidert abgelehnt hatte, hatte er sie auf das Übelste beschimpft, eine Schlampe genannt, Dinge geäußert, von denen er nie gedacht hätte, dass er sie je zu einer Frau sagen würde. Daraufhin hatte sie die Flucht ergriffen, war in ihren Wagen gestiegen und davongebraust. Anschließend war er mit Tränen der Verzweiflung in den Augen nach oben getaumelt und hatte sich in einen Putzeimer, der im Flur gestanden hatte, übergeben. In dieser Phase seines Absturzes hatte er begonnen, sich vor sich selbst zu ekeln.

Sein Hausarzt, bei dem er sich regelmäßig hatte vorstellen müssen, um seine Arbeitsunfähigkeit bestätigen zu lassen, hatte ihm Medikamente verschrieben, die er, ohne sie auszupacken, weggeworfen oder gar nicht erst in der Apotheke geholt hatte. Als dieser bemerkte, in welchem Zustand sein Patient sich befand, hatte er ihm gedroht, ihn ins Bezirkskrankenhaus einweisen zu lassen. »Sie sind eine Gefahr für sich selbst«, hatte er zu ihm gesagt. »Man muss Sie vor sich selbst schützen.« Daraufhin hatte Bichlmaier den Arzt gewechselt.

Als die Tage kürzer wurden und die Sonne kaum noch durch den fahlen Dunst des Herbstnebels drang, wurden seine Depressionen schlimmer. In den wenigen lichten Momenten, die er hatte, bekam er wahnsinnige Angst, dass er sich zu Tode saufen würde. In diesen kurzen Phasen hatte er sich immer wieder vorgenommen, sich vom Alkohol fernzuhalten, doch er schaffte es nicht, mit dem Trinken aufzuhören. Das war so über mehrere Wochen gegangen.

Eines Tages war Marianne gekommen, seine Exfrau, die er fast schon vergessen hatte. Sie hatte Rom verlassen, wohin sie vor einigen Jahren gezogen war, und hatte sich um ihn gekümmert. Sie war einfach da gewesen, hatte sich seiner angenommen, so, wie sie dies schon einmal getan hatte. Wie es schien, hatten seine Kollegen sie über seinen Zustand in Kenntnis gesetzt. Er hatte sie damals, aber auch später, nie danach gefragt, warum sie zu ihm zurückgekommen war, und auch sie hatte nie etwas darüber verlauten lassen.

Anfangs war sie ihm lästig gewesen. Bereits nach wenigen Stunden hatte er sich gewünscht, sie wäre nie gekommen. Ihr ständiges Drängen, er solle sich nicht gehen lassen, ihre Versuche, ihn aufzumuntern, hatten ihm die Möglichkeit genommen, ungestört in sich hineinzuhorchen. Dabei war das das Einzige gewesen, was er unbedingt und mit aller Macht wollte: allein mit sich und seinen Gedanken sein.

Am schlimmsten war es für ihn jedoch gewesen, dass sie, gleich als sie bei ihm eingezogen war, sämtliche Schnapsflaschen, die er in der Wohnung gebunkert hatte, eingesammelt und ihren Inhalt ins Klo gegossen hatte. Da hatte er getobt und geweint wie ein kleines Kind. Marianne hatte genau das Richtige getan. Sie hatte ihn toben, brüllen und flehen lassen, ohne ihm nachzugeben. Am Abend war der Strom unflätiger Beleidigungen, die er ihr an den Kopf geworfen hatte, versiegt. Er hatte einfach keine Kraft mehr gehabt, um sich weiter aufzulehnen. Sie hatte ihn ins Bett gebracht und neben ihm gewacht, bis er eingeschlafen war.

Nach und nach war es ihm besser gegangen, obwohl ihm der Alkohol in den ersten Tagen und Wochen so sehr gefehlt hatte, dass er geglaubt hatte, verrückt zu werden. Immer wieder hatte er versucht, an Schnaps, Bier oder Wein, egal was, zu gelangen, doch war Marianne in dieser Phase nicht von seiner Seite gewichen, sodass er sie mit hilfloser, dumpfer Verzweiflung gehasst hatte, wie er noch nie jemanden gehasst hatte. Er hatte sie verwünscht und verflucht, doch sie war hart geblieben.

Marianne hatte auch darauf bestanden, dass er seine Tabletten nunmehr regelmäßig einnahm. Vor allem aber hatte sie ihm keine Zeit gelassen, sich mit sich selbst zu beschäftigen. Immer wieder unternahm sie etwas mit ihm, bestand darauf, dass er an die frische Luft kam.

Nur widerwillig war er ihr anfangs gefolgt, wenn sie ihn zu Spaziergängen entlang der Donau mitnahm. Später hatte er sich wiederholt gefragt, warum er sie hatte gewähren lassen, hatte allerdings keine Antwort gefunden. Es waren endlose Kilometer gewesen, die er neben ihr dahingetrottet war. Sie hatten dabei kaum miteinander gesprochen, aber am Abend war er jedes Mal so müde gewesen, dass er wenigstens einige Stunden hatte schlafen können. Miteinander geschlafen hatten sie in dieser Phase, und auch später, kein einziges Mal.

Am Heiligen Abend waren sie gemeinsam zur Christmette in den Dom gegangen. Sie hatten unter all den Menschen gesessen, und es war ihm nicht unangenehm gewesen, deren Gerüche nach Kälte und Glühwein einzuatmen, ihren dampfenden Atemwolken zu folgen und ihrem Singen zu lauschen. Als sie wieder zu Hause waren, war er zum ersten Mal zum Reden bereit gewesen. Ein Wendepunkt in seinem Leben. Warum der gerade an diesem Tag gekommen war, wusste er später nicht zu sagen. Er hatte die Abgründigkeit des Lebens erfahren und seine persönliche Schwäche begriffen, und zu seiner eigenen Verwunderung war er an diesem Abend in der Lage gewesen, sich einem anderen Menschen mitzuteilen.

Lange hatten sie damals nebeneinandergesessen und er hatte ihr von den Wunden seiner Seele erzählt und sie hatte gelauscht. Danach war es ihm besser gegangen, und ganz allmählich hatte er in den folgenden Tagen und Wochen wieder das Verlangen verspürt, weiterzuleben. Trotzdem war eine Leere in ihm geblieben.

Einige Wochen später hatte sich Marianne von ihm verabschiedet und war zurück nach Rom gefahren. Eine Zeit lang hatten sie noch regelmäßig miteinander telefoniert, bis sie ihm geglaubt hatte, dass er den mächtigen Feind Alkohol erst einmal besiegt hatte.

Irgendwann im Frühjahr, an einem freundlichen Apriltag, hatte er dann beschlossen, Regensburg und die Vergangenheit zumindest für einige Zeit hinter sich zu lassen.

Der schwarze Punkt, den er in weiter Ferne wahrgenommen hatte, war näher gekommen und nahm allmählich die Form eines Mannes an. Ein Mann mit weiten Jeans und Pullover und einer Baseballmütze, die ihm viel zu groß war. Wie es dem Kommissar vorkam, befand er sich in höchster Erregung. Er gestikulierte wild und schrie ihm, als er ihn entdeckt hatte, Worte zu, die allerdings im Gebrodel des Moores ertranken. Als er sich bis auf wenige Schritte genähert hatte, erkannte Bichlmaier, dass der Mann, dessen Alter schwer zu schätzen war, unter dem Downsyndrom litt und offensichtlich kaum in der Lage war, sich zu artikulieren. Der Kommissar löste sich aus seiner kauernden Stellung und trat auf ihn zu. Er sprach ihn an, doch es dauerte eine Weile, bis dieser sich einigermaßen beruhigt hatte. Immer noch mit wilder Gestik und mit schmerzhaft verzogenen Gesichtszügen versuchte er, dem Kommissar etwas mitzuteilen. Der verstand nur wenig, nur so viel, dass mit dem Baum in der Ferne etwas nicht in Ordnung war. Auch von einem Toten sprach er.

Vergeblich versuchte er daraufhin, mehr von dem zu erfahren, was der Mann gesehen und was ihn so erschreckt hatte. Der deutete jedoch immerfort nur auf den Baum am Horizont und stieß dabei Unverständliches aus.

Als Bichlmaier einsah, dass er ihm keine weiteren Informationen würde entlocken können, nahm er sein Handy und informierte die örtliche Polizeistation. Danach wies er ihn an, zu warten, bis Polizisten eintrafen. Der Mann starrte ihn bloß verständnislos an und Bichlmaier fühlte sich plötzlich hilflos. Er wartete eine Weile, ohne recht zu wissen, was er tun sollte, dann machte er sich auf den Weg in Richtung des Baumes. Als er sich nach wenigen Schritten umwandte, stellte er fest, dass der andere weitergelaufen war.

Im Grunde war es reiner Zufall gewesen, dass Bichlmaier nach seiner Flucht aus Regensburg in M. gelandet war. Er konnte nicht einmal sagen, ob es wirklich eine Flucht gewesen war, die ihn hierher geführt hatte, doch hatte ihn zumindest der Wunsch getrieben, aus der Enge seines bisherigen Lebens auszubrechen. Es waren die Enge seines beruflichen Lebens, die Enge der Stadt, sogar die Enge des Voralpenlandes gewesen, das Gefühl, von erdrückenden Bergen umgeben zu sein, die ihn dazu veranlasst hatten. Dabei hatte er anfangs nicht einmal sagen können, wohin es ihn zog.

»Wohin willst du denn?«, hatte ihn Marianne gefragt, als er ihr bei einem ihrer Telefonate von seinem Entschluss berichtet hatte.

»Weg«, hatte er gesagt. »Nur weg von hier.«

Weg aus seinem bisherigen Leben.

Einige Tage darauf hatte er sich in sein Auto gesetzt, nur mit dem Notwendigsten versorgt, und war in nördlicher Richtung losgefahren. Ohne Ziel. Er hatte sich von niemandem verabschiedet. Nicht einmal von seiner Mutter, die, in einem teuren Heim südlich von München untergebracht, auf den Tod als ihren Erlöser harrte.

Er war mehrere Stunden gefahren. Irgendwann, als er Hunger verspürt hatte, war er von der Autobahn abgebogen, war eingekehrt, und hatte sich danach treiben lassen über Landstraßen, die immer schmaler und schlechter geworden waren, hatte mehrmals die Richtung gewechselt, kleine unbekannte Städte und verschlafene Dörfer passiert, und war schließlich in M., einem Städtchen am Rande des großen Moores, gelandet. Erst als er durch das alte Stadttor gefahren war, war ihm klar geworden, dass er schon einmal hier gewesen war.

Adolf Bichlmaier blickte auf seine Armbanduhr. Ein Reflex aus seiner Zeit als aktiver Polizist. Wichtige Ereignisse mussten in ihrer zeitlichen Abfolge festgehalten werden. Erst dadurch bekamen sie Gewicht, wurden Teil einer Ordnung, an die Polizisten glauben konnten. Zeit ist der unerbittliche Maßstab, nach dem sich das Leben ausrichtet. Es war genau 16.30 Uhr. Vor einer viertel Stunde hatte er mit dem jungen Mann gesprochen. Als er im Gehen innehielt und sich ein weiteres Mal umwandte, war der längst verschwunden. Vielleicht würde er den Kollegen in die Arme laufen, dachte er ohne große Hoffnung.

Er richtete den Blick wieder nach vorn. Der kahle Baum war weiterhin ein ganzes Stück entfernt, aber deutlicher zu erkennen. Um ihn zu erreichen, musste er den Bohlensteg, dem er bislang gefolgt war, verlassen. Bichlmaier seufzte. Das Gehen auf dem weichen, nachgiebigen Boden abseits des befestigten Touristenweges strengte ihn an. Das ärgerte ihn. Früher hatte er solche Probleme nie gehabt.

Ein Vogel stieß aus der Höhe herab und flog nur wenige Meter an ihm vorbei, segelte mit ausgebreiteten Schwingen auf den toten Baum zu, ließ sich im Gewirr der Äste nieder und verschwand darin.

Als er schließlich bis auf wenige Meter an den Baum herangekommen war, erkannte Bichlmaier, was den Mann, dem er vor wenigen Minuten begegnet war, so erschreckt hatte. Aus dem Stamm des toten Gehölzes wuchs der nackte Torso eines Mannes heraus. Dieser war Teil des hölzernen Gestrüpps geworden und ragte, wächsern und bleich, wie die fahlen Äste, die ihn trugen, in den weiten Himmel über ihm. Das Gesicht des Mannes war zu einem Grinsen verzerrt und er blickte hämisch auf den Kommissar herab. Dazu hatte er die Arme in unnatürlicher Weise nach oben gestreckt, so, als wollte er sich damit in letzter Verzweiflung in die Höhe ziehen. Als Bichlmaier jedoch genauer hinschaute, erkannte er, dass die Hände des Mannes und zum Teil auch seine Unterarme fehlten. Da waren nur dunkle Stümpfe, die zum Himmel zeigten. Ganz offensichtlich war der Mann Opfer eines Verbrechens geworden, war schrecklich verstümmelt worden.

Bichlmaier war stehen geblieben. Er sah, wie der Wind das Haar der Leiche sanft bewegte. Etwas am Gesicht des Toten war eigenartig, aber erst, als er noch einige Schritte getan hatte, wurde ihm klar, dass wohl die Vögel ganze Arbeit geleistet hatten. Es waren schwarze, schrecklich leere Augenhöhlen, aus denen der Mann auf ihn herabstarrte.

Einen Moment lang dachte er, er würde ihn kennen, hätte ihn schon einmal gesehen, irgendwann vor langer Zeit. Bilder kamen in ihm hoch, traten aus dem Dunkel der Vergangenheit hervor, blieben einen Moment, vage und bedrohlich, ehe er sie schnell wieder wegwischte.

Plötzlich spürte er die Kälte des hereinbrechenden Abends.

2

Amanda Wouters stammte aus einem der ärmlichen Dörfer am Rande des großen Moores. Ihre Eltern hatten dort, ebenso wie ihre Großeltern, die einst aus dem Belgischen gekommen waren, eine kleine Landwirtschaft betrieben und sich zeit ihres Lebens abgerackert, um einigermaßen über die Runden zu kommen. Schon während ihrer Schulzeit hatte Amanda auf dem kleinen Hof mitgearbeitet und später, als die Eltern die Landwirtschaft hatten aufgeben müssen, der Vater war viel zu früh krank und bettlägerig geworden, hatte sie für sie gesorgt und sie gepflegt.

Trotz eines glänzenden Abiturs fand sie nach ihrer Schulzeit nur eine schlechtbezahlte Tätigkeit als Schreibkraft bei der örtlichen Polizeidienststelle. Gute Jobs wuchsen in der Gegend nicht auf Bäumen und waren vor allem rar, wenn jemand, so wie Amanda, räumlich gebunden war. Sie sah es jedoch als ihre Pflicht an, für ihre Eltern da zu sein.

Als sie 28 Jahre alt war, heiratete sie. Es war keine Liebeshochzeit und entsprang auch nicht einem Bedürfnis nach erotischer Erfülltheit, etwas, das sie höchstens vom Hörensagen kannte, sondern erfolgte eher aus einer gewissen Ermüdung und Erschöpfung, die sie nach männlicher Unterstützung suchen ließ.

Ihr Mann erwies sich allerdings als totaler Fehlgriff, da er weder in der Lage war, sie sexuell zu befriedigen noch bereit war, ihr die starke Schulter zu bieten, nach der sie suchte.

Wenige Jahre nach ihrer schlichten Hochzeit jagte sie ihn aus dem Haus und schwor sich, niemals mehr derart ihre Zeit zu vergeuden.

Ihre Eltern starben im Jahr nach der Scheidung, zuerst ihr Vater und nur drei Monate später ihre Mutter. Ein tiefer Einschnitt in ihrem Leben, doch zum ersten Mal fühlte sich Amanda absolut frei. Sie war mittlerweile 32 Jahre alt und die Welt stand ihr plötzlich offen.

In ihrer bisherigen Tätigkeit konnte sie beobachten, was es bedeutete, Polizist oder Polizistin zu sein, und sie hatte Gefallen an der Idee gefunden, selbst Polizistin zu werden. So bewarb sie sich an der Polizeiakademie in Frankfurt und dank ihres guten Abiturzeugnisses wurde sie, ein wenig zur eigenen Überraschung, auch angenommen. Sie schnitt als eine der besten ihres Jahrgangs ab und war nach einer Reihe von Jahren, die sie an den verschiedensten Polizeirevieren des Landes absolviert hatte, schließlich wieder in M. gelandet, ganz in der Nähe der Orte, wo sie ihre Kindheits- und Jugendjahre verbracht hatte.

Amanda Wouters war eine gute Polizistin und im Alter von 42 Jahren zur Leiterin der Kripo in M. berufen worden.

Sie liebte ihre Arbeit und es hatte den Anschein, als habe sie darin ihre Erfüllung gefunden. Sie verstand es, mit den Kollegen umzugehen, egal ob männlich oder weiblich, und selbst die Verbrecher, die sie zur Strecke brachte, schienen sie als eine unerbittliche Vertreterin einer höheren Gerechtigkeit zu akzeptieren.

In ihrem privaten Leben herrschte allerdings eine große Leere. Da sie keinen großen Bekanntenkreis hatte, nahmen die Menschen, mit denen sie dienstlich zu tun hatte, an, sie würde ausschließlich für ihren Beruf leben. Das stimmte jedoch nur zum Teil. Zweimal im Jahr machte sie Urlaub in einem afrikanischen Land, was bei den männlichen Kollegen zu süffisanten Äußerungen führte, die sie lächelnd an sich abprallen ließ.

Schweren Kummer bereitete ihr allein die enorme Größe ihrer Brüste, die sich, verglichen mit den übrigen Körperproportionen, im Laufe der Jahre übermäßig entwickelt hatten. Ein Ende dieser Entwicklung war, wie sie mutmaßte, nicht abzusehen und so war es nicht verwunderlich, dass sie sich gerne Fernsehsendungen ansah, die die erstaunlichen Möglichkeiten der modernen plastischen Chirurgie vorführten. Dies war jedoch ihr Geheimnis, von dem nicht einmal die engsten Freunde wussten.

»Haben *Sie* ihn gefunden?«, fragte sie Bichlmaier und verzog dabei ein wenig das Gesicht. Der schüttelte den Kopf. »Ein junger Mann ist vor mir da gewesen.«

»Was für ein Mann?«

Bichlmaier zuckte mit den Schultern. »Ein junger Mann eben. Ich kannte ihn nicht. Aber er war behindert?«

»Wie behindert?«

»Nicht körperlich, eher …«

»Jemand mit Downsyndrom?«

»Ja, wahrscheinlich.«

»Das war Martin, der Enkel vom alten Berger.«

»Vom Berger? Dem Wirt vom Weißen Roß?«

Amanda Wouters musterte ihn einen Moment ganz erstaunt. »Kennen Sie denn den Berger?«

»Nein, nein. Aber ich habe mein Auto schon des Öfteren vor dem Weißen Roß geparkt. Da ist mir der Name aufgefallen.«

Bichlmaier richtete seinen Blick an der Kommissarin vorbei in die Ferne. In die Richtung, aus der er vor geraumer Zeit gekommen war. Ihn fror und er bemerkte, dass sich leise Schatten über das Moor zu legen begannen. Die Konturen verwischten und die Ebene vor ihm hatte sich in eine ruhige See mit sanft gekräuselter Oberfläche verwandelt.

Seit mehreren Minuten beobachtete er eine Reihe von hellen Punkten, die wie Irrlichter über die düster werdende Fläche zu schweben schienen und sich ihm, der Kommissarin und den zwei uniformierten Polizisten, die ebenfalls erst vor Kurzem angekommen waren, kaum merklich näherten. Das mussten die Männer von der Spurensicherung sein. Der Polizist, der als Erster nach Bichlmaiers Telefonat die Fundstelle erreicht hatte, hatte nach einem gekränkten Blick auf den Toten und einem kurzen Nicken in Bichlmaiers Richtung die Mordkommission und wohl auch die Spurensicherung alarmiert. Dabei hatte er seine Dienstmütze abgenommen und sich den Schweiß aus dem Nacken gewischt. Wahrscheinlich verübelte er es dem Mann im Baum, dass er ihn zu einem langen Fußmarsch gezwungen hatte.

Die Männer verließen in diesem Augenblick den Holzsteg, dem auch Bichlmaier gefolgt war, und steuerten im Gänsemarsch auf den Fundort der Leiche zu. Ihr Anblick wirkte gespenstisch. Bichlmaier zählte vier Gestalten in weißen Ganzkörperanzügen, die silbern glänzende Alukoffer mit sich schleppten. Wie Erscheinungen aus einer fernen Galaxie kamen sie ihm vor. Der vorderste Mann musste immer wieder den tiefen Pfützen ausweichen und machte dabei große Bögen um die Wasserlöcher. Seine Kollegen folgten ihm in seltsamem Gleichschritt. Kein Geräusch war zu hören, nur das Fauchen des Windes.

Sie kamen spät, dachte Bichlmaier. Bald würde es zu dunkel werden. Dann könnten sie ihre Arbeit nicht mehr zu Ende bringen. Außer sie forderten eine Technikergruppe mit Generatoren und entsprechenden Lichtquellen an. Er vermutete, dass das nicht der Fall sein würde. Sie würden das Gebiet um den kahlen Baum absperren und ihre Arbeit am nächsten Tag weiterführen. Es hatte keine Eile, dachte er. Er ging allerdings davon aus, dass sie die Leiche bergen würden, nachdem sie sie fotografiert hatten.

»Na, das wurde aber auch Zeit«, stöhnte die Kommissarin, die Bichlmaiers Blick gefolgt war. Bichlmaier lächelte. Er vermied es, auf ihre enorme Oberweite zu starren. Sie hatte bislang kaum Notiz von ihm genommen, hatte sich nur kurz vorgestellt und sich dann ganz auf die Leiche konzentriert. Er hatte sie beobachtet, wie sie einige knappe Notizen in ein zerdrücktes Schulheft gekritzelt hatte. Sie machte einen kompetenten Eindruck. Die Art, wie sich bewegte und sich mit großer Vorsicht einen ersten Eindruck verschafft hatte, gefiel ihm. Dennoch beschloss er, vorsichtig in seiner Beurteilung zu sein.

»Ist der Mann aus der Gegend?«, fragte er sie. »Kennen Sie ihn?«

Sie schüttelte den Kopf. »Nein. Das ist keiner von den Leuten hier.«

»Vielleicht jemand aus der Stadt?«

»Aus Köln meinen Sie? Oder aus Frankfurt? – Vielleicht.«

»Ein Zuhälter? Oder ein Banker?«

»Wenn sie nackt sind, wie der hier, kann man das nicht so recht sagen«, bemerkte sie, ohne eine Miene zu verziehen.

»Er scheint auf jeden Fall schon recht alt zu sein. Das spräche eher für einen Banker.«

Bichlmaier stellte überrascht fest, dass er drauf und dran war, in die Rolle des ermittelnden Beamten zu schlüpfen, so wie er das gewohnt war. Er wollte Fragen stellen, nach ersten Anhaltspunkten forschen. So, als wäre das sein Fall. Er war es einfach nicht gewohnt, Zeuge zu sein. Der Gedanke, nur eine Nebenrolle zu spielen, beruhigte ihn. Wie oft schon hatte er dagegen die ersten Verhöre an einem Tatort geführt? Solche Gewohnheiten konnte er nicht so einfach ablegen. Der Polizistin machte sein Verhalten nichts aus. Sie ließ ihn gewähren, wartete. Was sie wohl von ihm dachte? Frauen tickten anders, ging es ihm durch den Kopf. Ihr Ego war nicht so zerbrechlich, wie das von Männern, und ihre Hormone waren nicht so stark, dass sie sich ständig beweisen mussten. Wahrscheinlich brauchten sie das Gefühl, Chef im Ring zu sein, nicht so dringend. Auf jeden Fall hatte sie Humor.

»Passieren solche Dinge oft hier?«, wollte er dann noch wissen.

Sie lächelte. »Nein, nicht sehr oft. Die Menschen hier sind eher friedlich. Der im Baum kommt sicher aus einer ganz anderen Welt.«

Einen Moment lang fragte sich Bichlmaier, wie sie da so sicher sein konnte.

»Vielleicht eine Abrechnung im Rauschgiftgeschäft. Aber warum nur hat man ihm die Hände und die Arme abgetrennt?«

»Vielleicht, um eine Identifizierung zu erschweren. Oder die Täter waren besonders grausam, eventuell ein Rachemord ...«

Bichlmaier dachte nach. »Ein Ritualmord vielleicht ... Sie sollten auf jeden Fall Hunde anfordern.«

»Warum?«

»Um nach den Händen zu suchen.«

Sie lachte. »Sind Sie Polizist? Sie reden wie einer.«

Bichlmaier nickte. Er hatte das Gefühl, dass ihre Freundlichkeit nicht gespielt war. Sie wirkte offen, fast mütterlich. Es gab also keinen Grund, ihr etwas zu verheimlichen.

»Ich war Polizist«, sagte er. »In Regensburg, bei der Mordkommission. Aber das ist schon eine ganze Weile her.«

»Und jetzt?«, fragte sie.

»Zumindest können wir Selbsttötung ausschließen«, meinte der Mann von der Spurensicherung. Er war derjenige, der den Trupp der vier weiß gekleideten Gestalten angeführt hatte. Obwohl sie sich Mühe gegeben hatten, den Wasserlöchern auszuweichen, zeigten ihre Monturen feuchte braune Wasserspritzer, die fast bis zu den Knien reichten. Auch Bichlmaiers Schuhe und Hose waren verdreckt, und er spürte, wie die Feuchtigkeit in ihn hineinkroch.

Einer der anderen Kriminaltechniker hatte Fotos von

der Leiche gemacht. Aus den verschiedensten Blickwinkeln. Beim Versuch, auf den kahlen Baum zu steigen, um die Leiche aus allernächster Nähe zu fotografieren, wäre er beinahe zu Boden gefallen, weil einer der dürren Äste abgebrochen war.

Wie hatte es der Mörder geschafft, den massigen Körper auf den Baum zu hieven? Warum hatte er ihn nicht einfach davor liegen lassen?, wunderte sich Bichlmaier. Dazu kam, dass etwas das Bild störte. Etwas, das ganz offensichtlich war. Es waren keinerlei Spuren im weichen Boden zu sehen. Weder Reifenspuren noch abgebrochene Zweige. Auch war das Gras vor dem Baum nicht zertreten. Bichlmaier spürte, wie ihn Neugier erfasste, vielleicht auch der alte Jagdtrieb. Es schien, als sei der Boden gesäubert und geglättet worden. Irgendwie sah alles nach professioneller Arbeit aus. Vielleicht jemand aus dem Milieu.

»Der steckt richtig fest«, rief der Techniker, dem es mittlerweile gelungen war, auf den Baum zu klettern. »Der Baum ist hohl. Es wird ein Problem, ihn da herauszuholen. Seine Beine haben sich verkantet.«

Bichlmaier konnte sehen, wie er an der Leiche zerrte, die sich aber kaum bewegen ließ.

»Warum streckt er seine Arme in die Höhe?«, fragte Amanda Wouters. Sie hatte den Kopf in den Nacken gelegt und starrte angestrengt nach oben. Zusammen mit Bichlmaier war sie näher getreten, allerdings nur bis zur Absperrung, die die Techniker gezogen hatten.

»Der streckt sie nicht hoch. Jemand hat sie mit Draht festgebunden«, rief der Mann vom Baum herunter. »Da konnte er gar nicht anders.«

»Hat er denn noch gelebt, als er festgebunden wurde?«

»Das ist von hier aus nicht zu erkennen. Er hat auf jeden

Fall geblutet, wie ein Schwein. Hier sind jede Menge Blutspuren.«

»Ich frage mich, wie er getötet wurde«, murmelte Bichlmaier. Vielleicht hatte ihn der Mörder tatsächlich einfach nur ausbluten lassen, ihm zuerst die Hände abgehackt und ihn dann in den hohlen Baum gesteckt. Es würgte ihn, als er sich die Qualen des Opfers vorstellte. Ein richtiges Schlachtfest musste das gewesen sein, dachte er.

Amanda Wouters beobachtete ihn von der Seite. Was wohl in ihr vorging?

»Wir werden heute noch den Baum fällen lassen«, sagte sie plötzlich, ohne sich direkt an ihn zu wenden. »Vielleicht sind seine Hände ja auf irgendeine Weise in den Stamm geraten.«

Bichlmaier leistete ihr im Stillen Abbitte. Also doch, dachte er. Er hatte sich getäuscht. Wie es schien, war der Kommissarin an schneller, effizienter Arbeit gelegen.

»Und die Leiche?«, fragte er.

»Die bergen wir, wenn der Baum am Boden liegt … Der Förster müsste eigentlich gleich kommen. Anschließend schicken wir sie in die Gerichtsmedizin.«

Als der Förster und sein Helfer, ein athletischer junger Mann mit gegelter Kurzhaarfrisur, nach etwa 20 Minuten endlich eingetroffen waren, war das Tageslicht fast völlig geschwunden. Ein seltsam diffuses Dämmerlicht hatte sich eingestellt und Mensch und Natur ihrer Farben beraubt.

Die beiden Männer waren mit einem Jeep gekommen, den sie mit größter Vorsicht über den tiefen Boden gesteuert hatten. Bichlmaier und die versammelten Polizisten hatten den Dieselmotor schon von Weitem gehört und gebannt beobachtet, wie sich das Fahrzeug in seltsamen

Bögen dem Ziel genähert hatte. Einmal hatte sich Bichlmaier umgewandt und zu dem Toten im Baum hochgeblickt. Obwohl der nur noch undeutlich auszumachen war, hatte er den Eindruck gehabt, als folgten auch dessen leere Blicke den Vorgängen zu seinen Füßen mit großer Intensität.

Als der Wagen zum Halt gekommen und das Geräusch des Motors erstorben war, herrschte einen Moment lang absolute Stille. Es war, als ob die Versammelten den Atem anhielten. Erst nach einigen Sekunden vernahm Bichlmaier das Rauschen des Windes wieder.

»Das muss ein Verrückter gewesen sein, der das getan hat«, meinte der Förster, nachdem er herangetreten war und einen Blick auf die Umrisse des Mannes im Baum geworfen hatte. Er hatte die Scheinwerfer des Jeeps nicht ausgeschaltet, sodass das grelle Licht die herumstehenden Menschen blendete. Auch der Baum im Hintergrund wurde dabei angeleuchtet, doch drang das Licht nicht weit genug nach oben, um die Leiche vollständig zu erfassen. Schultern und Kopf und die in die Höhe gestreckten Armstümpfe befanden sich außerhalb des Lichtkegels, verschmolzen mit der tiefen Dunkelheit.

Bichlmaier wandte sich ab. Auf einmal wollte er nur noch weg. Es interessierte ihn nicht mehr, was weiter passieren würde. Das waren Routineaufgaben, wie er sie in unterschiedlicher Form schon so oft erlebt hatte. Ohnehin war es viel zu dunkel, um etwas zu erkennen. Die Spurensicherung würde den Toten bergen und die Leiche anschließend mit dem Jeep in die Gerichtsmedizin bringen.

Die Augen der Anwesenden waren auf den Förster gerichtet, der eine Motorsäge aus seinem Fahrzeug geholt hatte. Bichlmaier bemerkte, dass die Kommissarin noch immer ihr Schulheft in der Hand hielt. Weder sie noch einer der übrigen Anwesenden beachtete ihn, und niemand hielt ihn zurück, als er ging. Noch einmal drehte er sich um und sah zu dem Mann im Baum, der lediglich als ein Schatten zu erkennen war. Wer war er?, fragte der Blick des Kommissars.

Nachdem er einige Schritte aus dem unmittelbaren Bereich der Scheinwerfer gemacht hatte, war er einen Moment lang wie blind. Tiefe Schwärze umfasste ihn, die sich langsam aufhellte und einem trüben Grau wich. Nach einer Weile hatten sich seine Augen an das diffuse Licht gewöhnt und er konnte in einiger Entfernung den Bohlensteg erahnen, der ihn zurück in belebtes Gebiet bringen würde.

So wie er den Steg betrat, ertönte das schrille Aufheulen einer Motorsäge, die sich in sprödes Holz zu fressen schien. Ein durchdringendes Geräusch. Räudige Katzen schrien manchmal so oder Marder.

Bichlmaier ging weiter, ohne sich umzudrehen. Er überdachte noch einmal, was er in den vergangenen zwei, drei Stunden erlebt hatte. Das Bild des Toten stand dabei vor seinen Augen. Es hatte sich in sein Gehirn gebrannt. Wie war der Mann gestorben? Wie lange hatte er dort einsam im Baum gehangen? Fragen, auf die es sicher bald Antworten geben würde. Das war eine Sache der Gerichtsmedizin. Was aber war die Geschichte, die sich hinter all der offenkundigen Grausamkeit verbarg? Die Polizistin mit der großen Oberweite hatte kompetent gewirkt. Sie würde der Sache auf den Grund gehen.

Plötzlich schob sich das Gesicht des Jungen, dem er im Moor begegnet war, vor das Bild des Toten. Das also war der Enkel des alten Berger. Wie eigenartig, dass gerade er ihm über den Weg gelaufen war.

Sein Interesse an dem Toten und den Gründen, warum er hatte sterben müssen, erstaunte ihn nicht sonderlich. Bichlmaier fragte sich, ob es seine Bestimmung war, in den stinkenden Abfallhaufen des Lebens zu wühlen, um sich selbst aufs Neue mit dem Dreck daraus zu besudeln. Wenn es denn überhaupt so etwas wie eine Bestimmung gab.

Er sog die kühle Luft der frühen Nacht tief in seine Lungen. Plötzlich musste er pinkeln und er blieb einfach stehen, öffnete den Reißverschluss seiner Hose und griff hinein. Es dauerte eine Ewigkeit, bis er das Prasseln des heißen Urins im Gras hörte. Erst dann legte er den Kopf in den Nacken und starrte zum dunklen Himmel hoch. Zwischen den Wolken sah er die Sterne. Man konnte seinem Schicksal nicht entrinnen, dachte er. Scheinbar aus dem einen Leben geflüchtet, holte ihn sein früheres Leben wieder ein und zog ihn in einen Mordfall hinein. ›Man trägt sein Leben in sich‹, hatte sein Arzt gesagt. ›Davor kann man nicht davonlaufen.‹ Er verstaute seinen Penis in der Hose und zog den Reißverschluss hoch. Er fühlte sich sonderbar erleichtert, als er weiterging.

Die Gedanken in seinem Kopf beruhigten sich, und ehe er es sich versah, war er am Ende des befestigten Weges angelangt. Als er die ersten Häuser des Dorfes erreicht hatte, dort, wo sein Auto geparkt war, war ihm endgültig klar, dass er mehr über den Toten und die Umstände seines Todes wissen wollte. Es war, als gäbe es da eine geheime Verbindung zu dem Mann im Baum, eine Verbindung, die er allerdings selbst nicht so recht fassen konnte. Wieder wischte er den Gedanken energisch weg. Das war blanker Unsinn. Natürlich war es sinnvoll, die Aufklärung des Falles der Kollegin zu überlassen. Warum er damit nicht zufrieden war, wusste er nicht zu sagen. Es war auf jeden Fall nicht der Wunsch, eine ohnehin brüchige Ordnung wiederherzustellen. Dessen war er sich sicher. Das hatte ihn früher getrieben. Vielleicht war es ja diesmal wirklich nur reine Neugier. Eine Neugier, die jedoch tief aus seinem Innern kam.

Was Marianne wohl dazu sagen würde? Es war eigenartig, dass er ausgerechnet in diesem Augenblick an sie denken musste.

Er hatte sein Auto vor einem kleinen Gasthof geparkt. Als er am Nachmittag dort angekommen war, hatte er gar nicht darauf geachtet. Jetzt stellte er plötzlich fest, dass er einen Bärenhunger hatte, und er beschloss, ehe er weiterfuhr, einzukehren und sich mit einem Abendessen zu stärken.

3

Amanda Wouters saß zurückgelehnt auf ihrem Wipp-Sessel im Büro der Mordkommission. ›Kommissariat für Tötungsdelikte‹ stand auf einem Schild an der Tür, die halb offen stand. Sie hatte ihre Schuhe abgestreift und die Beine hochgelegt. Angeblich sollte das gut sein, wenn man zu Krampfadern neigte, was bei ihr allerdings nicht der Fall war. Es gab jedoch Momente, in denen sie diesbezüglich nicht so ganz sicher war, wenngleich, wie sie zu wissen glaubte, genetisch nichts zu befürchten stand. Aber schaden würde es nicht, und außerdem konnte sie in dieser Lage am besten nachdenken.

Ihre Gedanken wanderten zu dem Mann im Moor, der auf so unerquickliche Art und Weise sein Leben hatte lassen müssen. Sie schüttelte sich. Die Bilder, die vor ihren Augen erschienen, hatten etwas ungemein Ekelerregendes und Abstoßendes.

Nachdem man den Baum gefällt hatte, war sie ganz nahe an die Leiche herangetreten, die noch immer festgeklemmt im hohlen Stamm gesteckt hatte. Sie hatte nach Hinweisen gesucht, die Rückschlüsse auf die Art, wie der Mann getötet worden war, hätten geben können, doch sie hatte nichts erkannt. Aber sie hatte den Geruch der Leiche wahrgenommen. Einen Geruch nach Moder und langsam einsetzender Verwesung. Und nach totem Holz. Der Geruch unterschied sich kaum von dem des Moores, hatte sie gedacht.

Nur die abgeschnittenen Gliedmaßen waren bislang Zeugnis, dass es ein gewaltsamer Tod war. Amanda Wouters hatte in der Dunkelheit versucht, die Gesichtszüge des Mannes genauestens zu studieren, und angewidert in die leeren Augenhöhlen geblickt. Ein altes Gesicht, hatte sie gedacht. Jemand, der sein Leben nahezu bis zur Neige ausgekostet hatte. Warum hatte man ihm die wenigen Jahre, die ihm vielleicht noch geblieben wären, auf solch brutale Art und Weise genommen?

Amanda fühlte sich plötzlich unwohl, und wie immer in solchen Situationen griff sie auf den einzigen Trost zurück, den sie hatte, und ließ es zu, dass sich ihre Gedanken aus dem trüben Büro entfernten und in träumerisch klare Weiten erhoben. Wie bunte Vogelschwärme auf dem Flug nach Süden zogen sie über zerklüftete Gebirge und blaue Wasser hin zu einer kleinen Stadt in Afrika, in der die Farben unter dem Staub auf unbeschreibliche Weise hervorleuchteten und die Sonnenstrahlen durch sämtliche Poren des Körpers zu dringen schienen. Sie dachte an armselige Lehmhütten und geduckte Häuser, die in der glühenden Hitze flimmerten. Dann schloss sie die Augen und mit einem Mal spürte sie, wie warme, kräftige Hände über ihren Körper glitten und sie ohne Zaudern dort liebkosten, wo sie es am liebsten hatte. Sie konnte nicht verhindern, dass sie leise stöhnte.

Als Ada Slencka, die Sekretärin aus der Anmeldung, ins Zimmer trat, hatte sie die Augen schon wieder geöffnet und Afrika war bereits weit weg. Dennoch blickte sie etwas unsicher auf, als Ada ihr eine knappe Notiz hinhielt.

»Da war ein Anruf für dich«, meinte Ada. Es klang ein wenig vorwurfsvoll. »Ich habe durchgestellt, aber du hast nicht abgehoben …«

»Schon gut. Ich habe gerade nachgedacht.«

Ada nickte, was den Eindruck erweckte, als würde sie genau verstehen, was Amanda damit meinte. »Ein Anruf aus dem Innenministerium. Die wollen einen Praktikanten oder etwas ähnliches schicken, der dich in den nächsten Wochen begleiten soll.«

Amanda blies die Backen auf, sagte aber nichts.

»Du sollst so bald wie möglich zurückrufen. Die Nummer habe ich aufgeschrieben. Hier …«

»Hat er seinen Namen nicht genannt?«, fragte Amanda, die den Zettel vage musterte.

»Steht doch dort.«

Amanda nickte. Dann beobachtete sie, wie Ada hinauswackelte. Sie hatte schöne Beine, dachte sie. Ob Ada je mit

Krampfadern zu kämpfen haben würde? Sie seufzte. Es war wohl eher eine akademische Frage.

Der Mann aus dem Innenministerium gab sich kurz angebunden. Ja, da würde jemand kommen, der deutsche Polizeiarbeit studieren wollte. Eine Art internationaler Austausch. Ein Projekt, das auf ministerialer Ebene angesiedelt sei.

»Ein Ausländer?«, fragte Amanda Wouters.

»Ja, warum denn nicht?«

Amanda schluckte einmal trocken. Sie sah Ungemach auf sich zukommen. Sie hatte nichts gegen Ausländer, aber der Gedanke, Büro, Arbeit und vielleicht sogar Freizeit mit einem unbekannten Kollegen teilen zu müssen, gefiel ihr überhaupt nicht. »Wir stecken gerade in einem Mordfall, der uns …«

»Sehr gut, sehr gut«, schnitt ihr die Stimme am Telefon das Wort ab. »Das ist genau das, was wir brauchen.«

Amanda ging in Gedanken die Nationalitäten durch, die für den potenziellen Besucher infrage kamen. Jemand aus Osteuropa. Aus Russland vielleicht. Oder aus Asien. China oder …

»Herr Johnson ist übrigens Amerikaner und spricht sehr gut Deutsch. Äh … und lassen Sie ihn an Ihren Ermittlungen teilhaben.«

Die Stimme verstummte für einen Moment und Amanda, die zur Decke gestarrt hatte, während sie in den Hörer lauschte, fühlte sich bemüßigt, etwas zu erwidern. Ehe sie etwas sagen konnte, drang die Stimme schon wieder an ihr Ohr. »Der Minister ist sehr an einem reibungslosen Ablauf interessiert, Frau Wouters. Wir können uns doch auf Sie verlassen?«

»Ein Ami …«, hob sie an, kam jedoch nicht recht weit.

»Ja, ja. Rufen Sie an, falls es Probleme geben sollte.«

»Mach ich.«

»Dann auf Wiederhören.«

Amanda räusperte sich. Gleich darauf hörte sie, wie die Verbindung unterbrochen wurde. Der Mann aus dem Ministerium hatte aufgelegt.

»Auf Wiederhören«, schickte sie trotzdem noch hinterher.

Eine Minute später hatte sie den Anruf und das seltsame Ansinnen des Ministers bereits wieder vergessen.

Das Weiße Roß gab es schon immer. Und genau so lange war es im Besitz der Familie Berger. Als sie noch ein kleines Mädchen gewesen war, hatte der Vater sie regelmäßig zum Berger geschickt, um Bier zu holen. Frisch gezapft vom Fass musste es sein, nicht das Bier aus der Flasche, dem er nicht traute. Da war sie dann einmal in der Woche, meistens am Samstag, die krumme, alte Straße vom Hof bis zum Wirtshaus gegangen, hatte einen Krug mit schäumendem Bier bestellt und die paar Münzen, die ihr der Vater mitgegeben hatte, auf den Schanktisch gelegt. Manchmal hatte er ihr auch nichts mitgegeben. Da hatte sie den Berger dann fragen müssen, ob er es anschreiben würde. Der hatte ihr meistens zugenickt, und wenig später hatte sie sich mit dem vollen Krug auf den Rückweg gemacht. Oft war es schon dunkel gewesen und sie hatte sich gefürchtet. Trotz der Gespenster, die sie umlauert hatten, war sie jedes Mal im Schatten der Büsche stehen geblieben und hatte sich einen Schluck vom Bier gegönnt, bevor sie den Hof erreicht und dem Vater den Krug hingehalten hatte. Noch heute konnte sie sich an den kühlen, herben Geschmack erinnern. Damals hatte sie die verbotene Köstlichkeit zum ersten Mal versucht. Der Vater hatte nie etwas gesagt, nur manchmal gebrummt: »Hast wieder was verschüttet, Amanda. Nächstes Mal passt besser auf!«

Die Wirtsstube sah noch immer so aus, wie sie sie aus jenen Tagen der Kindheit in ihrer Erinnerung bewahrt hatte. Ein großer weiß getünchter Raum mit niedriger Decke und einer Reihe dunkler Balken. Dazu etliche Säulen, die den Raum aufteilten und hinter denen sich die Tische, voneinander abgeschirmt, in kleine Nischen duckten. Schwere Tische aus Eichenholz. Dazu am Boden befestigte Bänke.

Nichts hatte sich verändert. Selbst das alte Fahndungsplakat mit den RAF-Terroristen hing noch neben den Haken für die Garderobe. Jemand hatte rote Kreuze auf die Köpfe der längst Inhaftierten oder Getöteten gekritzelt. Triumphzeichen, verblasst, wie die Porträts selbst. Es schien, als sei die Zeit still gestanden. Und auch wenn Amanda seit damals des Öfteren hier gewesen war, war es gerade das ursprüngliche Bild des düsteren Lokals, das in ihrem Gedächtnis haften geblieben war.

Der Mann, der hinter dem Tresen stand, hatte sich in den letzten Jahren dagegen stark verändert. Er war sichtbar gealtert und hatte seine Haare weitgehend verloren. Nur die Augenbrauen, die er schon früher schwarz und buschig über den blassen Augen zusammengezogen hatte, standen nach wie vor störrisch und drohend in seinem Gesicht.

»Wie geht's dir, Amanda?«, fragte er, ohne dabei seine Tätigkeit am Zapfhahn zu unterbrechen. Er blickte nur einmal kurz auf und konzentrierte sich wieder auf das halb volle Glas in seiner Hand und den kräftigen Strahl aus dem Hahn.

»Geht so«, gab Amanda zurück. Sie blickte sich im Gastraum um. Die wenigen Gäste dösten vor ihren Biergläsern vor sich hin. Meist waren es ältere Männer. Nur an einem Tisch am Fenster saßen zwei Jungen, die sich lebhaft unterhielten.

»Wo ist denn dein Martin?«, fragte sie. »Ich muss mit ihm sprechen.«

»Oben, in seinem Zimmer. Was willst von ihm?«

»Kannst dir doch denken, Berger.«

Der hatte in der Zwischenzeit ein frisches Glas genommen und begonnen, es zu füllen. Als er damit fertig war, stellte er es zu dem anderen auf ein Tablett. Dann drehte er sich um und rief durch die halb geöffnete Tür hinter dem Tresen: »Christa, hol mal den Jungen. Die Amanda möcht mit ihm reden.«

Er nickte Amanda kurz zu und trug das Tablett zu dem Tisch am Fenster, an dem die zwei jungen Burschen saßen. Der eine kam Amanda bekannt vor. Erst nach einer Weile fiel ihr ein, dass es der junge Mann war, der zusammen mit dem Förster den Toten im Moor geborgen hatte.

»Wer sind die beiden?«, fragte sie den Berger, als er wieder hinter dem Tresen stand.

Der zuckte mit den Schultern und warf einen eigenartigen Blick in die Richtung der Jungen. »Schüler. Aus der Berufsschule in der Stadt. Die kommen öfter.«

»Schon am Vormittag?«

»Warum denn nicht?«

»Weißt du, was mein erster Gedanke war, als ich heute Morgen aufgewacht bin?«, fuhr Amanda fort.

»Nein?«

»Dass dein Martin den Mann gekannt hat, den sie im Moor umgebracht haben.«

»Blödsinn. Das wüsst ich doch.«

Amanda runzelte die Stirn. »Bist dir da sicher?«

»Ja.«

Der Berger schien mit einem Mal richtig verärgert. Er hatte seine Augenbrauen zusammengezogen, wie er das früher getan hatte. Für Amanda sah er plötzlich so aus wie damals. Er versucht, ihn zu beschützen, als wäre er sein Sohn, dachte sie. Aber wovor wollte er ihn denn nur beschützen?

Ehe sie länger darüber nachdenken konnte, wurde die Tür hinter dem Tresen aufgestoßen und eine ältere Frau mit verhärmtem Gesicht schob einen widerstrebenden jungen Mann in die Wirtsstube.

Jeder im Dorf kannte Martin, den Enkel vom Berger. Auch Amanda kannte ihn seit vielen Jahren, genau genommen seit damals, als ihn die Marlies, die Tochter vom Berger, ihren Eltern gebracht hatte. Wie lange das schon her war, schoss es Amanda durch den Kopf. Die Sache mit Marlies Berger … Marlies war etwa fünf oder sechs Jahre älter als sie gewesen und hatte mit ihr das Gymnasium in M. besucht. Eigentlich hatten sie sich kaum gekannt. Damals hatten Welten die beiden Mädchen getrennt. Nicht nur wegen des Alters. Zwar waren sie jeden Morgen gemeinsam mit dem Bus in die Stadt gefahren, aber sie hatten kaum Kontakt gehabt, hatten nur hin und wieder miteinander ein Wort gewechselt. Marlies war in jener Zeit so etwas wie der Star an der Schule gewesen. Ein Überflieger in einer ganz besonderen Weise. Ein wildes, von sich eingenommenes Mädchen, das sich nicht um Gott und die Welt zu scheren schien. Ein bisschen so wie die Uschi

Obermeier. Sie dagegen … Amanda seufzte, als sie an die längst vergangenen Zeiten zurückdachte.

Die älteren Lehrer hatten die Marlies nicht gemocht, weil sie so frech gewesen war. Aber die jungen, die Referendare und die Studienräte, hatten ihr schöne Augen gemacht und sämtliche ihrer Kapriolen akzeptiert. Damals hatte es viele Gerüchte gegeben. Dann, eines Tages, war die Marlies weg gewesen. Das war kurz vor ihrem Abitur gewesen und es hatte helle Aufregung an der Schule geherrscht. Wie es hieß, war sie nach Berlin gegangen. Wegen eines Mannes.

Eine ganze Zeit hatte man dann nichts mehr von ihr gehört. Zwei Jahre später war sie mitten in der Nacht zu den Eltern zurückgekehrt und hatte dem Berger und seiner Frau ihr Neugeborenes in die Arme gedrückt. Was damals genau passiert war, wusste Amanda natürlich nicht. Niemand außer Marlies und ihren Eltern wusste das. Aber sicher war jedenfalls, Marlies war nicht lange geblieben, und von jener Nacht an hatten sich die alten Bergers, die Großeltern, um das Baby gekümmert und den Jungen großgezogen.

Von Anfang an war den Leuten aufgefallen, dass die Gesichtszüge des Kleinen etwas eigenartig waren. Die älteren Erwachsenen hatten sich vielsagend angeblickt, wenn sie Christa Berger, die damals gerade mal 35 war, mit dem Kinderwagen begegneten. Dabei hatten sie immer wieder betont, was für ein liebes Kind der kleine Martin doch sei. Kein Schreikind wie so viele andere. Magnus Berger und seine Frau hatten zu solchen Äußerungen genickt und nichts weiter gesagt.

Im Lauf der Jahre war es immer deutlicher geworden, dass Martin ein Kind mit Downsyndrom war und sich anders als die Gleichaltrigen im Dorf entwickelte. Zusätzlich litt er immer wieder unter starken epileptischen Anfällen, bei denen sich sein Körper und die Gesichtszüge jedes Mal auf erbarmungswürdige Weise verzerrten. »Mongoloid ist er, der arme Kerl«, hatten die Leute dazu gesagt und dabei an die Marlies gedacht, die es wohl zu bunt getrieben hatte. Ob das Ganze nicht gar ein Zeichen des Himmels gewesen war? Wer wusste das schon. Irgendwann hatten sie sich an den Jungen mit den eng stehenden, mandelförmigen Augen, die nur ganz selten lachten, gewöhnt. Sie vergaßen im Laufe der Zeit seine Behinderung und lernten, sie als etwas Natürliches zu begreifen. Vor allem die Kinder zeigten keine Berührungsängste und nahmen ihn in ihrer Mitte auf, und er wurde Teil ihrer derben Spiele, die sie schon bald in die düstere Welt des Moores führten …

Aus dem kleinen Martin war in der Zwischenzeit ein fast 40-jähriger, etwas unbeholfen wirkender Mann geworden, dessen Behinderung mittlerweile deutlich zu erkennen war. Vor allem mit dem Sprechen tat er sich schwer und es bedurfte großer Anstrengung, wenn man ihn zu verstehen suchte.

Seine Mutter, die Marlies, hatte sich in all den Jahren kein einziges Mal im Dorf blicken lassen, und allgemein nahm man an, dass selbst die Eltern nicht wussten, wo ihre Tochter steckte. Es gingen sogar Gerüchte, dass sie entweder in Berlin oder auch in Frankfurt oder in Köln auf dem Strich gelandet war oder vielleicht schon gar nicht mehr lebte.

»Hallo, Martin«, begrüßte Amanda den jungen Mann. Sie nahm ihn an der Hand, was er widerstrebend und doch gutmütig geschehen ließ, und führte ihn zu einem kleineren Tisch in einer Ecke des Lokals. Die alte Frau mit den verhärmten Gesichtszügen und der Berger blieben hinter dem Tresen stehen. Amanda fühlte, wie sich die Augen der Alten in ihren Rücken bohrten. Sie widerstand jedoch der Versuchung, sich umzudrehen. Dann setzten sie sich und Martins Blick senkte sich sofort auf den Tisch. Sie betrachtete ihn eine Weile. Er hatte dichtes schwarzes Haar. So wie der Berger früher.

»Erzählst du mir, was du gestern im Moor gemacht hast?«, fragte sie ihn dann behutsam.

Martin hob die Schultern. »Im Moor«, nickte er.

Amanda blickte auf seine blassen Hände, die gekreuzt auf dem Tisch lagen. Sie betrachtete seine Finger. Die beiden kleinen waren eigenartig geformt. »Warst du spazieren?«

»Ja, spazieren. Im Moor.« Wieder nickte er mehrere Male.

»Gehst du oft dort spazieren?«

»Im Moor. Ja … Ja. Oft.«

»Was tust du dort, wenn du spazieren gehst?«

Verständnislos blickte er sie an. »Spazieren gehen. Im Moor.«

»Du warst auch bei dem alten Baum, nicht wahr?«

Sie konnte geradezu spüren, wie er sich bei der Frage verkrampfte, aber er antwortete nicht, blickte weiter angestrengt auf die Tischplatte.

»Und der Mann?«, fuhr sie fort. »Du hast den Mann im Baum gesehen? Hast du ihn gekannt, diesen Mann?«

»Nein. Nein. Lieber Mann. Hat Martin gestreichelt … Lieber Mann.«

Das Wort ›gestreichelt‹ hatte Amanda kaum verstanden.

»Wie?«, fragte sie erstaunt.

»Martin gestreichelt.« Wieder nickte er, wie um seinen Worten Nachdruck zu verleihen.

»Wann war das?«

»Martin gestreichelt«, wiederholte er noch einmal eigensinnig. Sein Kopf war dabei ganz schief gestellt und Amanda beobachtete, wie seine Zunge immer wieder die Unterlippe befeuchtete.

»Hast du den Mann schon einmal gesehen? Vorher?«

Martin schüttelte den Kopf. »Mann tot«, sagt er dann. »Lieber Mann ...«

Einen kurzen Moment lang richtete er seinen Blick auf Amanda und schaute ihr in die Augen. Ein blasser, leerer Blick und doch schien es ihr, als verberge sich dahinter eine Welt, zu der nur er Zugang hatte. Dann huschten seine Augen wieder weg, und Amanda war es, als habe er sie im selben Augenblick schon wieder vergessen.

Was wohl hinter seiner Stirn vor sich ging?

Unvermittelt kam ihr ein Gedanke. Der unbekannte Mann hatte, wenn sie dem, was Martin gerade gesagt hatte, glauben konnte, den Jungen gestreichelt. Und dann hatte ihm jemand die Hände abgehackt. Ob es da einen Zusammenhang gab? Ein irrwitziger Gedanke, wie sie sich sofort sagte. Wahrscheinlich hatte sie in der letzten Zeit einfach zu viel über Missbrauchsopfer in den Medien gelesen. Vielleicht sollte sie mit dem Kommissar darüber sprechen, der den Toten gefunden hatte. Sie hatte den Eindruck gehabt, als würde er solche Zusammenhänge verstehen.

»War da noch jemand, als dich der Mann gestreichelt hat?«, fragte sie. Doch Martin hatte den Kopf abgewandt und sie wusste, dass er ihr jetzt keine Antworten mehr geben würde. Er wirkte bereits nach den wenigen Sätzen, die sie mit ihm gewechselt hatte, völlig erschöpft, und sie hatte Mitleid mit ihm. Sie bemerkte, dass seine Hände angefangen hatten, zu zittern, und beschloss, nicht weiter in ihn zu dringen.

Als sie sich erhob und umdrehte, nahm sie gerade noch wahr, wie einer der beiden Berufsschüler, die sich vor einer Weile so intensiv unterhalten hatten, an ihrem Tisch vorbei zur Toilette ging. Es war der junge Mann, der zusammen mit dem Förster den Toten im Moor geborgen hatte. Er hatte seinen Blick auf Martin gerichtet. »Servus, Martin«, sagte er und dann nickte er Amanda zu.

Amanda grüßte zurück, wollte etwas zu ihm sagen, doch da war schon der Berger an den Tisch herangetreten und blickte sie an.

»Hast dich getäuscht, Berger«, meinte sie nur.

Ein kleiner, dünner Schrei ertönte. Bichlmaier fuhr zusammen. Er drehte sich um und starrte in ein Paar ungläubig aufgerissene Augen. Dann spürte er, wie sich kalte Nässe in seinen Schuhen ausbreitete. Das Mädchen hinter ihm hatte sein Tablett ungeschickt nach oben gerissen und blickte voll Entsetzen auf das, was es angerichtet hatte. Pappbecher, aus denen Cola und Eisklumpen gluckerten, lagen auf dem Boden neben durchweichten Servietten und aufgeplatzten Schachteln mit Hamburgern. Der größte Teil der Flüssigkeit hatte sich jedoch offensichtlich in Bichlmaiers Schuhe ergossen. Als er einen Schritt nach vorn machte, merkte er, wie die braune Brühe aus den Schuhen quoll.

»Scheiße«, sagte das Mädchen und grinste Bichlmaier verlegen an. Ein dunkelhaariges Mädchen mit wilden Locken, eine junge Frau eher. Wie hübsch, dachte er. Leichte Röte war ihr ins Gesicht gestiegen. Er lächelte zurück. So gut es ging, denn einen Moment lang glaubte er, sie schon einmal gesehen zu haben. Vor vielen Jahren. Damals hatte es keinen Burger King gegeben. Weder hier in der kleinen Stadt noch sonst irgendwo in Deutschland.

»Schon gut«, murmelte er und trat dann auf die Hauptstraße hinaus. Dort blieb er stehen, senkte den Kopf und schob die Hände in die Jackentaschen. Er schloss die Augen, atmete tief ein und öffnete sie wieder. Dann blickte er die Straße hinunter. In der Ferne erkannte er das Stadttor.

4

Amanda Wouters lag in der Badewanne und hörte, wie das Telefon klingelte. Sie war spät aufgestanden und hatte ihre Frühstückszeit verschlafen, aber dennoch beschlossen, sich ein bisschen zu verwöhnen, ehe sie ins Büro ging. Im Moment betrachtete sie gerade ihre aus dem lauen Wasser ragenden Zehen, die sie viel zu groß und knochig fand.

Wer zum Teufel wagte es, sie zu stören? Missmutig stieg sie aus der Wanne, warf das große Badelaken um, das sie auch bei ihren Afrikareisen immer im Gepäck hatte, tapste mit nassen Füßen in die Diele und nahm den Hörer ab. Es war Mannteufel, der Gerichtsmediziner.

»Amanda?«

»Ja.«

»Ich bin's …«

Amanda grunzte unwillig in den Hörer. »Was ist denn?«

»Ich hab was für dich …«

»Hm.«

Mannteufel ließ sich durch ihre schlechte Laune nicht entmutigen. »Habe ich dich gestört?«, fragte er.

»Ich war gerade in der Badewanne.«

Der Gerichtsmediziner lachte schadenfroh in den Hörer. Es klang, als würde ein Pferd husten. Amanda hielt das Telefon angewidert vom Ohr weg. Mannteufel war für seine direkte Art, mit Frauen umzugehen, berühmt, ebenso wie für sein Faible für Joghurt und sein aufbrausendes Wesen, das vor nichts und niemandem Halt machte. Wenn man ihn zu nehmen wusste, so wie Amanda, war er allerdings sanft wie ein Lamm.

»Willst du wissen, wie der Mann im Moor ums Leben gekommen ist?«

Amanda zog das Badetuch fester an sich und leckte sich die Wassertropfen, die ihr übers Gesicht liefen, von den Lippen.

»Ja, sicher«, sagte sie. »Was für eine blöde Frage.«

Mannteufel lachte sein fiesestes Lachen. »Zyankali«, meinte er dann. »Der Kerl hat sich eine Kapsel mit Zyankali ins Maul gesteckt – oder jemand hat ihn dazu gezwungen. Starke Verätzungen der Lippen und der Mundhöhle. Er ist auf jeden Fall genauso verreckt wie einige der Nazibonzen nach dem Krieg. Der feiste Typ in Nürnberg … Du weißt schon.«

Amanda wusste erst nicht, wen er meinte, brummte aber irgendwie zustimmend. »Du meinst Göring?«

»Genau. Das Zeug wird übrigens nach wie vor in amerikanischen Gaskammern verwendet. Allerdings nur noch selten. Kein schöner Tod, erzählt man sich. Geht nicht so schnell, wie man denkt.«

Etwas genervt von Mannteufels Umständlichkeit, beschloss sie, nicht näher auf tote Nazibonzen oder amerikanische Absonderlichkeiten einzugehen, da sie diese im Moment nicht interessierten.

»Hm. Ist das alles? Weitere Spuren von Gewaltanwendung? Von den abgetrennten Händen mal abgesehen?«

»Jede Menge. Druckstellen im Kieferbereich, Abschürfungen sowie Hämatome am ganzen Körper und zahlreiche Verletzungen im Genitalbereich. Offensichtlich hat jemand versucht, seine Eier zu rösten.«

»Wie …?«

»Er ist vor seinem Tod ordentlich gefoltert worden. Seine Geschlechtsteile sind mit einer Zange oder etwas Ähnlichem behandelt worden. Und dazu mit Strom, ganz professionell. Sie haben ihm Stromstöße durch die Eier gejagt. Muss höllisch wehtun.«

»Das heißt, sie wollten etwas von ihm wissen.«

»Worauf du einen lassen kannst«, bestätigte Mannteufel und wieherte, als würde ihn der Gedanke aufs Höchste erheitern.

»Ich hoffe nur, der Bursche hat irgendwann geplaudert.« Vor Amandas innerem Auge erschien das Gesicht des Toten. Sie fror plötzlich und es wurde ihr bewusst, dass sie halbnackt und nass in der Diele stand. »Hast du schon alles schriftlich?«

»Noch nicht alles, aber das, was wir bisher wissen, liegt auf deinem Schminktisch.«

»Na gut, dann bis gleich.«

Nachdem sie das Gespräch beendet hatte, ging sie ins Bad zurück und trocknete sich ab. Sie zog sich etwas über und schlurfte in die Küche, um doch noch zu frühstücken. Aber irgendwie hatte ihr das Gespräch mit Mannteufel den Appetit verdorben. Eigentlich hätte sie sich nur eine Tasse Kaffee gönnen und dann ins Büro fahren wollen. Sie blieb dennoch am Tisch sitzen.

Ihre Gedanken fingen an zu wandern. Woher stammte der Tote und woher war er gekommen? Warum war er gerade hier gelandet, hier in dieser trostlosen, abgelegenen Moorlandschaft? Wo hatte er sich die letzten Tage, bevor er getötet worden war, aufgehalten? Jemand musste ihn gesehen haben. Jedoch hatte niemand bislang einen Angehörigen oder Bekannten vermisst gemeldet. Vor allem aber musste sie der Frage nachgehen, wo und wann der Tote Martin, den Enkel vom Berger, getroffen hatte. Was für eine Verbindung hatte zwischen den beiden bestanden? Woher hatten sie sich gekannt?

Sie trank ihren Kaffee aus, und als sie die Tasse auf den Tisch stellte, fiel ihr ein, dass es nicht mehr sehr lange dauern würde, bis sie Urlaub hatte. Höchstens ein Vierteljahr. Bis dahin musste der Fall gelöst sein. Bei dem Gedanken lächelte sie, ohne genau zu wissen, warum.

Auf dem Weg ins Büro machte sie an einem Kiosk Halt. Sie kaufte eine Boulevardzeitung, die sie normalerweise nie las, um zu sehen, ob etwas über den Mord darin stand. Im Auto blätterte sie sie durch, fand aber nichts dazu. Nicht einmal eine Randnotiz. Offensichtlich gab es wichtigere Themen, die die Menschen in Deutschland bewegten.

Die momentanen Schlagzeilen gehörten nach wie vor Fukushima und den täglichen Horrormeldungen aus Japan, aber auch einem Vorfall, der sich in Berlin abgespielt hatte. Wieder einmal hatte es in einer U-Bahn-Station eine Attacke gegeben, bei der eine fast 70-jährige Frau von maskierten Jugendlichen brutal zusammengetreten worden war. Auf der Titelseite konnte man die hinreichend bekannten, immer gleichen, verstörenden Fotos der Überwachungsvideos sehen. Schemenhafte, vermummte Gestalten, die auf ein armseliges, zusammengekrümmtes Bündel am Boden eintraten. Daneben, zwei, drei unbeteiligte Passanten, die vorbeigingen. Die drei Jugendlichen waren noch am selben Tag identifiziert und von der Polizei festgenommen worden. Der älteste von ihnen war 15. Amanda betrachtete angewidert die Fotos. Sie versuchte, hinter die Masken der jugendlichen Schläger zu schauen, und starrte auf das entstellte Gesicht der alten Frau am Boden. Doch die Bilder verschwammen vor Amandas Augen, bis sie nach einer Weile das Gesicht des Toten im Moor zu erkennen glaubte. Auch ihr Fall stellte einen Ausbruch sinnloser Gewalt dar. Und doch war dies eine ganz andere Form von Gewalt gewesen, dachte sie. Überlegte, zielgerichtete Gewalt, nicht blinde, dumpfe Aggression.

Als Amanda Wouters an diesem späten Morgen die Tür zu ihrem Büro öffnete, war es kurz nach elf Uhr. Es war Gründonnerstag, der Donnerstag vor Ostern. Daran dachte sie in diesem Augenblick allerdings nicht, denn ihre Gedanken beschäftigten sich noch immer mit dem unbekannten Toten und vor allem mit der Tatsache, dass er gefoltert worden war. Sie würde als Erstes einen Blick auf Mannteufels Bericht werfen. Vielleicht gab es Details über die Art und Weise, wie der Unbekannte getötet worden war, die sie in ihrer Ermittlungsarbeit weiterbringen würden.

Als sie in den Raum trat, erstarrte sie. Ein schwergebauter Mann, mindestens 50 Jahre oder älter, mit Stiernacken, hatte es sich in ihrem Stuhl bequem gemacht. Er saß regungslos da, die Unterarme auf der Tischplatte und las in einer Akte. Überrascht registrierte Amanda, dass der Mann ein Schwarzer war. Kein Afrikaner, wohl eher ein Ami, dachte sie. Es dauerte eine Weile, ehe er den Blick hob. Wie es schien, faszinierte ihn der Bericht. Als er den Kopf in ihre Richtung wandte, nahm sie sofort eine wulstige Narbe wahr, die seine gesamte rechte Gesichtshälfte in zwei ungleiche Abschnitte teilte, was ihm das Aussehen eines wilden Kriegers gab. Eine Narbe, wie von einem Säbelhieb. Einen Moment lang starrte sie auf das zerstörte Gesicht des Mannes, ehe sie sich fasste.

»Wer zum Teufel …«, begann sie empört, doch da hatte sich der Mann bereits erhoben. Er war größer als Amanda auf den ersten Blick angenommen hatte, und instinktiv trat sie einen Schritt zurück. Groß für sein Alter, dachte sie und hätte beinahe lachen müssen.

»Sorry«, sagte er. Er war äußerst behände um den Schreibtisch herum auf sie zugekommen und stand nun in seiner ganzen Größe vor ihr. »Ich bin Pericles Johnson. Sie müssen Frau Wouters sein.«

»In der Tat«, antwortete Amanda. »Darf ich fragen, was Sie hier …«

»Es tut mir leid. Ihre Sekretärin hat mich in ihr Büro geführt …« Er lächelte, ohne den Satz zu Ende zu führen.

Amanda holte tief Luft und schob sich dann an ihm vorbei. Sie würde definitiv ein Wörtchen mit Ada sprechen müssen. Als sie in ihrem Stuhl saß, fühlte sie sich sicher. Erst dann warf sie einen Blick auf die Akte, in der ihr Besucher gelesen hatte. Wie sie vermutet hatte, war es der vorläufige Autopsie-Bericht, den ihr Mannteufel angekündigt hatte.

»Ist schon in Ordnung«, sagte sie und nickte ganz gegen ihre Überzeugung. Mit einer Handbewegung wies sie ihm einen Platz auf einem der Besucherstühle zu. Eine Weile sagte keiner etwas und Amanda wippte mit ihrem Stuhl.

»Man hat Sie schon angekündigt«, meinte sie dann. Sie wartete, dass er etwas darauf erwidern würde, aber er blieb stumm, lächelte sie nur an.

»Sie sprechen sehr gut Deutsch«, hob sie daraufhin noch einmal an. Sein Schweigen irritierte sie.

»Meine Mutter war Deutsche«, antwortete er schließlich doch noch und lachte schallend.

5

München

Hinten, in dem riesigen fensterlosen Raum, dort, wo Otto die Hunde untergebracht hatte, stank es fürchterlich. Sie hasste es, wenn sie dieses Zimmer betreten musste, um zu ihrem Spind zu gelangen, verabscheute den Geruch der Hunde, die nur einige Meter entfernt, in ihren Gitterkäfigen herumliefen, fühlte sich angewidert von ihrem wilden, animalischen Knurren und Weinen, dem ekligen Geifer, der von ihren Lefzen tropfte. Dazu die blutunterlaufenen

Augen, aus denen die Tiere sie anstarrten. Als wollten sie sie jeden Moment zerfleischen.

Otto musste mindestens eine Minute hinter ihr gestanden haben, bevor sie ihn wahrnahm. Sein Bauch wölbte sich über seinen Gürtel, und sie bemerkte, dass sein Unterhemd nur bis zum Nabel reichte. »Hast du wieder Angst?«, fragte er sie.

»Lass mich«, sagte sie. »Du bist besoffen.«

Er kicherte, und sie sah, wie dabei ein dünner Speichelfaden aus seinem Mundwinkel tropfte. Sie wandte sich ab, wollte endlich zu ihrem Spind, sich umziehen. Sie war so verdammt müde. Es war ihr egal, ob er sie dabei beobachten würde. Plötzlich stand er direkt hinter ihr. Sie roch den scharfen Alkohol in seinem Atem, dazu ein säuerliches Gemisch aus Knoblauch und unverdautem Fleisch, als er aufstieß. Seine derben Hände legten sich auf ihren Hintern und sie ließ es geschehen. Sie beugte sich sogar nach vorn, wartete, dass es vorübergehen würde. Er kicherte die ganze Zeit, während er sie ohne Gefühl kniff und seine groben Finger spielen ließ, bis ihr schließlich die Tränen in die Augen stiegen. Ehe er von ihr abließ, klatschte er ihr mehrere Male die flache Hand auf das Hinterteil. Da fing sie an zu weinen.

Als sie damals nach München gekommen war, war der ›Leierkasten‹ in der Ingolstädter Straße noch ein ganz normaler Puff gewesen. Nicht so mondän wie in den vergangenen Jahren, seit er zu einem Laufhaus umgebaut worden war. Da hatte es nicht diese vielen schrägen Vögel gegeben wie heute, dachte sie. All die Perversen. Es war einfach ein Bordell gewesen, mit gewöhnlichen Kunden, die ihren sexuellen Hunger eben auf diese eine, klägliche

Weise zu stillen wussten, die bereit waren, 100 Mark oder auch ein bisschen mehr für eine armselige Nummer, eine kurze, hastige Erleichterung, hinzulegen, um dabei einen Moment ihre Erbärmlichkeit zu vergessen.

Manchmal, wenn sie an die Jahre zurückdachte, wenn die Erinnerung sie einholte, da ging es ihr durch den Kopf, dass es eigentlich trotz allem ein guter Arbeitsplatz für die Mädchen war. Die Huren arbeiteten in verschiedenen Schichten, und wenn sie sich nicht gerade mit einem Freier in die beiden oberen Stockwerke zurückzogen, waren sie angehalten, sich in der schummrigen Bar im Erdgeschoss aufzuhalten, in der die Kunden herumstanden und herumsaßen, sich an ihren Gläsern festhielten und das Angebot an aufreizend dargebotenem Fleisch sondierten. Meist liefen die Schichten ohne große Zwischenfälle ab und nur manchmal fingen einige Freier an zu krakeelen. Wenn es zu schlimm war, hatte Otto die Hunde geholt. Fast immer hatte es genügt, wenn deren Bellen und Knurren aus den hinteren Räumen zu hören war …

Manchmal war sie damals schon so schrecklich müde, so wie heute. Aber das gedämpfte Licht und die schwere Musik wischten diese Müdigkeit meist weg. Schlimm war es für sie nur, wenn sie an die Stange musste. Warum das so war, konnte sie nie so recht sagen. Die Zeiten jedenfalls, zu denen die Mädchen tanzen mussten, die Reihenfolge, waren in jenen Tagen mit buchhalterischer Pedanterie festgelegt. Wenn sich eine nicht daran hielt, setzte es empfindliche Strafen. Weder sie noch die anderen Mädchen stellte das jemals infrage. Es war wie in den meisten Berufen – man gewöhnte sich an bestimmte Regeln und versuchte, damit klarzukommen. Ganz einfach.

Dennoch, am Anfang, gleich nachdem sie aus Berlin gekommen war, war es ihr schlecht gegangen. Sie hatte viel geweint und manchmal hatte sie daran gedacht, mit all der Scheiße ein Ende zu machen. Aber dann hatte sie irgendwie den Zeitpunkt dafür verpasst und es war ihr klar geworden, dass man es sich selbst in der Scheiße recht gut einrichten konnte. Man musste nur bereit sein, zu vergessen …

Sie hatte den Mantel aufgeknöpft und sog die kalte Luft des späten Aprilabends ein. Ihre Müdigkeit war etwas verflogen, sodass sie sich besser fühlte als noch vor wenigen Minuten. Dennoch kriegte sie die innere Verlorenheit nicht aus sich heraus. Dazu hatte sie Schmerzen im Schritt, dort, wo sie noch immer Ottos grobe Finger spürte, die sie malträtiert hatten. Diese Drecksau, dachte sie. Diese verfluchte Drecksau!

An der Kreuzung zum Frankfurter Ring blieb sie stehen. Plötzlich spürte sie ihren Atem, der schwer und gepresst aus ihrem Rachen kam und mit einem Mal ihren Gaumen trocken werden ließ. Sie fuhr mit der Zunge über ihre Lippen und versuchte, durch die Nase zu atmen. Sofort hatte sie das Gefühl als müsse sie ersticken. Ob sie wohl krank wurde? Schon als Kind hatte sie sich im Frühjahr regelmäßig eine Erkältung eingefangen. Das war wie ein Naturgesetz gewesen …

Sie hob den Kopf, blickte geradeaus. Bis zur U-Bahn-Station war es nicht mehr weit, sie konnte in einiger Entfernung bereits das weiße U auf blauem Grund erkennen. Dann ging sie weiter. Sie schlängelte sich durch die Reihe der dicht geparkten Autos und überquerte die Straße. Ein Mann überholte sie, als sie die andere Seite erreicht hatte.

Er ging an ihr vorbei, drehte dabei den Kopf in ihre Richtung und blickte sie kurz an. Ihre Augen trafen sich. Wie es schien, lächelte er.

Warum er sie nur so anblickte? Ob er sie wohl kannte? Vielleicht einer ihrer Kunden von früher? Von früher. Von früher … von früher … von früher … Die Lichter der Autos huschten in dem ewig gleichen Rhythmus vorbei, in kurzen Abständen, nahezu ohne Pause, trafen auf ihre Pupillen, die deswegen klein geworden waren, blendeten sie, sodass sie weniger wahrnehmen konnte von den Menschen, die um sie herum waren, und sie der Finsternis nahe kam. Früher … Wie lange das schon her war. An die 25 Jahre sicher. Oder noch länger? Eine halbe Ewigkeit auf jeden Fall. Damals hatte die Müdigkeit die Oberhand gewonnen und da war es vorbei gewesen mit dem Anschaffen im Bordell. Von einem Tag auf den anderen. Die Männer, die in den ›Leierkasten‹ gekommen waren, hatten von heute auf morgen nichts mehr von ihr und ihrem müden Körper, den schlaffen Brüsten, dem trockenen Schoß, dem ständigen Gähnen, gewollt. Sie hatte den Ekel in ihren Augen erkannt, wenn sie sich ihnen angeboten hatte, hatte das schiefe Grinsen wahrgenommen, wenn sie den Kopf schüttelten … Nur Otto war ihr geblieben. Otto, der bei seinen Hunden geschlafen und aufgepasst hatte, dass sich die Freier nicht zu viel herausnahmen. Er hatte dafür gesorgt, dass sie hatte bleiben können, dass sie nicht wie die anderen, die aussortiert wurden, auf dem Straßenstrich gelandet war. Nur nicht zu den Nutten an der Ingolstädter Landstraße, hatte sie sich geschworen. Damals hatte sie angefangen, die Handtücher in den Zimmern der Mädchen zu wechseln, die Bettlaken nach jedem der Freier zu erneuern und die Kondome, die die Männer zurückließen, zu entfernen. Das war ihr neues Leben geworden. Früher … früher … früher …

Der Mann, der ihr zugelächelt hatte, war weitergeeilt, hatte sich nicht mehr umgedreht. Eigentlich schade, dachte sie. Er hatte ausgesehen wie ein Amerikaner. Das merkte man sofort. Nicht nur am Kaugummi. Einen Moment später war er über die Treppe in die U-Bahn hinunter verschwunden. Wenig später folgte sie ihm. Als sie auf der Rolltreppe stand und in die Tiefe glitt, beruhigte sich ihr Atem allmählich. Aber ihre Gedanken hörten nicht auf, zu wandern …

Sie dachte an den Brief zurück, der vor zwei Tagen gekommen war. Ohne Absender. Ein Luftpostbrief, abgestempelt in den USA. Zunächst hatte sie den Stempel nicht entziffern können. Erst als sie eine Lupe zu Hilfe genommen hatte, hatte sie die verwischte Aufschrift lesen können. ›Seattle SeaTac‹. Da hatte sie den Brief aber schon längst geöffnet gehabt. Sie kannte niemanden, der in Seattle wohnte. Und doch hatte sie schon im ersten Augenblick gewusst, von wem der Brief stammte. Noch bevor sie den kleinen Zettel aus dem Umschlag genommen hatte. Eigentlich war es kein Brief gewesen, nur eine Notiz, auf einem Computer geschrieben. ›Möchte dich sehen. H.‹

Sie hatte die wenigen Worte mehr als ein dutzend Mal gelesen, so als müsste sie ein Gedicht auswendig lernen, dann hatte sie die Notiz und den Umschlag, in dem sie gesteckt hatte, in Stücke gerissen und im Klo weggespült.

›Möchte dich sehen. H.‹ Nach all den Jahren. ›Möchte dich sehen …‹

Verdammt, hatte sie gedacht. Sie wollte ihn aber nicht sehen, das verdammte Arschloch.

Dann hatte sie sich auf einen der harten Stühle in der

winzigen Kochnische gesetzt und angefangen, zu weinen. Sie hatte die Beine nahe an sich herangezogen und hochgenommen und sie mit beiden Armen umschlungen, hatte sich so klein gemacht, wie sie das nur hatte können. Wie eine Zecke, die den Unbillen der Natur trotzte. Erst nach mindestens zehn Minuten hatten die Stöße, die irgendwo tief aus ihrem Inneren gekommen waren, aufgehört, ihren Körper zum Beben zu bringen. Wie ein Schluckauf, der plötzlich vorüberging.

Dann hatte sie kurz und laut gelacht. Wie er jetzt wohl aussah, hatte sie gedacht. Nach der langen Zeit. Er war mittlerweile ein alter Mann. 71 musste er sein. Sie konnte sich das aber nicht so recht vorstellen. Für sie war er noch immer so jung wie damals, als er gegangen war. Damals. Wie lange das mittlerweile schon her war. All die Jahre hatte sie ja geglaubt, etwas sei ihm zugestoßen. Dass er tot sei. Wie vom Erdboden war er verschluckt gewesen … Und dann war vorgestern dieser Brief gekommen.

Die Rolltreppe ruckelte, als sie unten ankam, und sie wäre beinahe gestürzt. Zu viel, was einem durch den Kopf geht. Sie blickte nach vorn. Am Bahnsteig warteten nur wenige Menschen. Meist Männer, kaum Frauen. Sie ging einige Schritte, blickte zum anderen Ende des Bahnsteigs, dann schlenderte sie etwas zögerlich ein Stück weiter, während sie auf die Anzeigentafel starrte. Um diese Tageszeit fuhren die Züge nicht mehr so oft. Nur noch alle 20 Minuten. Aber es war ohnehin nicht so wichtig. Sie hatte keine Eile. Niemand, der sie zu Hause erwartete. Sie hatte Zeit. Wieder blickte sie zum Treppenaufgang auf der anderen Seite. Von dem Mann, der sie vor wenigen Minuten angelächelt hatte, war nichts zu sehen.

Kurze Zeit später lief der Zug ein. Ein dumpfes Grollen war zu hören, bevor die Lichter aus dem Dunkel des Tunnels auftauchten. Dann die Luftströme, die sie erfassten. Sie liebte es, den warmen Windstoß, den der Zug vor sich her schob, auf ihrem Gesicht zu spüren, zu fühlen, wie der Wind durch ihre Haare wehte, und sie stellte sich so nahe an den Rand der Gleise, wie es nur ging. Einen Moment lang schloss sie die Augen. Sie merkte, wie sie leicht hin und her schwankte. Erst als der Zug zum Stehen gekommen war, öffnete sie die Augen wieder.

Der Waggon war nur spärlich besetzt und sie fand ohne Mühe einen Sitzplatz. Ihr gegenüber saß ein älteres Ehepaar und ereiferte sich über die hohen Spritpreise und die Unverfrorenheit der Ölkonzerne, vor Ostern die Autofahrer abzuzocken. Da sei die Katastrophe in Japan gerade rechtzeitig gekommen, um die Profite hochzufahren. Der Mann sah aus, als sei er viel zu alt, um noch ein Auto zu steuern, sodass ihm die Benzinpreise eigentlich hätten egal sein müssen, was seinem Ärger aber offensichtlich keinen Abbruch tat.

Sie hatte gar nicht daran gedacht, dass morgen Ostern war. Das Fest hatte ohnehin keine Bedeutung für sie. Ebenso wenig wie all die anderen Fest- und Feiertage. Im Grunde gab es nichts, was ihr etwas bedeutete. Schon lange nicht mehr.

Damals, ja, da hatte sie eine Ahnung vom Glück gehabt, aber dann war alles aus den Fugen geraten. Manchmal, vor allem nachts, kamen die Erinnerungen wieder, die sie tagsüber in einen Käfig zu sperren versuchte. Erinnerungen an Lügen, Selbstgerechtigkeit, Verrat und Tod.

Und jetzt war er wieder da, wollte sie sehen. Warum

nur? Wollte er denn sein Schweigen brechen? Er wusste doch, dass er das nicht durfte.

Als sie an der Dülferstraße ausstieg, war es kurz vor halb elf. Weit und breit waren keine weiteren Fahrgäste zu sehen und doch fühlte sie sich auf dem Weg zum Ausgang beobachtet. Sie holte tief Luft, ehe sie sich auf die Rolltreppe stellte und darauf wartete, dass sie ansprang. Sie war jedoch außer Betrieb, sodass sie zu Fuß nach oben steigen musste. Sofort hatte sie dabei das Gefühl, dass ihr schwindlig würde. Als sie schließlich ins Freie trat, blickte sie sich mehrmals nach allen Seiten um, als erwarte sie, jemanden vor sich zu sehen. Doch da war niemand.

In der Zwischenzeit war es empfindlich kalt geworden und sie zog ihren dünnen Mantel enger um sich. Zum Glück war es bis zu ihrer Wohnung nicht allzu weit. Mit einem Mal, ohne recht zu wissen warum, fing sie an zu laufen. Die Dülferstraße hinunter, am hell erleuchteten Autohaus Thaller vorbei bis zur Abbiegung in die Reschreiterstraße. Sie lief so lange, bis sie keine Luft mehr bekam, ein Hustenanfall sie schüttelte und sie keuchend stehen blieb. Das Herz in ihrer Brust tobte und zerrte, als wollte es sich befreien. Wie ein wildes Tier im Käfig. Herr im Himmel, dachte sie. Was war bloß los mit ihr? Mit beiden Armen stützte sie sich auf eine Aschentonne, die etwas verloren und vergessen am Straßenrand stand. Einen Moment lang fürchtete sie, sich übergeben zu müssen, aber ihr Schwächeanfall ging vorüber. Nach einer Weile beruhigte sich ihre Atmung, nur ihr linker Arm und das linke Bein schmerzten mit einem Mal so heftig, dass sie den Arm mit der Rechten an sich heranzog und ihn krampfhaft festhielt. Die letzten Meter hinkte sie. Die

Panik, die sie vor wenigen Minuten erfasst hatte, wollte nicht nachlassen.

In ihrer Wohnung war es stickig und unangenehm warm. Die Räume waren nicht sehr hoch, sodass sich die Luft darin fing. Obwohl sie fröstelte, legte sie ihren Mantel ab und trat an das Fenster im Wohnzimmer, um es, so weit als nur möglich, aufzureißen. Diese verfluchte Enge, dachte sie. Noch immer ging ihr Atem schwer und sie hörte ein hässliches Rasseln in den Bronchien. Die Schmerzen im Arm und im Bein blieben. Was war nur los mit ihr, dachte sie wieder. Vielleicht sollte sie sich einfach nur einige Minuten hinlegen …

Mit einem merkwürdigen Gefühl schreckte sie hoch. Irgendetwas stimmte nicht. Sie war überrascht, wie dunkel es um sie herum war, und versuchte, sich aufzurichten, aber eigenartigerweise hatte sie keine Kraft im linken Arm, sodass sie wieder auf die Couch zurücksackte. Einige Minuten lag sie nur da und lauschte ihrem Herzschlag, wartete, dass das rasende Pochen vergehen würde, die hämmernden Schmerzen in der Brust nachließen. Was war nur plötzlich los mit ihr? Alles war still. Nach einer Weile gelang es ihr, sich ein wenig zu entspannen. Sie dachte, dass sie sich etwas einbildete, dass alles in Ordnung war. Es müsste ihr nur gelingen, sich aufzurichten. Wenn sie nur nicht so müde wäre. Diese verfluchte Müdigkeit.

Langsam wandte sie den Kopf zur Seite, ihr Blick glitt zum Fenster. Irgendetwas hatte sich im Raum verändert. Hatte sie das Fenster vorhin, als sie gekommen war, nicht geöffnet? Noch einmal mühte sie sich vergeblich, sich hochzustemmen.

Eine leichte Bewegung der Vorhänge, ein kaum hörbares Rascheln, machte ihr schlagartig klar, dass jemand in ihrer Wohnung war. Hilflos und wie versteinert starrte sie zum Fenster. Die Vorhänge hingen nun wieder völlig still. Trotzdem war sie sicher, dass sich jemand dahinter verbarg.

Nein! dachte sie.

Nein, nein, nein!

Urplötzlich ertönte aus dem Fernsehapparat, der neben der Couch stand, grelle, laute Musik. Da stieß sie sich verzweifelt hoch, glaubte, mit einem Satz von der Couch springen zu können. Ein ungelenker Sprung, ein lächerlicher, kindischer Versuch. Sie verhedderte sich mit den Beinen in der Decke, die sie über sich geworfen hatte, und wäre beinahe gestürzt.

Dann ging alles ganz schnell. Ein Mann in einer kurzen dunklen Lederjacke trat hinter einem der Vorhänge hervor, machte zwei, drei schnelle Schritte auf sie zu und blieb stehen. Ganz erstaunt blickte sie ihn an. Es war kein Lächeln in seinen Augen zu sehen. Nicht wie vorhin auf der Straße. Jetzt kaute er auch keinen Kaugummi. Sie sah, dass er Handschuhe trug. In der rechten Hand, die er angewinkelt in Brusthöhe hielt, blitzte ein langes, schmales Messer. In der linken hatte er die Fernbedienung für den Fernseher.

Sie öffnete den Mund, wollte schreien, doch nur ein krächzender Laut war zu hören.

»Was …?«, fragte sie mit trockenen, spröden Lippen. Doch dann, als würde sie die Sinnlosigkeit ihrer Frage erkennen, als würde sie ahnen, dass sie in ihrem Leben keine Antwort mehr bekommen würde, versagte ihr die Stimme. Die Musik in dem engen, stickigen Raum wurde lauter und lauter, und dann sah sie, wie der Mann mit einer schrecklich langsamen Bewegung die rechte Hand mit dem Messer hob und ihr dabei gleichzeitig durch eine Geste zu verstehen gab, dass sie schweigen sollte.

Das Letzte, was sie mitbekam, war, dass er etwas Unverständliches zu ihr sagte. Sie sah nur, dass sich sein Mund in absurder Lautlosigkeit bewegte. Wie ein riesiger Karpfen, der sie verschlingen wollte, dachte sie. Da wollte sie laut herauslachen, doch ehe sie dazukam, wurde alles um sie herum dunkel, und in diesem Moment hörte ihr Herz nach etwas mehr als 58 Jahren mit einem Mal auf, zu schlagen.

Ihr ganzes erwachsenes Leben war sie müde gewesen. Jetzt hatte die Müdigkeit gesiegt. Marlies Berger war tot.

Sie erfuhr natürlich nicht mehr, was weiter mit ihr geschah. Dass sie der Mann hochhob und fast sanft auf die Couch bettete. Dass er ihren noch immer warmen Körper mit großer Sorgfalt unter der Kleidung abtastete und dabei selbst ihre Körperöffnungen einer genauen Inspektion unterzog. Dass er anschließend die Decke, die sie abzustreifen versucht hatte, wieder um ihre Beine drapierte und ihr die Fernbedienung, nachdem er die Lautstärke nach unten geregelt hatte, in die leblose Hand drückte.

Sie nahm auch nicht mehr wahr, dass er sich, nachdem er sie eine Weile nachdenklich betrachtet hatte, abwandte und ihre Wohnung akribisch durchsuchte und schließlich, als er die Wohnungstür sachte hinter sich zuzog, enttäuscht vor sich hin fluchte. »Goddam fuckin' bitch«, sagte er mehrere Male. Es schien, als ob er dabei trotzdem leise lächelte.

Es war der 23. April 2011, kurz vor Mitternacht, als der Mann das Haus verließ und in die kalte Nacht hinaustrat. Regen lag in der Luft. Die Nacht war die Nacht vom Karsamstag auf den Ostersonntag. In wenigen Stunden würden in der Stadt, im ganzen Land, die Osterglocken läuten.

6

Erst gegen Mittag hörte es auf, zu regnen. Einen Moment lang zeigte sich sogar ein kleines Stück blauer Himmel. Ein österlicher Himmel voll Hoffnung. Jenseits der Baumwipfel, irgendwo in der Ferne. Aber es war kalt. Zu kalt für die Jahreszeit, dachte er.

Der Hüter saß in dem spärlich möblierten Raum vor der Glastür, die zur Terrasse hinausführte. Wie so oft in der letzten Zeit. Im Zimmer war es ebenfalls klamm und ungemütlich, doch es machte ihm nichts aus. Er hatte sich eine Decke um die Schultern gelegt und sich in den alten Ledersessel gesetzt, den er vor das Fenster gerückt hatte. Wäre es draußen ein bisschen wärmer gewesen, dann hätte er wohl die Tür aufgeschoben, um die saure, erdige Luft des Gartens hereinzulassen. Das wäre schön gewesen, aber im Grunde war es nicht so wichtig.

Die Terrasse war leer und wirkte vernachlässigt. So als würde er sich nicht darum kümmern, was ja auch stimmte. Überall lagen Blätter und das abgestorbene Holz der

Bäume. Der angrenzende, riesige Garten, der zum Haus gehörte; auch er ungepflegt und verwildert. Es war ihm, als blickte er auf einen seit Langem von allem Leben verlassenen Park. Da war nichts, was das Auge erfreute oder gar festhielt, nur Wasserperlen, die von einer grünen Wand tropften, stetig und ohne Gnade.

Manchmal, wenn er so dasaß wie eben, da war es ihm, als würden dort draußen Fetzen aus der Vergangenheit vorbeiwehen, bunte Waben, die an den Ästen und Zweigen hängen blieben, die sich aber, wenn er nach ihnen greifen wollte, in schemenhaftes Nichts auflösten. In solchen Augenblicken empfand er die Schwere seines Auftrags in besonderem Maße, und doch herrschte da eine kleine Weile lang Leben um ihn herum und er konnte die Stimmen und die Geräusche von Menschen hören, die an einem gedeckten Tisch saßen und die Wärme der Sonne genossen. Kinderstimmen, das klirrende Lachen einer Frau, Musik, die zwischen den Bäumen und Sträuchern hing …

An diesem Vormittag wollten sich jedoch keine Bilder einstellen. Die Vergangenheit erwachte nicht zum Leben, so sehr er auch davon träumen mochte.

Gerade als er sich erheben wollte, landeten zwei Amselküken auf der Terrasse. Heruntergefallen aus ihrem Nest. Hinaus ins Leben gestoßen vielleicht. Winzige, ungelenke Federknäuel mit kurzen Schwanzfedern, die sofort anfingen, tapsig zwischen den verdorrten Blättern und dem Unkraut herumzustapfen. Der Mann verharrte in seiner Bewegung. Versonnen schaute er ihnen eine Zeit lang bei ihren unbeholfenen Schritten zu, beobachtete, wie sie sich darauf vorbereiteten, den ersten Flug in die Freiheit anzutreten. Sein Blick, der auf ihnen ruhte, war weich und voll Sorge und Mitleid.

Nach einer Weile stand er auf, streifte die Decke von den Schultern und ging zur Terrassentür. Er schob sie vorsichtig auf und trat hinaus. Ohne dabei ein Geräusch zu verursachen. Wie ein erfahrener Krieger. Ganz langsam. Obwohl er nicht mehr sonderlich jung war, bewegte er sich geschmeidig und mit großer Behutsamkeit, sodass die beiden Vögel nichts von einer Bedrohung wahrnahmen. Wie es schien, waren ihre Sinne noch nicht genug geschärft, um die Gefahr zu erkennen.

Erst als er sich zu ihnen hinabbückte, nahmen sie den drohenden Schatten wahr, der über sie gefallen war. Schrille, dünne Schreie voll Panik und verängstigtes Flügelschlagen folgten. Zu spät. Mit jäher Wucht hatten sich seine Finger um die beiden Kreaturen gelegt.

Als er sich erhob, konnte er das Zucken hilflosen Lebens in seinen schwieligen Händen spüren. Er fühlte den zarten Flaum, das filigrane Knochengerüst und das Pumpen der kleinen Herzen.

Eine Weile stand er so. Dann drückte er mit großer Zärtlichkeit zu, bis sämtliches Leben erloschen war.

Er war der Hüter.

7

Adolf Bichlmaier wachte langsam auf. Er hatte geträumt. Es war dunkel im Raum, jedoch er wusste, dass es Morgen war. Er blieb noch einige Minuten liegen, wälzte sich dann aus dem Bett und zog die Jalousien hoch. Die Sonne blendete ihn, sodass er zusammenzuckte. Eine Weile stand er da und versuchte, sich an seinen Traum zu erinnern, aber die Helligkeit des Tages machte dies unmöglich. Er wusste nur, dass es ein anderer Traum gewesen war, als der, den er sonst träumte.

Nachdem er geduscht und sich angekleidet hatte, machte er sich auf den Weg. Unterhalb der Wohnung, in die er sich eingemietet hatte, befand sich eine Bäckerei, in der er morgens Kaffee und ein einfaches Frühstück bekam. Ein Stehcafé, in dem sich stets die gleichen Männer aus der Stadt trafen. Inzwischen kannte er sie alle flüchtig. Den Apotheker, den Kaminkehrer und eine Reihe frustrierter Hartz-IV-Empfänger. Jeden Morgen standen sie da, außer sonntags. Gelegentlich wechselten sie ein paar Worte mit ihm, Belanglosigkeiten.

Die Bäckerei hatte es vor 40 Jahren nicht gegeben, dachte er. Da war er sich ziemlich sicher. Damals gab es kein Hartz IV und das Städtchen war ein Städtchen gewesen, viel kleiner als die Stadt heute mit all den eingemeindeten Dörfern und den zahlreichen Neubaugebieten – auch übersichtlicher. Mit seinem historischen Stadtkern und dem alten Stadttor hatte es beschauliche Ruhe und Überschaubarkeit ausgestrahlt. Damals. Sicherlich hätte er sich an die Bäckerei erinnert. Andererseits, über die Jahre waren seine Erinnerungen verblasst und vieles von dem, was einst für einen kurzen Moment in seinem Leben bedeutsam gewesen war, hatte sich verflüchtigt, war einfach nicht mehr vorhanden. Es gab so vieles, was er vergessen hatte. Vielleicht auch die Bäckerei.

Selbst das Gesicht des Mädchens war ihm phasenweise verloren gegangen. Da hatte er sich oft tagelang vergeblich gequält, hatte versucht, sich ihre Züge in Erinnerung zu rufen, ihre Stimme, ihre Art, sich zu bewegen, hatte, wenn die Erinnerung zurückgekommen war, warten müssen, bis sich der Sturm in seinem Kopf legte und er sich leer genug fühlte, um weiterzumachen. Im Rückblick konnte er dabei nicht einmal mehr so recht sagen, wann sein Erinnerungsvermögen angefangen hatte, ihn im Stich zu lassen. Manchmal hatte er sich in der Folge der Zeit sogar gefragt, ob es die schlimmen Ereignisse von damals überhaupt gegeben hatte. Eine absurde Vorstellung. War ihm tief in seinem Inneren doch immer bewusst gewesen, dass man die Vergangenheit nicht so einfach loswerden konnte. Was man zurücklässt, holt einen wieder ein. So war das nun mal.

Das Bild des Mädchens aus dem Hamburgerrestaurant ging ihm durch den Sinn. Es hätte ihre Tochter sein können, dachte er. Sicherheitshalber rechnete er nach. Wenn sie eine Tochter gehabt hätte … Er wusste, der Gedanke war absurd. Zu viele Jahre waren vergangen. Die Rechnung stimmte nicht, ging nicht auf. Und überhaupt, damals war sie ja selbst noch ein halbes Kind gewesen. Seine Gedanken wanderten weiter, mischten Vergangenes und Gegenwärtiges. Dann wieder sah er das Gesicht des Jungen vor sich. Es konnte nicht sein …

Der Kaffee war heiß und dünn und er verbrannte sich die Lippen, als er die Tasse an den Mund setzte.

Zum Glück war das Osterwochenende vorüber. Verlorene Tage, an denen man nur herumsitzen oder in die Kirche gehen konnte. Amanda schnaufte durch. Sie mochte weder das eine noch das andere. Die Feiertage waren nichts für alleinstehende Frauen. Da kam man nur auf dumme Gedanken, daheim und erst recht in der Kirche.

Der Tote lag noch immer in einem der drei Kühlfächer der Gerichtsmedizin. Drei war eine gute Zahl, dachte sie. Eine heilige Zahl. Wie durch ein Wunder hatte das Leichenschauhaus in all den Jahren, in denen sie hier ihren Dienst verrichtet hatte, nie mehr als drei Leichen gleichzeitig beherbergen müssen. Vielleicht ein Zeichen, dass es eine Vorsehung gab, die nur eine begrenzte Zahl von Gewalttaten zuließ, mutmaßte sie. So genau konnte man das allerdings nicht sagen. Vielleicht waren solche Zufälligkeiten einfach nur Gottes Weise, in der Anonymität zu verharren. Ein tröstlicher Gedanke. Dabei glaubte sie gar nicht an Gott.

Als sie in den weiß gekachelten Raum trat, der sie jedes Mal wieder an das Hinterzimmer von Alois Laumers Schlachterei aus den Tagen ihrer Kindheit erinnerte, dort, wo die erbärmlichen Schreie der Schweine, Schafe und Rinder von den Wänden getropft waren, blickte ihr Mannteufel entgegen. Er sah extrem müde aus und wirkte noch griesgrämiger als gewöhnlich. Dennoch schien er gehetzt, als sei er auf dem Sprung zu einem wichtigen Termin. Der weiße Schurz, den er trug, zeigte Spuren schwarzen Blutes, ebenso wie die Latexhandschuhe, die bis zu seinen Ellbogen reichten. Es roch nach Krankenhaus und einem starken Desinfektionsmittel.

»Muss schwierig gewesen sein, ihn auf den Baum zu zerren«, brummte er. Der Gerichtsmediziner lehnte an einer der Arbeitsbänke im Labor. Rostfreier Stahl unter dem blauen Licht starker Halogenlampen. Offenkundig hatte er die Obduktion der Leiche noch immer nicht abgeschlossen. Der Brustkorb des Mannes, der halb verdeckt hinter ihm lag, war geöffnet. Wie es schien, war Mannteufel gerade dabei gewesen, der Leiche die inneren Organe zu entnehmen. Amanda schluckte, als sie den langen, hässlichen Schnitt vom Hals bis zum Schambein sah. Verschiedene Schläuche und Zangen ragten aus dem Torso hervor. Sie vermied es, in die Schüsseln zu blicken, die auf einem weiteren Arbeitstisch standen. Daneben eine stählerne Säge, die sie an einen feinen Winkelschleifer erinnerte. Sicher würde Mannteufel noch den Schädel des Mordopfers öffnen. Sie hatte nicht vor, lange zu bleiben.

»Es ist mir sowieso ein Rätsel, wie sie das geschafft haben. Tote Körper sind verdammt schwer. Selbst die von alten Männern.«

»Hat er Widerstand geleistet?«, fragte Amanda.

»Wohl nicht. Nichts, was wir feststellen konnten.«

»Was ist passiert?«

»Das rauszufinden, ist dein Job.« Er funkelte Amanda provozierend an und starrte auf ihre Brüste. Sie fühlte sich unwohl, war in einigem Abstand stehen geblieben und beschloss, seine miese Laune einfach zu ignorieren.

»Und du bist sicher, es waren mehrere, die ihn …«

»Keine Frage. Ein Einzelner würde das nie im Leben schaffen.«

»Was ist mit dem Draht, mit dem er festgebunden war?«

»Ganz normaler Draht, wie du ihn auf jedem Hof, in

jeder Gärtnerei oder Werkstatt hier in der Gegend findest.«

»Andere Spuren? DNA?«

Er zuckte mit der Schulter, aber Amanda ging davon aus, dass er ohnehin bereits Proben an das Kriminaltechnische Labor in der Landeshauptstadt geschickt hatte.

»Was ist deiner Ansicht nach passiert?«, fragte sie. Sie kannte ihn gut genug, um zu wissen, dass er sich nicht scheute, detaillierte Ausführungen zu machen, auch wenn diese oftmals eher spekulativ waren.

»Die Obduktion ist noch nicht endgültig abgeschlossen«, sagte er. »Aber es ist ja offenkundig, dass er vor seinem Tod gefoltert wurde. Und, wie schon gesagt ... ich vermute, dass dabei Profis am Werk gewesen sind.«

»Hm. Warum?«

»Es ist nicht so einfach, mit Strom zu foltern, verstehst du. Es ist vor allem eine Frage der richtigen Dosierung. Sonst geht das Opfer hops, noch ehe man sein Ziel erreicht hat ...«

Amanda schwieg.

»Natürlich sind das nur Vermutungen.«

»Natürlich«, sagte Amanda. Ihre Gedanken wanderten. Warum sie ihn wohl gefoltert hatten? Die zentrale Frage.

Sie versuchte, sich vorzustellen, wie der Mann gelitten hatte, bevor ihn der Tod erlöst hatte. Wie es sich anfühlte, wenn man an seinen verletzlichsten Stellen mit Zangen malträtiert und anschließend geröstet wurde, wie Mannteufel sich ausgedrückt hatte. Wie er seine Peiniger angefleht hatte. Ob er dazu überhaupt in der Lage gewesen war? Der Gedanke war unerträglich und gleichzeitig erregend. Instinktiv presste sie ihre Schenkel zusammen.

»Vielleicht wollten sie ihn für irgendetwas bestrafen … oder sie wollten etwas von ihm wissen. Etwas, das wichtig genug war, einen Mord zu begehen.«

»Kann sein. Denkst du, er hat es ihnen gesagt?«

»Schon möglich. Sonst hätten sie ihn nicht getötet. Als sie ihm das Zyankali in den Mund steckten, muss das so etwas wie ein Akt der Gnade gewesen sein.«

Sie dachte darüber nach. Es war zumindest nachvollziehbar.

»Warum aber die Verstümmelungen nachdem er tot war? Warum haben sie ihn ins Moor geschleppt und auf den Baum gebunden? Das ergibt doch keinen Sinn.«

Sie blickte Mannteufel fragend an, doch der zuckte nur mit den Schultern. Finde es heraus, sagte sein Blick.

»Übrigens, die Verstümmelungen. Womit …?«

»Wahrscheinlich mit einer stinknormalen Kettensäge. Die Wundränder an den Stümpfen weisen eindeutig darauf hin. Außerdem haben wir kleinste Holzsplitter in den Wunden gefunden und Ölrückstände. Die Säge ist also vorher schon mal benutzt worden.«

Amanda nickte und musste daran denken, wie die Männer im spärlichen Licht der Autoscheinwerfer den Baum mit dem Toten gefällt hatten. Urplötzlich hatte sie wieder das schrille Geräusch der Motorsäge im Ohr, die sich in das tote Holz des Baumes fraß.

Der Gedanke an professionelle Killer, die mit einer Kettensäge durch die Lande zogen, hatte etwas Gespenstisches und zugleich extrem Absurdes. ›The Texas Chain Saw Massacre‹ in biederer Moorlandschaft.

»Da ist noch etwas.« Wieder funkelten Mannteufels Augen diabolisch auf. »Paula hat noch etwas gefunden.«

Paula war seine Assistentin, knappe 30 und recht

ansehnlich. Im Kommissariat ging das Gerücht, dass sie etwas mit Mannteufel hatte. Allerdings wusste niemand Genaues.

»Etwas ist ihr bei seinen Zähnen aufgefallen.«

»Lass hören«, sagte Amanda.

»Der Mann muss schon mal in Amerika gewesen sein. Zumindest wurden seine Zähne irgendwann in der Vergangenheit von einem amerikanischen Zahnarzt versorgt. Kronen und Füllungen in seinem Gebiss lassen jedenfalls auf eine Zahnbehandlung in den USA schließen. Das muss aber schon einige Zeit her sein.«

»Gibt es da Unterschiede?«

»Natürlich. Das ist kein Unterschied wie Tag und Nacht, aber dennoch nachweisbar.«

Amanda Wouters seufzte leicht. Einen Moment lang dachte sie an Pericles Johnson, ihren schwarzen Schatten. Wo er nur steckte. Sie hatte ihn während der Feiertage nicht zu Gesicht bekommen und die ganze Zeit nicht mehr an ihn gedacht. Dann schob sie jedoch den Gedanken beiseite und versuchte, sich wieder auf den Gerichtsmediziner zu konzentrieren.

»Also, du denkst, da waren Profis am Werk? Leute aus dem Milieu?«

Mannteufel verzog das Gesicht, sagte aber nichts.

»Wenn das wirklich Profis gewesen sind, dann hätten sie doch nie und nimmer zugelassen, dass man die Leiche anhand der Zähne identifizieren kann, oder? Warum haben sie dem Mann die Zähne nicht ausgeschlagen? Seine Hände haben sie doch auch abgehackt und entsorgt …«

»Na ja«, meinte Mannteufel. »Noch ist der Mann nicht identifiziert, aber vielleicht hast du recht. Oder die Jungs mit den dicken Muckis sind auch nicht mehr das, was sie mal waren. Andererseits, es gehört schon einiges dazu, einem Menschen die Zähne einzuschlagen. Selbst wenn er tot ist.« Als er lachte, hallte es in dem hellen Raum, und Amanda schaute ganz erschrocken drein. Jemand, der tote Menschen aufschlitzte, um damit seinen Lebensunterhalt zu verdienen, musste einen schrägen Humor haben, dachte sie. Sie nickte matt. Manches will man sich einfach nicht vorstellen.

Bevor sie ihr Büro betrat, ging Amanda bei Ada am Empfang vorbei. Sie wollte sie nach dem Amerikaner fragen, aber Ada telefonierte gerade, den Hörer graziös zwischen Wange und Schulter geklemmt, um ihre frisch lackierten Fingernägel, die sie von sich gestreckt prüfte, nicht zu ruinieren. Es roch nach Nagellack und leicht nach Zigarettenrauch. Ada lächelte ihr über die Fingernägel hinweg zu. Amanda lächelte etwas säuerlich zurück, seufzte und ging.

Die Tür zu ihrem Büro war nur angelehnt. Der Amerikaner stand am Fenster, eine Zigarette zwischen den Fingern. Das Fenster war geschlossen, und Rauchschwaden hingen im Raum. Er zwinkerte kurz, als Amanda eintrat und blies Rauch zur Decke. Völlig entspannt und ohne jedes Zeichen eines schlechten Gewissens. Offensichtlich hatte er kein Problem damit, gegen das deutsche Rauchverbot in Behördenräumen zu verstoßen. Gerade er als Amerikaner … Im Grunde, dachte Amanda, benahm er sich beinahe flegelhaft. Sie gab ihm die Hand, wobei sie ihn unverhohlen musterte. Sie musste den Kopf heben, um ihm in die Augen zu sehen. Sanfte Augen, hinter denen ein Lächeln lag. Mehr als dieses Lächeln war nicht zu erkennen. Höchstens eine leise Melancholie. Da war sie sich aber nicht sicher.

Als er sich umblickte, reichte sie ihm eine Kaffeetasse, die seit einer Ewigkeit auf ihrem Schreibtisch stand. Ohne Hast drückte er seine Zigarette darin aus.

»Schreckliches Laster«, meinte er und Amanda stimmte ihm zu.

»Tut mir leid«, sagte sie dann. »Ich habe mich noch nicht so recht um Sie kümmern können.«

»Kein Problem. Man hat mir mitgeteilt, dass Sie an einem Mordfall arbeiten, der Sie auf Trab hält.«

Angenehme Stimme, mit tief in der Kehle gebildeten R-Lauten, die die amerikanische Herkunft des Mannes nicht verleugnen konnten. Dazu aber ein grammatikalisch einwandfreies Deutsch, das im Gegensatz zu seinem deutlich hörbaren Akzent stand. Wie Henry Kissinger in seinen besten Tagen.

Amanda setzte sich und kam sich sofort klein und schmächtig vor. Kein schlechtes Gefühl allerdings, denn selbst ihre Problemzone schien mit einem Mal zu schrumpfen. Sie zeigte auf den Platz vor ihrem Schreibtisch. Wenigstens hatte er dieses Mal seinen riesigen Hintern nicht auf meinen Stuhl platziert, dachte sie.

»Das mit ihrer deutschen Mutter war doch ein Scherz, oder?«

»Natürlich«, sagte er. »Ein kleiner Scherz. Ihr Deutschen seid doch für euren Humor bekannt.« Er sagte es, ohne zu lächeln, doch Amanda hatte gleichwohl das Gefühl, dass er sie auf den Arm nahm.

»Hören Sie …«, begann sie.

Der Amerikaner zündete sich die nächste Zigarette an. Kräftige Hände mit langen Fingern, die Handflächen rosa.

»Hören Sie«, wiederholte sie. »Ich will Ihnen nicht zu nahe treten, aber was wollen Sie eigentlich hier bei uns?«

»Pericles«, sagte er. »Aber sagen Sie doch einfach Percy zu mir.«

»Amanda«, murmelte sie und reichte ihm die Hand. Pericles also, dachte sie leicht amüsiert. Sein Händedruck war kräftig.

»Internationale Polizeiarbeit«, sagte er dann. »Ich bin für die nordeuropäischen Länder, speziell Ihr Land, zuständig. Ein Projekt der NATO-Länder, finanziert vom amerikanischen Kongress. Wir vergleichen, wie in den verschiedensten kriminaltechnischen Bereichen gearbeitet wird. Die Methoden, wie sie an der Basis zum Einsatz kommen.« Er zuckte mit seinen mächtigen Schultern.

»Und warum gerade hier?«

»Das hat sich einfach so ergeben. Reiner Zufall.« Er lächelte leicht, als er das sagte.

»Wie sind ... ähm ... wie bist du zu diesem Job gekommen, Percy? Durch welche Umstände oder Fähigkeiten?« Einen Moment lang kam sie sich richtig bescheuert vor, als sie den riesigen Kerl mit seinem Vornamen ansprach, der so gar nicht zu ihm passte.

»Ich spreche deutsch und ich bin Bulle.«

»Und das genügt?«

»Natürlich nicht. Ich habe vor allem gute Beziehungen. Ich kenne meinen Kongressabgeordneten ganz gut. Seine Tochter hatte mal Probleme mit Rauschgift. Da konnte ich zufälligerweise helfen. Hat sich so ergeben ...«

»Dann arbeitest du im Rauschgiftdezernat?«

»Nein.« Wieder lachte er. »Bin ja selber süchtig.« Er hob die Hand, in der immer noch die Zigarette glomm.

»Ich arbeite in der Verwaltung. Für die Regierung. Reiner Schreibtischjob.«

»Und das da?«, fragte Amanda. Sie deutete auf die Narbe des Amerikaners.

»Nur eine Erinnerung.«

»Dienstunfall?«

»Nein. Eher eine Erinnerung an meine Jahre bei der Army. Hier in Old Germany übrigens ... Aber ich glaube nicht, dass dir die Geschichte gefallen würde.«

Amanda zuckte mit den Schultern. »Aber es lässt mir keine Ruhe«, meinte sie. Irgendetwas störte sie an ihrem Gegenüber, ohne dass sie so richtig sagen konnte, was es war.

»Mir auch nicht, Amanda. Vielleicht später einmal ...«

Als er ihren Vornamen aussprach, klang das seltsam intim und Amanda merkte, wie sie leicht errötete.

Ein alter Kinderreim kam ihr plötzlich in den Sinn. ›Wer hat Angst vor dem schwarzen Mann‹, hatte der gelautet. Und dazu die Antwort, die sie und die anderen Kinder gebrüllt hatten: ›Wenn er aber kommt, dann laufen wir davon!‹ Damals waren sie in wildem Entzücken davongestoben, weggelaufen vor dem Dunklen in ihren Köpfen, das sie trotz allem erschreckt hatte.

Nun, sie würde auf keinen Fall davonlaufen. Nie mehr würde sie das tun.

Sie zeichnete mit dem Kugelschreiber kleine Männchen auf die Schreibtischunterlage, während sie nachdachte. Über schwarze und über tote Männer, über Narben und Erinnerungen.

8

Nachdem die Osterfeiertage vorüber waren, dauerte es weniger als einen vollen Arbeitstag, bis sie auf eine erste Spur des Toten stießen. Es war reine Routinearbeit, die zu dem Ergebnis führte. Kurz vor dem offiziellen Dienstende, gegen 17 Uhr, stürmte der junge Varga in Amandas Büro. Der stets zum Flachsen aufgelegte Polizeianwärter sah ausnahmsweise angestrengt drein und wäre beinahe über das afrikanische Leopardenfell gestolpert, das Amanda von einer ihrer Reisen mitgebracht und danach demonstrativ vor ihren Schreibtisch gelegt hatte. Seine karottenroten Haare standen, wie es Amanda in diesem Augenblick schien, besonders wirr von seinem kantigen Bauernschädel ab. Als sei er völlig durch den Wind.

»Ich hab ihn«, meinte er atemlos und knallte einen Computerausdruck auf den Schreibtisch.

»Was ist das?«, fragte Amanda etwas ungehalten, was den jungen Mann jedoch in keiner Weise beeindruckte. Sie hockte gerade mit halbem Hinterteil auf der Schreibtischkante und studierte die Fotos, die die Spurensicherung am Fundort der Leiche gemacht hatte.

»Die Moorleiche, Boss.«

Amanda legte die Fotos aus der Hand und griff nach dem Ausdruck, den Varga ihr, mit stolz geschwellter Brust und einem etwas dümmlichen Grinsen, hingeschmettert hatte. Sie dreht das Bild mehrere Male, bis sie etwas erkennen konnte. Die grobkörnige Aufnahme zeigte in der Tat das Gesicht des Mannes, den sie vor wenigen Tagen draußen im Moor gefunden hatten. Ein Gesicht unter mehreren, von einer Überwachungskamera aufgenommen. Es gab keinen Zweifel, dass es sich um den Unbekannten handelte.

»Woher hast du das?«

Varga grinste. »Vom Flughafen. Die Kollegen von der Flughafenpolizei waren so freundlich. Wir haben die Bänder der letzten Woche gecheckt und – Bingo!«

»Wann wurde die Aufnahme gemacht? Weißt du das Datum?«

»Klar. Am Aschermittwoch um 14.31 Uhr. Das sind die Passagiere von Flug LH 747.«

Amanda blickte ihn erstaunt an, bis Varga auf eine Zahlenreihe unter der Aufnahme deutete.

»Dann kann man also genau sagen, woher der Mann gekommen ist, oder?«

Varga nickte. »Flug LH 747 war ein Direktflug aus Seattle. Keine Zwischenlandung. Unser Mann muss also in Seattle zugestiegen sein.«

»Seattle? Seattle ... Ist das nicht irgendwo im Nordwesten der USA?«, fragte Amanda.

»Ja. Ganz oben, am Pazifik. An der Grenze zu Kanada.«

Amanda Wouters besah sich noch einmal den Computerausdruck. Das Bild war nicht besonders scharf, aber sie sah zum ersten Mal die Augen des Mannes. Er hatte wohl einen Moment lang direkt in die Kamera geblickt. Als sie seine Leiche einige Tage später gefunden hatten, waren diese Augen nicht mehr vorhanden gewesen.

»Na, das ging aber schnell«, sagte sie. Wie es schien, waren sie tatsächlich einen entscheidenden Schritt vorangekommen.

»Habt ihr auch schon eine Passagierliste?«

»Na klar, Boss. Ist schon auf Ihrem PC.«

Amanda drehte sich um und setzte sich vor ihren PC. »Gute Arbeit, Varga. Aber lass endlich das dämliche Bossgeschwätz!«

Varga grinste. »Ist okay, …« Das letzte Wort ließ er in der Luft hängen.

Zwei, drei Klicks und Amanda hatte die Liste vor sich auf dem Schirm. 267 Namen von Männern, Frauen und Kindern. Alphabetisch geordnet.

»Welcher davon ist der unsere?«

»Nummer 183. Aaron Rosenberg.«

»Wohnort?«

»Tacoma, Washington.«

»Hast du eine Ahnung, wo das liegt?«

»Auch da drüben, südlich von Seattle«, sagte Varga. »Ganz in der Nähe.«

»Hm.« Amanda verfiel ins Grübeln. Anscheinend hatte Paula, Mannteufels Assistentin, recht gehabt. Der Mann war aus den Staaten gekommen. Dazu hatten sie sogar einen Namen. Das konnte der Durchbruch bei ihren Ermittlungen sein. Bislang hatten sie nur im Nebel gestochert, hatten nicht so recht gewusst, wo sie anfangen sollten. In 99 von 100 Fällen war der Name des Mordopfers bekannt. Im Fall der Moorleiche lag dies anders. Wie es aber schien, bewegten sie sich nun auf sicherem Terrain. Andererseits, was bedeutete das schon? Der Mann aus dem Moor hatte einen Namen bekommen und einen Herkunftsort. Mehr nicht. Das erste beglückende Gefühl, einen entscheidenden Schritt weitergekommen zu sein, verflog schnell. Die eigentliche Arbeit blieb noch zu tun. Sie seufzte verhalten. Das Ganze ging zu einfach, zu glatt. Eine dumpfe Ahnung sagte ihr, dass sie sich trotz allem erst am Anfang eines langen Ermittlungsweges befanden.

Sie blickte auf Varga, der noch immer in ihrem Büro stand. Wie verdammt jung er war. Auch sie hatte vor vielen Jahren eine ähnliche Begeisterung verspürt, wenn sie sich in ihre Arbeit gestürzt hatte, wenn sich Erfolge eingestellt hatten. In der Zwischenzeit war der Lack ein wenig ab. Das galt auch für die anderen Polizisten ihres Teams, schoss es ihr durch den Kopf. Fiedler. Nowak. Wolf. Das waren schnell alternde Männer in ihren 30ern oder 40ern. Männer, die sich in ihren öden Bürozimmern die Hintern platt saßen, die Jacketts über ihre Schreibtischstühle gehängt, mit aufgerollten Hemdsärmeln, Krawatten auf halb acht. Männer mit gescheiterten Beziehungen oder zumindest solchen, die kurz davor standen, in die Brüche zu gehen. Oder alleinstehend, wie sie ... Es war wohl müßig, darüber nachzudenken.

»Gut, dann schickt eine Anfrage an Interpol und an die Polizeibehörde in Seattle«, wies sie Varga an. »Wir brauchen alles, was sie über den Mann wissen. Vielleicht finden die etwas über ihn. Wer er war ... Ich meine ...« Sie verstummte.

»Was hat er für einen Leben geführt? Hat er Frau und Kinder? Oder hat er sich eher zu Männern hingezogen gefühlt? All dies.«

»Genau.«

Gerade als Varga mit Elan aus ihrem Büro stürmte, kam Johnson herangeschlendert. Wie immer hatte er eine Zigarette im Mund.

»Wir wissen jetzt, wer der Tote ist«, empfing ihn Amanda. »Unsere Moorleiche hat einen Namen.«

»Großartig«, sagte der Amerikaner. Die R-Laute rollten dumpf und die Narbe in seinem Gesicht zog sich leicht auseinander. Sie funkelte rot, als er an seiner Zigarette zog. Dabei hatte es den Anschein, als würde ihn die Nachricht nicht sonderlich bewegen. »Wie heißt er denn?«

»Aaron Rosenberg.«

»Ein jüdischer Name«, meinte er daraufhin. Er lächelte etwas und suchte nach einem Aschenbecher. Amanda reichte ihm wieder die Kaffeetasse. Dann öffnete sie das Fenster. Es war kühl und der Wind riss an den Baumkronen.

»Irgendwann wirst du dich noch zu Tode rauchen«, brummte sie.

Johnson lachte nur.

Die Nachricht vom Tod der Marlies Berger verbreitete sich im Dorf in Windeseile und auch in der Stadt, in M., gab es viele, die die Marlies früher gekannt hatten. Damals, als sie das Gymnasium kurz vor dem Abitur Hals über Kopf verlassen hatte, hatte sie eine ganze Weile im Mittelpunkt der Gespräche und der Gerüchte gestanden, die durch das biedere Städtchen geschwappt waren. Die Leute hatten sich das Maul zerrissen und man hatte gerätselt, was sie dazu bewogen hatte, auf und davon zu laufen. Die meisten waren davon überzeugt gewesen, dass sie wegen eines Mannes gegangen war, nur der alte Mietzner, der Pedell an der Schule und damals noch keine 50, hatte eine andere Theorie verfolgt.

»Das ist etwas Politisches«, hatte er des Öfteren mit geheimnisvollem Blick geäußert, ohne dies näher zu erklären.

Nur einmal hatte er etwas hinzugefügt. »Die Marlies ist doch eine von diesen Haschrebellen, die alles zerdeppern wollen. Und das bei ihrem Alten ... Das bringt den noch ins Grab. Der hasst die Gammler, mit denen das Mädchen herumzieht.«

Die meisten hatten darüber gelächelt, hatten es jedoch nicht ganz ausschließen wollen, dass der alte Mietzner irgendwo recht hatte. Viele hatten den Berger und seine starren politischen Ansichten, die er zu jeder passenden und unpassenden Gelegenheit geäußert hatte, nicht gemocht, und sie hatten es insgeheim genossen, dass gerade er bei der Erziehung seiner Tochter so kläglich gescheitert war. Offen wurde das aber nie ausgesprochen, war doch für viele Familien der Geist einer neuen Zeit zu einer gleichsam in der Luft mitschwingenden Gefahr geworden. Man war sich durchaus bewusst, dass es auch in der eigenen Idylle vergleichbare Verwerfungen geben könnte.

Von all den Gerüchten, die sich um Marlies Berger und ihren geheimnisvolle Abschied gerankt hatten, hatte Amanda nur wenig mitbekommen. Damals war sie einfach noch zu jung gewesen und die Erwachsenen hatten sich gehütet, mit ihren Kindern über Dinge zu sprechen, die sie, wie sie meinten, noch nichts angingen. Dennoch war ihr nicht entgangen, was unter den Schülern der höheren Klassen getuschelt wurde. Von Hasch und vom Leben in Kommunen, freiem Sex und freier Liebe war die Rede gewesen. »Die bumst doch mit jedem«, hieß es unter den Mitschülern. Daran konnte sie sich noch gut erinnern. Und auch daran, dass sie richtig neidisch gewesen war.

Schon seltsam, ging es ihr durch den Kopf, dass die Marlies ausgerechnet jetzt sterben musste. Sie war doch gar nicht so alt. Ein Tod vor der Zeit, wie ihre, Amandas Mutter, gesagt hätte. Woran sie wohl gestorben war? Vielleicht an Rauschgift. Die Frage schien ihr wichtig, selbst wenn die Art und Weise ihres Todes vielleicht keinen großen Unterschied machte. Tot ist tot, musste sie sich eingestehen. So war das eben. Und doch blieb ein leises Unbehagen, das sie sich nicht so recht erklären konnte.

Für den alten Berger und seine Frau musste das Ganze schlimm sein. All die Jahre der Ungewissheit, wie es ihrer Tochter ging, und dann aus heiterem Himmel eine solche Nachricht. Das verhärmte Gesicht von Christa Berger kam ihr in den Sinn. Wie sie sie angeblickt hatte, als sie den Martin verhört hatte. Ob sie und ihr Mann damals vielleicht schon gewusst hatten, wie es um ihre Tochter stand?

Amandas Gedanken waren zurück in die Vergangenheit gewandert und schließlich wieder in die Gegenwart zurückgekehrt. Geblieben war ein Gefühl, dass irgendetwas am Tod der Marlies von Bedeutung war, ohne dass sie sagen konnte, was sie darauf brachte. Vielleicht war es manchmal so, dass man Dinge wusste, ohne so recht wahrzunehmen, dass man sie wusste. Vielleicht nur ein ungewisses Bauchgefühl, eine bohrende Ahnung oder die unerklärliche Sicherheit, dass sich etwas Entscheidendes zusammenbraute. Mochte man es Intuition, Vorstellung oder vage Einsicht nennen, letztlich war es wahrscheinlich ein einfacher mentaler Prozess, bei dem das Gehirn Situationen mit bereits Bekanntem verknüpfte und sich dabei aus dem Wirrwarr der Erinnerungen eine Idee herauskristallisierte, die Zusammenhänge erkennbar werden ließ. Vielleicht war es gerade diese Fähigkeit, Fingerzeige des Unterbewussten aufzunehmen, die eine gute Polizistin ausmachte. Amanda Wouters war sich dessen aber nicht sicher und vermied es tunlichst, näher über solche Zusammenhänge nachzudenken. So war es denn lediglich eine Ahnung, die sie bewog, Nowak zu sich zu rufen.

Nowak hatte in einem früheren Leben Novakovic geheißen, Edin Novakovic. Jetzt nannten ihn alle Edi oder einfach nur Nowak. Damals, als er nach Deutschland gekommen war, war er noch ein junger Mann gewesen und er hatte geglaubt, ein anderer Name würde es ihm erleichtern, in den Strom der Menschen seiner neuen Heimat einzutauchen. Im Lauf der Jahre hatte er jedoch erkennen müssen, dass es mehr bedurfte, um von den Menschen akzeptiert zu werden.

Nowak hörte, dass Amanda nach ihm rief, aber er ließ sich Zeit, tat so, als sei er mit wichtigen Dingen beschäftigt. Er hasste es, sich von Vorgesetzten herumkommandieren zu lassen, was, wie er oftmals behauptete, mit seiner Herkunft aus einem ehemals blockfreien Staat zu tun hatte.

»Scheiße, ist das kalt«, sagte er, als er nach geraumer Zeit in Amandas Büro geschlendert kam. Er schielte auf das geöffnete Fenster und runzelte die Stirn.

»Hör auf damit, sagte Amanda. »Ich hab da was für dich. Da wird dir schon warm werden …«

Nowak schaute sie böse an. »Die Worte sind frei«, brummte er. Dann setzte er sich und Amanda erklärte ihm, was sie von ihm wollte.

Der Friedhof des Dorfes lag etwas abseits und thronte auf einer kleinen Anhöhe, von der aus man einen Blick auf das nahe Moor hatte. Eine Kapelle mit Aussegnungshalle und eine Reihe verkrüppelter Föhren auf der dem Moor entgegengesetzten Seite verhinderten, dass man das Dorf und die Stadt erkennen konnte. Lag Nebel über dem Moor, so hatte Amanda, wenn sie in die Weite blickte, den Eindruck, sich in einem Raumschiff zu befinden, das sich in eine trostlose Öde hinabsenkte.

Der Anstieg zum Friedhof war mühsam, obwohl die

Strecke von der Dorfkirche hinauf zu den Gräbern nur wenige hundert Meter betrug. Es waren erstaunlich viele Menschen, vorwiegend ältere, die der Marlies die letzte Ehre erwiesen. In einer langen Reihe zogen sie den schmalen, notdürftig asphaltierten Weg hinauf. Vorweg eine kleine Gruppe von Ministranten, dahinter der Berger mit seiner Frau und zwischen ihnen Martin, der in seinem viel zu großen dunklen Anzug verloren und unglücklich aussah. Erst in einigem Abstand folgten die restlichen Trauergäste.

Von der Anhöhe oben war das dünne Klagen eines Totenglöckchens zu hören, dessen scharfer Ton in unregelmäßigen Stößen vom Wind herabgetragen wurde.

Als die Menschen schließlich durch das enge Friedhofstor kamen, waren die meisten außer Atem und froh, am offenen Grab ausruhen zu können. Dann, als der Klang der Glocke verstummte, begann sich Schweigen wie zähes Miasma auszubreiten, vermischte sich mit den grauen Atemwolken der Trauergäste und waberte gleichermaßen um die Menge der Trauernden, der Betroffenen und der lediglich Neugierigen. Wie Nebelkrähen um zerfleddertes Aas reihten sich diese um den Sarg, in dem Marlies Berger fortan ihrer Auferstehung harren würde. Einige wenige Kränze bedeckten das ausgehobene Erdreich notdürftig. Blumen, die vom Wind gezaust wurden.

Amanda hasste Beerdigungen. Außerdem fühlte sie sich nicht wohl. Sie spürte, dass eine Erkältung im Anmarsch war. Ihr Hals schmerzte und ihre Bronchien rasselten. Der heftige Wind, der durch die Gräber pfiff, tat ihr sicher nicht gut. Sie wünschte, der Geistliche, der die Gemeinde am Grab erwartet hatte, würde mit seiner Andacht beginnen. Alles war schließlich besser, als dieses Schweigen, das nur vom Scharren ungeduldiger Füße und gelegentlichem Husten unterbrochen wurde.

Über die gesenkten Köpfe der Menschen hinweg betrachtete sie den Berger und seine Frau. Während er sich trotzig gegen den Wind stemmte, schien sie in sich hineinzukriechen, so als wollte sie sich mit aller Macht den Blicken der Welt entziehen. Sie wusste, ging es Amanda durch den Kopf, dass die Leute sie anstarrten. Wusste, was die Leute dachten, wusste, dass sie ihr, wenn auch mehr ihrem Mann, die Schuld am Tod der Tochter gaben. Amanda sah, wie sie ihren Mantel enger um ihre Schultern zog, nahm wahr, wie sie von Minute zu Minute stärker in sich zusammensank, als gelte es, eins mit dem grauen, feuchten Schotter zu werden, der vor dem Grab aufgeschüttet worden war.

Endlich, von irgendwoher ein Rauschen aus Lautsprechern. Dann ertönte eine Hymne, gesungen von einem unsichtbaren Chor, der den Schutz der kleinen Kapelle gesucht hatte, dort, wo sich die Verstärkeranlage befand. Brechende Stimmen greiser Frauen. Zittrig und doch herzerweichend.

Amanda ließ sich vom Gesang tragen. Ihre Blicke schweiften umher, langsam und träge. Hin zu der Reihe alter Männer, die sich im Rücken der trauernden Eltern aufgebaut hatten. Wie eine schützende Garde knorriger Veteranen, die sich einer immerwährenden Wahrheit verpflichtet fühlten, schienen sie ihr. Sie kannte die meisten davon. Es waren Männer aus der Generation ihres Vaters.

Der Wind wurde heftiger, zerrte an den Schleifen der Kränze, ließ sie wie Gewehrschüsse knattern. Dazwischen Worte des Trosts, die über den Friedhof getragen wurden und sich in Sekundenschnelle über den Trauernden auflösten. Frauen, die ihre Hüte festhielten, Mäntel, die gegen steife Knie schlugen.

Als die Zeremonie vorüber war, wandte sich Amanda um. Sie wollte fort, kam aber nicht weit.

»Haben Sie die Tote gekannt?«

Amanda Wouters blickte in das Gesicht des Mannes, der während der Totenfeier dicht hinter ihr gestanden hatte, dessen Anwesenheit sie vage gespürt hatte und der sie nun fragend musterte. Es dauerte einige Momente, bis sie ihn erkannte.

»Ja«, sagte sie dann. »Von früher. Vom Gymnasium. Ansonsten, na ja …« Amanda zuckte mit den Schultern. »Hier im Dorf kennt schließlich jeder jeden. In der Stadt ist das natürlich anders.«

Bichlmaier nickte. »Wie war sie denn damals … am Gymnasium?«

Amanda seufzte. »Sie war das hübscheste Mädchen der Schule, oder besser, die schärfste Braut, ein richtiges Hippiemädchen. Die Burschen waren alle ganz verrückt nach ihr und wir, die anderen Mädchen, haben sie deswegen beneidet. Das war ihr aber gänzlich egal. Vielleicht ist ihr das aber zu Kopf gestiegen … Dann hat es Gerüchte gegeben, dass sie kifft und dass sie es mit der Moral nicht so genau nimmt. Wie das damals halt so war … Irgendwann war sie einfach weg.« Sie lachte etwas verlegen und blickte ihn abwartend an. »Haben Sie sie denn gekannt?«

»Flüchtig«, sagte Bichlmaier. Er schien, weitersprechen zu wollen, sagte aber doch nichts.

»Dann haben Sie damals hier in der Stadt gelebt?«

»Nein, nicht in der Stadt. Ich war einer von denen dort drüben.« Er deutete an der Aussegnungshalle vorbei in die Ferne, doch Amanda wusste sofort, was er meinte.

Natürlich kannte sie das mächtige Gebäude, das durch die Zweige der Bäume zu erkennen war.

»Beim Bund. Sie waren hier während Ihrer Bundeswehrzeit? Wann war das denn?«

Bichlmaier nickte. »Anfang der 70er-Jahre. Eine turbulente Zeit.«

»Finden Sie?«

Sie schwieg einen Augenblick. Dann nickte sie. »Ich war damals noch ein Kind, aber ich kann mich noch gut an das Ende der 70er erinnern. Das war etwas später, aber da waren Sie wahrscheinlich schon wieder weg?«

»Ja, ich war nicht sehr lange hier. Eigentlich nur ein paar Monate. Zu einem Lehrgang. Ich kann mich daran kaum erinnern. Auf jeden Fall zu irgendetwas völlig Unwichtigem.«

Bichlmaier hatte sich, während sie miteinander sprachen, vom Grab abgewandt. Gemeinsam bewegten sie sich nun in Richtung des Ausgangs. Sie kamen nur langsam voran, da sich die meisten Trauernden ebenfalls auf den Weg gemacht hatten. Es gab niemanden, der in Eile war. Es hatte den Anschein, als würde etwas die Menschen zurückhalten, sie daran hindern, den Friedhof in ungestümer Hast zu verlassen.

»Und der Junge?«, fragte Bichlmaier, nachdem sie sich durch das enge Friedhofstor gezwängt hatten.

»Martin?«

»Ja. Ist sie seine Mutter gewesen?«

Amanda nickte. »Die Marlies hat sich aber nie um ihn gekümmert. Sie hat den Jungen bei ihren Eltern abgeliefert und dann ist sie wieder verschwunden. Niemand hat gewusst, wo sie geblieben ist, was sie getrieben hat. Soweit ich weiß, hat sie sich hier nie mehr blicken lassen. Hat irgendwo ein neues Leben begonnen … Sie hat wohl ihre Freiheit gebraucht.«

»Wo ist sie denn gestorben?«

»Nach meinen Informationen in München. Aber wo genau und unter welchen Umständen, das kann ich noch nicht sagen.« Sie hob die Schultern und blickte ihn fragend an, aber auch er wusste nichts hinzuzufügen.

Es blieb geraume Zeit still zwischen den beiden. Immer wieder grüßten nun Leute, die an ihnen vorbeihuschten. Die meisten nickten Amanda zu und warfen fragende Blicke auf den Mann neben ihr.

»Weiß man, wer der Vater des Jungen ist?«, hob Bichlmaier wieder an.

»Nein. Wenn ihn überhaupt jemand kennt, dann die alten Berger. Aber ob die etwas ahnen, selbst das weiß keiner so genau.«

»Hm«, brummte Bichlmaier. »Wie alt ist denn der Martin überhaupt?«, wollte er wissen.

»Der Martin … ja, der müsste etwa 40 sein. 40 oder 41. Etwas um den Dreh. Warum fragen Sie?«

»Nur so.« Bichlmaier zuckte mit den Schultern und lächelte vage. »Wer wird für ihn sorgen, wenn die Großeltern dazu nicht mehr in der Lage sind?«

»Keine Ahnung. Ich glaube aber nicht, dass es noch Verwandte gibt, die das übernehmen könnten. Wahrscheinlich wird man ihn in ein Heim stecken. Irgendeine kirchliche Einrichtung oder etwas Ähnliches.«

Schweigend gingen sie weiter, bis sie das Dorf erreicht hatten und Bichlmaier abbiegen musste, um zu seinem Auto zu kommen. Er reichte ihr die Hand und blickte einen Moment auf sie herab. Sie kam ihm plötzlich sehr klein vor.

»Wie kommen Sie denn überhaupt mit unserer Moorleiche voran?«, fragte er zum Abschied.

»Es geht«, meinte Amanda. »Es geht. Zumindest wissen wir jetzt, wie der Mann heißt.«

Bichlmaier blickte sie fragend an.

»Ein Amerikaner aus Seattle. Aaron Rosenberg …«

»Ein jüdischer Name.«

»In der Tat«, nickte Amanda und sah ihn erstaunt an.

»Du siehst miserabel aus«, sagte Nowak, als sie ins Büro zurückkam. »Warum hängst du hier herum, wenn du nicht fit bist?«

»Mir fehlt nichts«, brummte sie heiser. Das Kratzen im Hals war jedoch schlimmer geworden und seit heute Morgen schmerzten ihre Ohren. Sie sehnte sich nach einem heißen Bad mit Eukalyptus-Zusatz, was vielleicht helfen würde, den Nebel in ihrem Kopf zu beseitigen.

»Da geht was um«, schob Nowak mitfühlend hinterher. »Ada fühlt sich auch angeschlagen.«

»Keine Zeit, krank zu sein, oder, Nowak? Woher weißt du, dass es Ada schlecht geht?«

Doch ehe Nowak dazukam, etwas darauf zu antworten, stürmte Varga in Amandas Büro. Er war ziemlich außer Atem.

»Nachricht von Sam«, stieß er hervor. Amanda und Nowak schauten ihn verwundert an.

»Die Amis haben eine Mail geschickt … wegen der Leiche. Aaron Rosenberg … unsere Moorleiche ist schon seit mehr als 40 Jahren tot. Wurde damals eingeäschert.«

»Wie bitte?«, krächzte Amanda. »Sind die Amis sicher, dass …?«

»Absolut.«

Einen Augenblick sagte keiner ein Wort. Alle drei lauschten sie der Stille und dem Wind, der durch das geschlossene Fenster zu hören war und in den letzten Minuten zugenommen hatte. Amanda hatte sich zum Fenster gedreht, und wie die beiden anderen Polizisten starrte sie in die beginnende Dunkelheit hinaus. Die Bäume peitschten ihre Äste und Zweige gegen das Gebäude, dass es aussah, als würden die Tentakel eines Riesenkraken nach ihnen greifen.

»Ich wusste, dass da etwas nicht stimmt«, murmelte Amanda. Dann musste sie husten.

9

Zum ersten Mal nach all den Jahren stand er wieder vor dem riesigen Eingangstor, blickte auf die Baracken und die heruntergekommenen Unterkünfte des Areals, das sich schier endlos vor ihm ins Nichts erstreckte. Wie damals bereitete ihm der Anblick der grauen Betonblöcke und -türme und der schnurgeraden Kasernenstraßen ein Unbehagen, das er körperlich spürte. Er ließ seine Augen wandern. Überall waren Zeichen des Verfalls zu erkennen. Zwischen den Betonschwellen der Wege wuchs Gras aus Ritzen, Blätter, die der Wind vergangener Jahre herangetragen hatte, lagen in Haufen entlang der Seitenstreifen, dunkelten bräunlich vor sich hin.

Als er die Augen schloss, schien es ihm, als hörte er den monotonen Klang hundertfach stampfender Stiefel, getragen von Marschmusik, deren Schall sich an den leeren Häusern brach. ›Schwarzbraun ist die Haselnuss, schwarzbraun bin auch ich, ja, bin auch ich. Schwarzbraun muss mein Mädel sein, ja, grade so wie ich …‹

Aus der Ferne schob sich ein Trupp schwarzbrauner Gestalten heran, schwankend im Gleichschritt, gesichtslose Kreaturen, die über ihn hinwegzumarschieren drohten.

Bichlmaier drehte den Kopf, öffnete die Augen. Er spürte seine Steifheit, die Jahre, die seinen Körper verändert hatten. Mir geht es wie dieser Kaserne, dachte er. Auch ich verfalle unaufhaltsam und ohne Gnade. Die Natur holte sich zurück, was ihr gehörte.

Er wandte sich dem Mann zu, der neben ihm stand und ihn beobachtete. Rune war, wie Bichlmaier wusste, zwar nur um einiges älter als er, doch erweckten die Furchen und Falten in seinem Gesicht den Eindruck, als entstammte er einer völlig anderen Generation. Bichlmaier hätte ihn, den ehemaligen Oberfeldwebel, nicht mehr erkannt, wenn er nicht erwartet hätte, ihn hier an diesem Ort zu treffen. Damals, vor mehr als 40 Jahren, war Rune nicht nur ein Vorgesetzter gewesen, sondern fast so etwas wie ein väterlicher Freund, der ihm während der Ausbildung des Öfteren zur Seite gestanden hatte.

Sie hatten sich, als sie sich jetzt nach der langen Zeit wieder gegenüberstanden, unbeholfen die Hände entgegengestreckt, dann aber nicht so recht gewusst, was sie sagen sollten. Der Schäferhund, den der Mann an der kurzen Leine hielt, wirkte unruhig, gehorchte jedoch, als ihm Rune befahl, zu sitzen.

»Lange her, Adolf.«

Bichlmaier nickte, wobei er ihn aufmerksam musterte. Rune war unrasiert und Bichlmaier sah die feinen Äderchen, die von seiner Nase ausgingen und sich unter dem struppigen grauen Bart verliefen. Die Augen des Mannes lagen tief in den Höhlen und glänzten unnatürlich. Bichlmaier fühlte sich bedrückt. Fast bereute er es, dass er sich mit Rune verabredet hatte. Er merkte, wie ihn der andere irritierte.

»Sind dir die Hunde noch immer lieber als die Menschen?«, fragte er, wobei er auf den Rüden deutete, der ihn mit hängender Zunge und wachsam gespitzten Ohren anblickte. Eine gedankenlose Frage, um die Sprachlosigkeit, die sich zwischen sie geschlichen hatte, zu verdecken. Sofort bemerkte er, wie Rune erstarrte und den Blick abwandte, und er bedauerte, dass er die Frage gestellt hatte. Ohne dass er es gewollt hatte, hatte er an etwas gerührt, das nicht auszusprechen war.

Marie, Runes kleine Tochter, war vor mehr als 40 Jahren ums Leben gekommen. Sie war damals vier Jahre alt gewesen. Ein tragischer Unfall, wie es hieß. Rune war einige Tage weg gewesen, irgendwo dienstlich, als das Unglück passiert war. Schon damals war er ein Hundenarr gewesen, hatte Hunde besessen, die er in seiner Freizeit abgerichtet hatte. Aggressive Köter mit muskulösen Nacken und wilden, blutunterlaufenen Augen. Anders als die meisten Soldaten der Kompanie hatte Rune ein Leben außerhalb der Kaserne gehabt, eine Frau und das kleine Mädchen und seine Hunde. Warum er sich für diese Tiere interessiert hatte, hatte Bichlmaier nie verstanden. Sie hatten ihm nur Furcht eingeflößt und ihn angewidert.

Was an jenem Tag dann geschehen war, hatte niemand genau herausgefunden. Auf unerklärliche Weise war die Kleine in den Zwinger mit den Hunden gelangt, hatte wohl mit ihnen spielen wollen. Als Martha, Runes Frau, das wilde Bellen der Hunde und die dünnen Schreie des Kindes gehört hatte, war es bereits zu spät gewesen. Nachbarn hatten wenig später den offenen Zwinger entdeckt. Eigenartigerweise waren die Hunde nicht davongelaufen, sondern hatten sich im Kreis um Martha gelegt, die leise wimmernd ihr totes Kind in den Armen gehalten hatte. Erst nach geraumer Zeit hatten sich einige der Nachbarn zu den Hunden in den Zwinger getraut, wo sie mit Mühe den übel zugerichteten Leichnam des Mädchens Marthas Armen hatten entwinden können.

Als Rune, den man eilig zurückgeholt hatte, heimgekommen war, hatte er völlig die Fassung verloren und war mit bloßen Händen auf seine Frau losgegangen, sodass ihn die Nachbarn hatten zurückhalten müssen. Er war daraufhin von Feldjägern, die man herbeigerufen hatte, festgenommen worden.

Bichlmaier hatte Monate später durch Zufall von dem Unglück erfahren. Da war Rune in der Psychiatrie verschwunden gewesen. In jener Zeit hatte Bichlmaier ohnehin kaum noch Kontakt zu seinem ehemaligen Zugführer gehabt, sodass er sich damals, aber auch später, davor gedrückt hatte, Rune zu besuchen. Auch als der nach langen Wochen und Monaten aus der psychiatrischen Behandlung entlassen worden war, hatte er es tunlichst vermieden, nach M. zu reisen. Im Lauf der Jahre war das Gefühl einer Verpflichtung, Rune beistehen zu müssen, fast unmerklich geschwunden und Entfremdung hatte eingesetzt, die es ihm erlaubt hatte, sich jedweder Verantwortung zu entziehen. Nur gelegentlich hatte er etwas von Rune gehört. Nie aber von ihm selbst.

Der hatte den Tod seiner Tochter jedenfalls nicht so recht verwunden. Er hatte den Dienst bei der Bundeswehr bald nach dem schrecklichen Ereignis quittiert und war im Laufe der Zeit immer mehr zu einem Sonderling geworden, den die Menschen mieden und der sich von ihnen ebenfalls fernhielt. Manche hielten ihn auch für verrückt. Als man die Kaserne dann vor einigen Jahren nicht mehr gebraucht hatte und sie trotz der Proteste der Bevölkerung geschlossen worden war, hatte sich Rune eines Tages in einem der leeren Gebäude einquartiert, wo er seitdem, von den kommunalen Behörden geduldet, mit seinem Schäferhund Sandor hauste. Damit war er so etwas wie ein inoffizieller Verwalter des toten Areals geworden, das er nunmehr zu allen Tages- und Nachtzeiten ruhelos durchstreifte. Eine eigenartige Scheu hielt seitdem die Jungen und Mädchen aus der Umgebung davon ab, ihrem nächtlichen Treiben in den verlassenen Mauern der Kaserne länger nachzugehen. Das war insofern erstaunlich, als sie hier bislang, vor allem in den Sommermonaten, wilde Partys und Saufgelage gefeiert hatten. Seit Rune mit seinem Hund durch das Gelände wanderte, hatte dies ein Ende gefunden. Auch zu den Graffiti-Schmierereien an den Mauern der ehemaligen Kompaniegebäude waren keine neuen hinzugekommen.

Er glich selbst einem alten Jagdhund, dachte Bichlmaier, der verlegen dastand und wartete, dass sich Rune aus seiner Erstarrung löste.

»Was willst du von mir, Adolf? Nach all der Zeit tauchst du hier auf. Warum? Du willst doch nicht mit mir über Hunde plaudern, oder?«

»Nein, natürlich nicht?«, sagte Bichlmaier. »Ich kann Hunde ohnehin nicht leiden, wie du weißt. Ich mache mir nichts aus Tieren …« Und aus den Menschen auch nicht, dachte er noch. »Du bist viel unterwegs mit deinem Hund. Siehst eine Menge, nehme ich an … Treibt ihr euch manchmal im Moor herum?«

Bichlmaier bemerkte, dass sein Gegenüber mit einem Mal auf der Hut war. »Natürlich, warum nicht? Da hat man seine Ruhe und mein Sandor bekommt genug Auslauf.«

Der Hund knurrte, als er sein Name fiel und zerrte ungeduldig an der Leine.

»Du hast von dem Toten im Moor gehört?«

Rune zuckte mit den Schultern. »Vielleicht. Nicht viel.«

»Es soll sich um einen Ami handeln, der aus irgendwelchen Gründen nach Deutschland gereist ist. Jemand hat ihn übel zugerichtet und seine Leiche dann im Moor in einen Baum gesteckt … wie eine Vogelscheuche.«

»Ich kenne keine Amis. Hier gibt es kaum Fremde. Niemanden, der mich in meinem Reich je besucht. Es kommen ja nicht mal die alten Freunde.«

Bichlmaier wartete. Er begann etwas von der hilflosen Einsamkeit, die Rune in den letzten Jahrzehnten geprägt hatte, zu ahnen. Einen Moment empfand er das als etwas Tröstliches, dachte er an die eigene Verlorenheit, doch schämte er sich sofort seiner Gedanken.

Er kramte in der Brusttasche seiner Jacke. Als er losgefahren war, hatte er darauf geachtet, ein Foto des Toten einzustecken, das die Polizei an die Presse weitergegeben hatte, in der Hoffnung den zu der Zeit noch Unbekannten identifizieren zu können. Wenn er die Polizistin mit der großen Oberweite richtig verstanden hatte, dann hatte ihn in der Zwischenzeit tatsächlich jemand erkannt. Aus irgendeinem Grund war er mit ihrer Auskunft jedoch nicht zufrieden. Als er den Ausschnitt schließlich zwischen seinen Papieren fand, zog er ihn heraus, glättete ihn und hielt ihn Rune hin. Der studierte das Bild sehr sorgfältig, sodass Bichlmaier zu hoffen begann. Doch dann schüttelte er den Kopf. »Den Mann kenne ich nicht«, sagte er. »Ich habe kein gutes Gedächtnis für Gesichter. Aber den habe ich noch nie gesehen. Da bin ich mir sicher.«

Bichlmaier nickte, verbarg seine Enttäuschung.

»Warum interessiert dich der Tote überhaupt?«, fragte Rune. »Kommt er dir bekannt vor?«

Bichlmaier hob die Schultern und ließ sie wieder fallen. »Ich weiß es nicht. Als ich ihn sah, hat er mich an jemanden erinnert, aber ich weiß nicht, an wen.«

»An jemanden von damals?«

»Kann sein.«

»Manchmal verschwinden Leute und kehren erst zum Sterben wieder zurück.«

Bichlmaier blickte ihn erstaunt an. »Was meinst du damit?«

»Damals ist so mancher weg. Viele, denen es zu eng bei uns geworden ist. Vor allem die Jungen haben sich verdrückt. Nach Indien zu den Gurus oder zu den Amis, wo sich keiner um sie gekümmert hat.«

»Weg aus Deutschland?«

»Na ja, aus der Bundesrepublik. Die anderen konnten ohnehin nicht weg.« Rune sagte es ohne Ironie, ohne zu lachen. »Wolltest du denn damals nicht auch weg?«

Bichlmaier musste nicht nachdenken. »Nein«, sagte er. »Daran habe ich niemals gedacht. Warum auch?«

»Wegen des Mädchens vielleicht?«

Das Mädchen. Das Mädchen. Das Mädchen ... Es gibt Schatten, die nicht weichen wollen, dachte Bichlmaier. Was wusste denn Rune davon? Er antwortete nicht und Rune gab sich damit zufrieden.

»Warum bist du überhaupt hierher zurückgekommen?«

»Nicht, um hier zu sterben«, knurrte Bichlmaier. »Eigentlich bin ich nur hergekommen, um endlich aus meinem alten Leben wegzukommen. Das kennt man doch. Es gab nichts mehr zu tun, nichts Neues, nichts, nichts ...«

»Bist du verheiratet?«, fragte Rune.

»Ich habe eine Frau, aber sie wollte nicht mehr mit mir leben. Sie ist nach Rom gezogen, in die Wärme. Die hat ihr in Regensburg immer gefehlt. Das raue Klima der Oberpfalz war nichts für sie. Da wäre sie irgendwann eingegangen. Du weißt schon ...«

Rune schwieg, als würde er verstehen. Dann zog er einen alten Flachmann aus der Brusttasche und gönnte sich einen kräftigen Schluck. Nachdem er die Flasche abgesetzt hatte, verzog er das Gesicht. Erst danach hielt er sie Bichlmaier hin, doch der schüttelte nur den Kopf.

»Kinder?«, fragte er.

Bichlmaier zögerte kurz. »Nein«, sagte er und blickte dabei an Rune vorbei. Dass gerade er ihn danach fragte? Und wie es wohl war, wenn man Kinder hatte? Er dachte an Marianne und wie schlimm es für sie gewesen war, dass sie keine Kinder bekommen hatten, und als er Rune da so stehen sah mit seinem Flachmann in der Hand, da dachte er an seinen und Mariannes gemeinsamen Kampf gegen den Alkohol, den Feind, der ihn schon so fest im Griff gehabt hatte. Manchmal konnte man diesen Kampf einfach nicht gewinnen, schoss es ihm dabei durch den Kopf. Vielleicht war das bei Rune so. Wie groß musste der Schmerz sein, wenn man sein einziges Kind verlor?

Das Kasernengelände war riesig und grenzte an die Moorlandschaft in der Ferne. Bichlmaier versuchte abzuschätzen, wie weit es bis zu den abfallenden Hängen war, die fast unmerklich in die Moorlandschaft übergingen. 300, 400 Meter oder mehr? Die Mauer mit Stacheldraht, die das Areal abgrenzte, war kaum zu erkennen. Er konnte sich aber erinnern, dass dort ein Sportplatz gewesen war, auf dem sie ihre Runden drehen mussten. Zur Ertüchtigung. Um bereit zu sein für einen Feind, den es längst nicht mehr gab.

»Es kursierten damals wilde Gerüchte über alte Nazis in der Kompanie und über sonderbare Aktivitäten von einigen unserer Ausbilder, einige Vorkommnisse, die nicht ganz astrein waren. Seltsame Geschichten waren das …«

Rune winkte ab, schob die Frage, die hinter Bichlmaiers Bemerkung stand, zur Seite, wischte sie weg, wie Brotkrümel von der Tischdecke.

»Damals ist viel Unsinn erzählt worden. Einiges hat ja sicher auch gestimmt. Vieles war aber blühender Schwachsinn.«

Wie seltsam, überlegte Bichlmaier. Warum wollte Rune über das Vergangene nicht sprechen? Ob es wegen seiner Tochter war? Er wusste es nicht. Dann, ohne dass er es beeinflussen konnte, begannen Bilder von den unendlich langen Wochen und Monaten in der Kaserne an ihm vorbeizuziehen. Er war selbst erstaunt, wie viele Erinnerungen noch in ihm steckten. An vieles dachte er mit Unbehagen zurück, allerdings war nicht alles in dieser Zeit schlecht gewesen.

»Kannst du dich an das Mädchen erinnern, das in der Kantine bedient hat?«, fragte er.

»Die Russin? Na klar. Swetlana. Die ganze Kompanie war scharf auf sie. Hat den meisten von euch jungen Spunden feuchte Träume beschert, oder?«

Bichlmaier lachte auf. »Da hast du recht.« Er erinnerte sich an quietschende Stockbetten und schwitzende junge Männer, die nicht wussten, wohin mit ihrer jugendlichen Kraft und Brünftigkeit. Und alle hatten sie in einsamen Nächten wohl nur ein Bild vor Augen gehabt: Swetlana mit ihren derben, slawischen Zügen und ihrer bäuerlich blühenden Geilheit, die ihnen Nacht für Nacht nahe gewesen war und die sie trotz der räumlichen Ferne nach Belieben bedient und geschändet hatten. Jeder Einzelne, allein mit sich und seinen Fantasien. Und natürlich hatte auch er so manches Mal ihre weichen Rundungen unter der rauen BW-Decke gespürt und gekostet, war eingedrungen in ein verlockendes Trugbild, verzweifelt bemüht, verräterische Flecken auf dem Bettlaken zu vermeiden.

»Niemand wusste so recht, woher sie kam. Irgendwann war sie einfach da. Das war noch vor deiner Zeit …«

Bichlmaier nickte.

»Was wohl aus ihr geworden ist? Wahrscheinlich ist sie dick und fett geworden und hat fünf oder sechs Bälger, die längst erwachsen sind.«

»Sie verschwand eines Tages.«

»Wie meinst du das? Verschwand?«

»Na, sie war einfach weg. Hat sich gleichsam in Luft aufgelöst.«

Bichlmaier blickte ihn erstaunt an. »Vielleicht ist sie nach Russland zurück? Das war doch damals kein Problem. In den Osten konnte jeder, dem danach war.«

»Als sie verschwand, hat sie nichts von ihren Sachen mitgenommen. Selbst ihre Schlüssel steckten noch. Das war ziemlich eigenartig. Die Leute haben sich gewundert und Fragen gestellt. Es gab Gerüchte, dass sie im Moor umgekommen ist. Sie war einfach weg. Natürlich wurde nach ihr gesucht, aber sie blieb verschollen, wie vom Erdboden verschwunden.«

»Wann war das?«

»Bald, nachdem du weg warst, kurz bevor ... Na, du weißt schon.«

»Und sie ist nie mehr aufgetaucht?«

»Nein. Einige von den Unteroffiziersdienstgraden haben behauptet, dass sie eine Spionin der Russen gewesen sei. Na ja, damals waren alle ein bisschen hysterisch. Aber es wurde auch über geheimnisvolle Freunde und Besucher getuschelt, die immer nur in der Dunkelheit kamen.«

»Vielleicht ist sie ja tatsächlich im Moor verschwunden? Ein Unfall. Oder jemand hat sie dort entsorgt, in einem der unzähligen Tümpel versenkt? Irgendein Geheimdienst vielleicht? Der KGB wahrscheinlich ...« Bichlmaier lächelte, doch Rune reagierte nicht auf die Ironie in seinen Worten.

»Das wurde nie geklärt. Eine traurige Geschichte. Aber es gibt sicher noch Ermittlungsunterlagen von damals. Wenn es dich interessiert ... Du bist doch Polizist.«

»Mal sehen. Es ist ja schon so lange her. Die Zeit damals ...«

»Was meinst du?

»Na ja, es ist einfach alles so weit weg, der Bund, Swetlana, die blöde Hysterie wegen der Russen, Vietnam und die Studentenproteste, die ganze Aufgeregtheit. NATO-Alarm und EPas und der ganze Scheiß ... Schnee von gestern! Und die kleine Swetlana ist wahrscheinlich in einem billigen Puff in Frankfurt gelandet, hat angeschafft, bis ihr Arsch dick und fett war und die Freier nichts mehr von ihr wissen wollten.«

Rune nickte. »Wahrscheinlich hast du recht.« Er lächelte und tätschelte Sandor, der unruhig an der Leine zerrte. »Er ist es nicht gewöhnt, still zu sitzen. Vielleicht sollten wir ein Stück gehen. Ich möchte dir etwas zeigen.«

Als sie durch das Kasernentor schritten, hatte Bichlmaier das Gefühl, wieder der junge Fähnrich zu sein, der er vor so vielen Jahren gewesen war.

Die Sonne stand bereits tief und flimmerte, tauchte die tristen Gebäude in ein wärmendes Licht. Rune und sein Hund eilten voraus, hatten schon bald zehn, zwanzig Meter Vorsprung, weil Sandor so stark an der Leine zog und Rune ihn gewähren ließ. Bichlmaier wollte aufholen und konnte nicht. Er stapfte durch Laub und hatte dabei das Gefühl, am Beton unter dem Laub festzukleben.

»Das Gelände ist riesengroß«, sagte Rune. »Und niemand, der es nutzt. Verdammt schade.«

Bichlmaier keuchte heran. »Was willst du mir denn überhaupt zeigen?«, fragte er.

»Komm nur. Dort vorn ist einer der alten Wachtürme, die noch recht gut erhalten sind. Man hat von dort oben einen fantastischen Blick über das Moor und die Wälder. Da ist alles unverändert. So wie damals …«

Sie brauchten fast zehn Minuten, um ans Ende des Areals zu gelangen. Rune zeigte auf einen gemauerten Turm, der in die Mauer um die Kaserne eingelassen war. Wie eine alte römische Wehranlage, dachte Bichlmaier. Architektonisch hat sich in den letzten zwei Jahrtausenden nicht viel geändert. Dieselbe triste Traurigkeit, die über allem liegt. Nur größer schienen ihm die modernen Kasernen. Und natürlich hatte es damals auch keinen Stacheldraht gegeben. Zumindest vermutete er das.

»Bist du oft hier?«

Rune nickte. Er band Sandor an einem Pfosten vor der Eingangstür fest und bedeutete Bichlmaier, ihm in den Wehrturm zu folgen. Die Tür war unverschlossen, und Bichlmaier verspürte leichten Widerwillen, als er hinter Rune in den düsteren Raum trat. Dieses Unbehagen wuchs, als plötzlich etwas, wohl eine Fledermaus, mit nervösem Flügelschlag an ihm vorbeiflatterte und ihn dabei leicht berührte. Ein unerklärlicher Ekel vor Tieren, nicht nur vor Hunden, hatte ihn sein ganzes Leben lang begleitet, und der war besonders groß, wenn er sich ihnen ausgeliefert fühlte, wie hier in der Dunkelheit. Einen Moment verspürte er das Bedürfnis, wild mit den Armen um sich zu schlagen, doch er kämpfte den Anflug von Panik nieder. Sie stiegen eine Treppe hoch und nach dem dritten oder vierten Absatz begann Licht durch eine Reihe schartenartiger Fenster hereinzudringen. Als sie oben waren, öffnete Rune eine Falltür und dann traten sie auf eine Art Plattform hinaus. Bichlmaier fröstelte. Hier draußen wehte ein harter, böiger Wind, doch der Blick, der sich ihnen bot, war in der Tat unbeschreiblich.

Vor ihren Augen breitete sich eine schier unendliche Moorlandschaft aus, von dichten Wäldern flankiert, die sich in weitem Bogen um das flache Areal zogen und irgendwo am Horizont aufeinander zuliefen. Über all dem lag das bleiche Licht einer untergehenden, in der Zwischenzeit kalt gewordenen Sonne.

»Was wohl dort draußen ist?« Bichlmaier richtete den Blick in die Ferne. Beide atmeten schwer. Rune deutete in einer umfassenden Geste auf die Moorflächen, die sich unterhalb des Turmes auszudehnen begannen.

»In dieser Gegend triffst du auf alles, was deine wildesten Fantasien heraufbeschwören mögen. Alte, verlassene Höfe und Gemeinden, Geisterdörfer, bis auf die Grundmauern abgerissen, die allmählich ganz verfallen. Manchmal, wenn ich hier oben bin, vergesse ich die Zeit und dann fange ich an zu träumen. Es ist immer derselbe Traum, den ich habe. Ich stehe nahe am Rand und ich sehe nur diese Landschaft zu meinen Füßen. Es ist, als ob ich über die Welt herrschte, und ich möchte fortschweben und …«

»Und dann?«, fragte Bichlmaier.

Rune zuckte mit den Schultern. »Dann wache ich immer auf … Zum Glück.«

Bichlmaier zog seine Jacke fester um sich. Einen Augenblick lang hatte er das Bedürfnis, an den Rand der Plattform zu treten, um besser verstehen zu können, was Rune in seinem Traum empfand, aber er traute sich nicht. Das Geländer, das um den Turm lief, sah viel zu alt und brüchig aus. Es genügte wohl, wenn er die Welt von seiner gesicherten Position aus betrachtete. Er ahnte ohnehin, was Rune bewegte.

»Du hast vorhin nach den Gerüchten gefragt, nach den Männern, die als Ausbilder in der Kaserne gelebt haben, wolltest wissen, was sie in ihrer Freizeit getrieben haben, nicht wahr?«

Bichlmaier nickte erstaunt, wartete, dass Rune weitersprach. Der ließ sich jedoch Zeit, nahm seinen Flachmann heraus und trank mit gierigem Zug. Bichlmaier fröstelte und zum ersten Mal nach langer Zeit sehnte er sich wieder nach Alkohol.

»Das war ein bunter Haufen und die meisten von ihnen waren ziemlich jung und dumm. Grüne Jungs, die noch nicht so recht erwachsen waren. Immerhin waren sie etwas älter als du und die einfachen Rekruten. Zeitsoldaten, die sich auf mehrere Jahre verpflichtet hatten. Berufssoldaten. Die waren so richtig mit dem Herzen dabei, verstehst du?«

Bichlmaier schwieg. Wiederum tauchte er ein in eine ferne Vergangenheit, sah die Bilder von damals. Er hatte die meisten von diesen Leuten, seine Ausbilder, mit Argwohn betrachtet, hatte sich unwohl gefühlt in ihrer Nähe, hatte geahnt, dass sie völlig anders dachten als er selbst, ohne genau sagen zu können, worin sie sich dabei von ihm unterschieden. Er konnte sich sogar noch an Namen erinnern. Tafelmaier, Illner, Goldner ... Andere wiederum waren wie ausradiert.

»Die Mehrzahl von ihnen war politisch ziemlich extrem. Die haben in einer eigenen Welt gelebt. Da war kein Platz für Hippies und schlaue Studenten und Revoluzzer ...«

»Warst du denn auch einer von ihnen?«

»Nein. Ich habe zwar von ihren Aktivitäten gewusst, aber solange sie sich im Dienst und in der Kaserne korrekt verhielten, hatten sie von mir nichts zu befürchten. Was dann nach Dienstende alles lief, war mir ziemlich egal. Dem damaligen Kompaniechef übrigens auch.«

»Was meinst du damit?«

»Na, die haben sich auf ihren Buden getroffen, haben Kampflieder gesungen und Führerreden vom Tonband abgespielt. Dazu haben sie gesoffen und mit ihren Erfolgen bei den Mädchen der Stadt geprahlt. Nichts Außergewöhnliches.«

»Und das war alles?«

»Nein, da gab es auch Cliquen außerhalb der Kaserne. Leute aus den Dörfern rings um die Stadt. Viele, die schon älter waren, aber ähnlich dachten, wie unsere Uffze und Stuffze aus der Kompanie. Die hassten den ganzen amerikanischen Kram, der ihre Kinder ihrer Meinung nach verdarb, das neue Amerika, die Hippies und Protestierer. Alles Kommunisten in ihren Augen … So wie die Studenten an den Unis. Vor allem aber hatten sie Angst vor dem Iwan. Die glaubten wirklich, dass die Russen und der Warschauer Pakt eines Tages die Bundesrepublik und den gesamten Westen überfallen würden.«

»Haben das damals nicht die meisten Menschen in Westeuropa geglaubt oder zumindest für möglich gehalten?«

Rune zuckte mit den Schultern. »Mag schon sein. Aber es gab nur ganz wenige, die sich aktiv auf eine militärische Auseinandersetzung vorbereitet haben.«

»Du meinst …«

»Wehrsportgruppen. Ich habe die Jungs beobachtet, wie sie von hier aus ins Moor und die Wälder geschlichen sind.«

»Scheiße«, sagte Bichlmaier, »davon habe ich nie etwas bemerkt.«

»Wie solltest du auch? Das lief alles ziemlich geheim ab, obwohl sich einige offen damit gebrüstet haben.«

»Was haben die dort draußen getrieben?«

»Trainiert für den Ernstfall … Guerillatechniken, Umgang mit Sprengstoff. Soweit ich weiß, haben sie auch Waffenlager angelegt und Schießübungen gemacht …«

»Das klingt doch krank.«

Rune nickte. »Aus unserer Sicht heute ist das natürlich krank und hysterisch, aber es gab in dieser Zeit richtige Geheimarmeen, die über ganz Westeuropa vernetzt waren, sogenannte ›Stay-behind‹-Einheiten, die alle auf einen Einsatz hinter den feindlichen Linien vorbereitet wurden …«

»Du meinst, falls der Russe in Westeuropa angreift …?«

»Ganz genau. Diese Einheiten wurden verdeckt von den Amis und dem CIA finanziert und geführt … Damals haben viele geglaubt, dass das notwendig ist, um den Westen vor dem Kommunismus zu bewahren. Dazu kam, dass ehemalige Angehörige der Wehrmacht und Veteranen der Waffen-SS Ängste geschürt und sich aktiv an solchen Unternehmungen beteiligt haben, alte Nazihaudegen, die eine neue Generation von Rechtsextremen um sich geschart haben. Das ging gleich nach dem Krieg los.«

Bichlmaier ließ den Blick über das allmählich seine Farbe verlierende Moor schweifen. Alles wirkte plötzlich wieder seltsam grau und unwirklich. Wie an dem Abend, als man die Leiche gefunden hatte, dachte er. Nur in der Ferne blitzte einige Male etwas auf. Ein letzter Sonnenstrahl, der sich an einer Glasscherbe oder etwas ähnlichem brach.

»Denkst du, dass die Moorleiche etwas damit zu tun hat?«

»Womit?«

Bichlmaier blickte ihn erstaunt an. »Mit diesen Dingen, die du mir gerade erzählt hast.«

Rune wollte schon antworten, doch war in diesem Augenblick von unten das Bellen Sandors zu vernehmen. Laut und wild. Ein Tier vielleicht, dessen Witterung er aufgenommen hatte.

»Komm«, sagte Rune, ohne auf Bichlmaiers Frage einzugehen. Seltsam hastig schob er Bichlmaier zur offenen Falltür. Als er sie hinter sich geschlossen hatte, umgab sie fast totale Finsternis. Er hatte Angst, dachte Bichlmaier.

Der Mann, der nur wenige hundert Meter von der Kasernenmauer entfernt im Schatten einer Kiefer stand, streckte den Zeigefinger seiner Linken, den er zuvor befeuchtet hatte, in die Luft, prüfte die Stärke des Windes, der die Bäume um ihn herum bewegte. Er wusste, dass es wenig Sinn hatte, einen gezielten Schuss aus dieser Entfernung abzugeben. Auch wenn er ein geübter Schütze war. Es war ohnehin ohne Belang. Bislang gab es keinen Grund, warum er töten musste. Dennoch setzte er abermals das Gewehr an die Schulter, kniff das linke Auge zusammen. Aber er hatte den Finger nicht am Abzug, blickte nur durch das Zielfernrohr, sah im infraroten Licht die schemenhaften Gestalten, die mit Hast die Stellung auf dem alten Wehrturm räumten. Er lachte leise, was ganz komisch klang, so als hätte er es vor langer Zeit verlernt.

»Kommt mir nicht zu nahe«, flüsterte er. »Niemand, der ungestraft in meine Welt eindringt.«

»Du bist der Hüter, der Hüter …«, sang der Wind und die Bäume neigten sich. Ganz gedämpft war aus der Nähe das Bellen eines Hundes zu hören.

10

»Wir haben einen Toten, dem beide Hände abgesägt wurden, was uns bei seiner Identifizierung nicht gerade hilft, und wir haben eine Videoaufnahme vom Flughafen von eben jenem Unbekannten, der nur Stunden später, nachdem er an der Überwachungskamera vorbeigelaufen ist, professionell und mit großer Brutalität gefoltert wurde, zu diesem Zeitpunkt allerdings, wie wir dann erfahren haben, schon seit über 40 Jahren tot ist und irgendwo im amerikanischen Westen vor sich hin modert«, sagte Amanda. »Sonst noch was?«

Sie blickte in die Runde. Die Passivität der Männer irritierte sie. Varga kaute nervös auf einem Bleistift, Fiedler grinste schief und Wolf gähnte so herzhaft, als wollte er sie alle zusammen verschlingen. Auch Johnson schien nicht so recht bei der Sache zu sein. Er saß abseits am leicht geöffneten Fenster, um die anderen mit dem Rauch seiner Zigarette nicht zu belästigen.

Amanda warf ihm trotz dieser offensichtlichen Rücksichtnahme einen bösen Blick zu, wohl, weil sie in diesem Augenblick ein ekelhaftes Kratzen im Hals verspürte. Heute Morgen, beim Blick in den Spiegel, hatte ihr ein Gespenst mit farblosem Gesicht und dunklen Rändern unter den Augen entgegengegrinst.

»Schon was von den Amis?«, fragte Wolf.

Amanda schüttelte den Kopf. »Das geht nicht so schnell. Die Kollegen in Seattle haben versprochen, zügig zu arbeiten, aber es wird dauern, bis die etwas haben.«

»Und Interpol?«

»Dito.«

»Hm.« Wolf lehnte sich in seinem Stuhl zurück und gähnte noch einmal kräftig.

»Es ist zum Kotzen. Wir wissen nichts. Und das stört mich. Das geht mir auf den Sack.« Amandas Stimme war gereizt und keiner in dem engen Zimmer wagte in diesem Moment, eine blöde Bemerkung zu machen.

»Irgendjemand hier in unserer Gegend muss ihn doch gesehen haben. Der ist doch nicht vom Himmel gefallen und dann sofort verschwunden, oder?« Fiedler schaute fragend in die Runde, aber niemand antwortete. »Oder?«, fragte er noch einmal.

»Jemand hat ihn gesehen, das wisst ihr doch«, meinte Amanda schließlich in die Stille hinein. »Martin Berger muss ihn, kurz bevor er ermordet wurde, getroffen haben. Er hat mir das erzählt. Und dass ihn der Mann gestreichelt hat.«

»Uh, eine Schwuchtel?«

»Nein«, sagte Amanda. »Nein, das passt hier nicht. Ich weiß, dass man nichts ausschließen darf, aber ich habe einfach das Gefühl, dass es hier nicht passt.«

»Warum?« Fiedler ließ nicht locker und Amanda zuckte mit den Schultern.

»Die Art, wie Martin darauf reagiert hat, vielleicht. Für ihn scheint von dem Mann keine Bedrohung ausgegangen zu sein. Er hat zu mir gesagt, der alte Mann sei lieb zu ihm gewesen.«

»Lieb?« Fiedler schien nicht überzeugt. »Warum sollte er zu dem Martin lieb sein?«

»Weil er ihn mochte. Ganz einfach. Wie ein … wie ein Vater, der seinen Sohn lange Zeit nicht gesehen hat und …«

Die Männer im Raum starrten sie verblüfft an. Sie sah zu Fiedler, der den Mund nicht mehr zubekam.

»Was redest du da? Du meinst, die Moorleiche könnte Martins Vater gewesen sein?«

Amanda nickte, obwohl sie selbst einen Moment lang von ihrer eigenen Schlussfolgerung überrascht war. »Warum nicht?«

»Wäre das nicht merkwürdig?«, mischte sich Johnson

in das Gespräch. Er hatte bislang ruhig zugehört, dabei gepafft, was das Zeug hielt, sich aber nicht mit irgendwelchen Thesen beteiligt.

»Merkwürdig? Warum?«

»Nach der langen Zeit. Wenn ich das richtig verstanden habe, dann hat sich Martins Vater niemals um seinen Sohn gekümmert, hat niemals den Kontakt zu ihm gesucht. Warum sollte er ihn nach der langen Zeit besuchen? Nach fast 40 Jahren. Nur, um Stunden nach seiner Ankunft bestialisch ermordet zu werden? Das ergibt doch keinen Sinn.«

»Keine Ahnung, aber … es lohnt sich auf jeden Fall, das nachzuprüfen«, sagte Amanda. »Nur wer fragt, kriegt Antwort, oder? Im Übrigen wissen wir ja gar nicht, ob er schon mal mit Martin oder den Großeltern Verbindung aufgenommen hat.«

Johnson lächelte, zog an seiner Zigarette und inhalierte den Rauch mit großer Gier. Wie es schien, hielt er nicht allzu viel von Amandas Theorie.

»Wir brauchen eine Speichelprobe von dem Jungen«, warf Fiedler ein, der pragmatisch an die Sache heranging.

Amanda nickte. »Sollte kein Problem sein.«

»Schade, dass wir Martins Mutter nicht mehr fragen können, wer der Vater ist.«

»Und die Großeltern? Die sollten doch eigentlich wissen, wer ihre Tochter damals geschwängert hat.«

»Kann sein, aber auch nicht. Setzen wir mal einen Augenblick voraus, dass sie es wissen, sie haben doch all die Jahre geschwiegen, warum sollten sie plötzlich jetzt darüber sprechen?«

»Wir müssen sie dazu befragen«, meinte Varga, der seinen Bleistift malträtierte und gelegentlich ein Stückchen zerkautes Holz auf den Boden spuckte, direkt vor Amandas Leopardenfell.

Die lehnte sich im Stuhl zurück und blickte etwas ratlos auf die Bilder von dem Toten.

»Wenn sich tatsächlich herausstellen sollte, dass er Martins Vater war, dann wäre es doch verdammt seltsam, dass auch Marlies Berger innerhalb der letzten Tage das Zeitliche gesegnet hat, denkt ihr nicht auch?« Fiedler kam allmählich in Fahrt.

Gut, dachte Amanda, eine gute Frage. In dem Moment war sie froh, dass ihr ebenfalls schon der Gedanke gekommen war und sie entsprechende Maßnahmen veranlasst hatte. »Ich habe Nowak nach München geschickt. Der soll mit den Kollegen vor Ort Kontakt aufnehmen. Vielleicht war ja tatsächlich etwas faul an ihrem Tod. Im Grunde war sie noch viel zu jung, um eines natürlichen Todes zu sterben.«

»Woran ist sie denn gestorben?«, fragte Johnson.

»Herzinfarkt.«

»Mit 58?« Wolf, der selbst auf die 50 zuging, wirkte erstaunt.

»Gar nicht so ungewöhnlich«, meinte Johnson. »In den USA liegt das Durchschnittsalter für den ersten Infarkt von Infarktpatienten bei etwa 42. Natürlich nur bei Männern.«

»Und bei Frauen?« Amanda zuckte mit den Schultern. Sie hatte sich in der Zwischenzeit über die Umstände von Marlies Bergers Tod informiert und erst vor wenigen Stunden einen knappen Befund mit einem ebenso knappen Kommentar von der Münchner Staatsanwaltschaft per E-Mail erhalten, in dem Fremdverschulden so gut wie ausgeschlossen wurde. Ein Todesermittlungsverfahren werde zum gegenwärtigen Zeitpunkt nicht eingeleitet, hatte es geheißen. Eine Datei mit dem Totenschein, ausgestellt durch einen Notarzt, war als Anhang dabei gewesen, war jedoch nicht sonderlich aufschlussreich gewesen. Nachdem sie die Mail gelesen hatte, hatte sie lange Zeit auf den Monitor gestarrt, bis der in den Standby-Modus geschalten hatte und das Bild schwarz geworden war. Erst da war sie wieder in die Gegenwart zurückgekehrt. Aber sie war nicht so recht zufrieden gewesen.

Noch einmal konzentrierte sie sich auf die Bilder mit dem Toten. Glaubte sie wirklich, was ihr da vorhin spontan herausgerutscht war? »Auf jeden Fall wäre er damals schon verdammt alt gewesen … als Mann für die Marlies. Deutlich älter als die Marlies, wenn er denn überhaupt …«, sagte sie schließlich.

Zu vieles war noch ungeklärt, doch ahnte sie in diesem Moment etwas von möglichen Schatten der Vergangenheit, die in die Gegenwart griffen. Wenn er der Vater des Kindes war, warum hatte er damals Frau und Kind verlassen? War überhaupt er es gewesen, der die Flucht ergriffen hatte, oder doch die Marlies? Und hatte es dafür Gründe gegeben, die vielleicht jetzt, nach den vielen Jahren, zu einer Bluttat geführt hatten? Durchaus möglich, dachte sie. Oder war das damals eine stinknormale Trennung gewesen, in jener Zeit, in den späten 60ern und frühen 70ern, als die jungen Leute die freie Liebe erfunden hatten? Vielleicht hatten beide einfach nur die Liebe verloren und dann nach einem neuen Anfang gesucht. Dabei wissen wir nicht einmal, ob sich die Marlies und der Vater ihres Kindes damals getrennt haben, ging es ihr durch den Kopf. Waren die Vorkommnisse in Marlies' Leben vielleicht doch ganz anders gewesen als sie vermutete? Wenn sie nur wüssten, was damals passiert war.

München

Verdammt. In diesem Alter verreckt man doch nicht einfach. Noch keine 60, das war doch kein Alter, um einfach abzukratzen. Nicht in der heutigen Zeit. Er musste an seine Mutter denken. Als er sie das letzte Mal gesehen hatte, da musste sie etwa in Marlies' Alter gewesen sein. Vielleicht auch ein bisschen jünger. So genau konnte er das gar nicht sagen. Ganz verschwommen war ihr Bild vor seinen Augen aufgetaucht. Für ihn als Buben war sie damals eine alte Frau gewesen. Nicht wie die Marlies. Das hing aber auch mit dem Krieg zusammen. Mit den Jahren der Entbehrung, wie seine Mama das immer genannt hatte. Mit der schlechten Zeit, als es nichts zu essen gab. Das hatte der Körper nie verziehen. Da konnte man hinterher noch so viel fettes Schweinefleisch in sich hineinstopfen. Die bösen Jahre konnte man einfach nicht mehr wettmachen. Aber die Marlies …

Richtig gut war die im Bett noch gewesen, und nicht nur im Bett. Da hätte sich manche Junge anstrengen müssen, um mitzuhalten. Und von einem kaputten Herzen hatte man auch nichts bemerkt. Na ja. Sie war immer schnell müde gewesen, das war richtig. Vor allem in den letzten Jahren. Aber sonst …

Otto war zwölf gewesen, als er nach München gekommen war. Aus der Fürsorge irgendwo im Norden. Wo genau, hatte er vergessen oder vielleicht hatte er es auch nie so genau gewusst. Nach einigen Jahren im Heim, an die er nur höchst ungern zurückdachte, waren plötzlich Pflegeeltern aufgetaucht, die ihn mitnehmen wollten. Warum sie ausgerechnet ihn ausgesucht hatten, hatte er sich damals oft gefragt, ohne je eine Antwort darauf erhalten zu haben. Seine neue Familie in München, mit Wohnung im vornehmen Bogenhausen: Lisbeth und Eberhard, ein Architektenehepaar. Von Anfang an hatten sie darauf bestanden, dass er sie mit ihren Vornamen ansprach. Sie und ihre Freunde hatten das für das Beste gehalten, angesichts der Tatsache, dass keine leibliche Beziehung bestand. Warum hätte man nicht offen damit umgehen sollen?

Seine leibliche Mutter war zu der Zeit bereits einige Jahre tot gewesen. Schon damals hatte er sich kaum noch an sie erinnern können, wusste nur, dass sie sehr schön gewesen sein musste. Das hatte ihm eine der Schwestern in seinem früheren Heim erzählt. Immer wenn er nicht einschlafen konnte, war sie zu ihm gekommen und hatte ihm von seiner Mama erzählt. Dass sie eine wunderschöne Frau gewesen sei und wie ein Engel ausgesehen habe. Und dass sie jetzt im Himmel sei. Dazu hatte sie ihn gestreichelt und manchmal hatte er auch sie streicheln müssen. Anfangs hatte er das gehasst, weil sie sich an manchen Stellen so feucht und klebrig angefühlt hatte, und er hatte sich ziemlich ungeschickt angestellt. Auch hatte er immer Angst gehabt, dass die anderen Kinder im Schlafsaal aufwachen würden. Das war seine größte Sorge gewesen … Aber die Geschichten über seine Mama, die hatte er geliebt.

Seine Pflegeeltern hatten keine eigenen Kinder gehabt. Einmal, im Alter von 14, hatte er sie belauscht, wie sie darüber gesprochen hatten. Irgendetwas hatte wohl mit

Eberhards Spermien nicht gestimmt. Lisbeth hatte darüber gelacht und ihn einen Schlappschwanz genannt. Da war Eberhard böse geworden und hatte sie geohrfeigt. Aber das schien ihr nichts ausgemacht zu haben. Sie hatte seine Hände gepackt und ihn geschüttelt. Das hatte richtig komisch ausgesehen und sie hatte dabei gelacht und immer weiter gelacht, bis er sich freigemacht hatte und davongelaufen war.

Noch im selben Jahr hatte ihn Lisbeth zum ersten Mal zu sich ins Bett geholt. Eberhard hatte damals viel in anderen Städten arbeiten müssen, sodass sie beide oft allein im Haus zurückgeblieben waren, er und seine Pflegemutter. Anfangs hatte er gar nicht gewollt. Aber später hatte es ihm besser gefallen als das entwürdigende nächtliche Spiel unter seiner Zudecke – allein mit sich und seinen wirren Träumen.

Bald hatte er sich auch nicht mehr so ungeschickt angestellt wie damals im Heim. Sie hatte ihm gezeigt, was sie gerne hatte, und er hatte ihr brav gegeben, wonach sie verlangt hatte. Erst mit der Zeit hatte er allerdings verstanden, dass sie am zufriedensten gewesen war, wenn er sie wie eine Schlampe behandelt und gedemütigt hatte. Da war sie dann immer auf allen Vieren zu ihm gekrochen und hatte um seine Zuwendung gebettelt. Hinterher aber hatte sie ihn jedes Mal in sein Zimmer geschickt und so getan, als sei nichts gewesen. Dafür hatte er sie verachtet und sich hundert Mal geschworen, nicht mehr zu tun, was sie von ihm verlangte.

Als er 16 geworden war, war er schließlich aus München weggegangen. Eine wilde Zeit war gefolgt, in der er die Abgründe des Lebens in rasanter Abfolge kennengelernt hatte. Erst viele Jahre später war er wieder zurück in die Stadt gekommen. Nur einmal noch hatte er dann Lisbeth und Eberhard aufgesucht. Da hatte er sich seine Papiere und Unterlagen geholt, die er damals, als er weggelaufen war, zurückgelassen hatte.

Zumindest hatte sie mir keine Geschichten von Mama erzählt, die alte Schlampe, dachte er. Es war schon komisch, was einem manchmal so durch den Kopf ging …

Als er jetzt am Autohaus Thaller vorbeikam, verharrte er einen Moment. Ein wuchtiger Kombi mit breiter Schnauze und dicken Alurädern stand wie zum Sprung hinter einem der Fenster des Verkaufsraumes und ließ ihn näher herantreten. Obwohl es schon spät war und die Läden und Geschäfte entlang der Straße längst geschlossen hatten, waren die Verkaufsräume noch immer beleuchtet. Aber es war eher eine Notbeleuchtung, die man angelassen hatte, um die späten Spaziergänger und die Nachtschwärmer anzulocken. Ein Teil der Schaufenster war nur spärlich ausgeleuchtet, sodass er sein Spiegelbild darin sehen konnte, das zwischen den glänzenden Karossen seltsam blass wirkte. Einen Augenblick starrte er auf den eigenen Schatten, auf die Konturen der Straße hinter ihm und die der gegenüberliegenden Häuser, als er plötzlich neben seinem Abbild eine weitere, schemenhafte Figur wahrnahm, Vexierbild eines Mannes, der in einiger Entfernung stehen geblieben war und ebenfalls in Richtung der Schaufenster blickte. Als er sich langsam umwandte, bemerkte er, dass der andere bereits wieder weiterging und gleich darauf in eine Nebenstraße abbog.

Otto schenkte dem schwarzen Fahrzeug im Ausstellungsraum noch einige Sekunden seiner Aufmerksamkeit und trabte los. Im Grunde interessierte er sich nicht für Autos, die er sich ohnehin nicht leisten konnte. Er schob die Hände in die Taschen seiner Jacke und schüttelte sich. Es war empfindlich kalt geworden. Zum Glück war es nicht mehr weit. Nur noch einige wenige Schritte bis zur Reschreiterstraße …

Gut, dass er damals ein Duplikat der Schlüssel hatte herstellen lassen. Die Originale hatte er aus ihrer Handtasche geklaut, als sie nach der Nachtschicht in den Zimmern der Mädchen sauber gemacht hatte. Zuerst hatte sie gar nicht bemerkt, dass die Schlüssel gefehlt hatten. Erst als sie am nächsten Tag nach Hause in ihre Wohnung gewollte hatte, hatte sie begonnen, danach zu suchen. Er hatte so getan, als würde er ihr dabei helfen, und sie war ihm dankbar gewesen. Einen Tag später hatte er ihr den Schlüsselbund wiedergebracht, hatte vorgegeben, ihn in der Nähe der Hundezwinger gefunden zu haben. Damals hatte sie ihm nicht so recht geglaubt, da sie die Nähe der Hunde gemieden hatte, soweit es gegangen war. Wie also hätten die Schlüssel dort gelandet sein sollen? Aber dann hatte sie sie genommen, ihn ein wenig komisch angesehen und lediglich mit den Schultern gezuckt. Wahrscheinlich war sie nur froh gewesen, ihn zurückzuhaben.

So war sie halt gewesen, die Marlies. Wie aus einer anderen Welt. Manchmal hatte sie ihn angeschaut wie damals, als er ihr die Schlüssel gebracht hatte, und dabei war ihr Blick durch ihn hindurchgegangen, als ob er gar nicht vorhanden gewesen wäre. Das hatte ihn immer wütend gemacht. Diese Eigenart hatte sie auch an den Tag gelegt, wenn er mit ihr geschlafen hatte. Einmal hatte sie lautlos geweint, als er mit einem grunzenden Stöhnen über ihr zusammengebrochen war, und er hatte sie ganz erschrocken nach dem Grund ihrer Tränen gefragt. Aber sie hatte nicht einmal wahrgenommen, dass er sie etwas gefragt hatte. Da war der Zorn in ihm hoch gelodert und er hatte sie verprügelt. Hinterher hatte es ihm leidgetan.

Es war das erste Mal, dass er das Haus betrat, in dem sie gewohnt hatte. Ein zweistöckiger Bau ohne Außenbeleuchtung mit einem Hinterhof, der nur schemenhaft zu erkennen war. Nur in den unteren Räumen brannte in einigen Fenstern Licht, war Leben zu erkennen. Eine Familie mit Kindern, wie es sich anhörte. Die Haustür war unverschlossen und er trat in einen kahlen, schmucklosen Eingangsbereich, von dem aus eine Treppe nach oben führte. Er suchte nach einem Lichtschalter, fand jedoch keinen und tastete sich nach oben. Vor der Tür zu ihrer Wohnung verharrte er einen Moment. Dann zog er den Schlüssel heraus und steckte ihn ins Schloss. Die Tür ließ sich ohne Probleme öffnen.

Er wusste im Grunde nicht, wonach er suchen sollte. Das Wohnzimmer mit der altmodischen Sitzgruppe war aufgeräumt oder wirkte jedenfalls aufgeräumt. Der Schreibtisch in der Ecke war ordentlich: Stifthalter, Notizbuch und einige Zeitschriften, meist Frauenzeitschriften mit mageren, großäugigen Models auf dem Cover. Über dem Schreibtisch zwei niedrige Hängeregale mit vielen Büchern, die pedantisch der Größe nach geordnet waren. Neben der Sitzgruppe mit der Couch ein alter Fernsehapparat, der tief in den Raum hereinragte. Otto blickte zum Fenster, das fast bis zum Boden herabreichte. Gelegentlich huschten Autoscheinwerfer vorbei und er zog die Vorhänge zu.

»Was tust du hier?«, fragte plötzlich eine dünne Kinderstimme. Otto hatte niemanden kommen gehört, hatte sich sicher gefühlt und zuckte gewaltig zusammen. Völlig perplex starrte er auf ein Mädchen, das unversehens in der Tür stand.

»Scheiße. Wo zum Teufel kommst du denn her?«

Das Mädchen war höchstens fünf, sechs Jahre alt und trug einen rosafarbenen Schlafanzug, der ihm viel zu klein war. In den Händen hielt es ein Spielzeug. Es blickte Otto mit ernsten Augen an.

»So etwas sagt man nicht«, meinte die Kleine. »Mama ist in der Arbeit und mir war langweilig. Da bin ich hoch, weil ich die Frau Berger besuchen wollte ...«

»Aber die Marlies ... die Frau Berger ist doch tot. Weißt du das denn gar nicht?«

»Doch, das weiß ich schon. Aber ich habe nicht mehr daran gedacht... Das war blöd.«

»Kommst du öfters hierher?«

»Manchmal. Ich wollte nur das hier bringen«, fügte sie hinzu. »Bist du ein Freund von der Frau Berger?«

Otto nickte. »Was hast du denn da?«

»Eine S-Bahn. Die hat mir die Frau Berger zum Spielen gegeben. Aber jetzt brauche ich sie nicht mehr.«

Sie reichte ihm die alte Stadtbahn, die ziemlich ramponiert und verkratzt war. Otto nahm sie.

»Tschüss«, sagte das Mädchen und lachte. Mit einem Mal war es fröhlich. Es machte den Eindruck, als sei es erleichtert, dass ihr Otto das Spielzeug abgenommen hatte.

»Mach die Tür zu, wenn du gehst.«

Gleich darauf hörte er, wie die Tür ins Schloss fiel. Lange Zeit blickte er auf den kleinen Zug, eine täuschend echt wirkende Miniatur-S-Bahn aus grauer Vorzeit. Im Anzeigenfenster über dem Führerhaus war ein blass gewordenes ›H‹ zu erkennen. Der Rest der Schriftzeichen war unleserlich.

11

Den größten Teil des Vormittags verbrachte Amanda Wouters am Telefon in ihrem Büro.

Sie versuchte mehrmals, mit den Kollegen in Seattle Verbindung aufzunehmen, doch der zuständige Beamte war nach Hause gegangen und nur ein müder Cop der Nachtschicht hatte ihre Anrufe zunehmend mürrischer beantwortet. »You know what time it is?« Natürlich hatte sie gewusst, dass es in Seattle noch mitten in der Nacht war, doch zum Teufel, sie brauchte die Informationen. Wahrscheinlich lag der Detective, der ihre Anfrage bearbeitete, noch im Bett und schnarchte seinen Rausch vom Abend zuvor aus. Sie wusste, dass sie ungerecht war, als sie das dachte.

Nachdem sie das dritte Mal erfolglos angerufen hatte, beschloss sie, es erst wieder am Abend zu versuchen. Das Englischsprechen strengte sie ohnehin an, und sie war im Grunde froh, eine kleine Verschnaufpause zu haben. Nach jedem Anruf war ihr der Schweiß auf der Stirn gestanden und wenn sie dann aufgelegt hatte, hatte sie nach Luft gejapst.

Gegen zehn Uhr meldete sich Nowak aus München. Er hatte mit dem Notarzt gesprochen, der verständigt worden war, als man Marlies Berger gefunden hatte.

»Der Doc ist absolut sicher, dass die Berger an Herzversagen gestorben ist. Nur eins ist ihm aufgefallen …«

»Was denn?«

»Na ja, dass die Tote so ordentlich unter ihrer Decke gelegen hat. Das sei bei einem Infarkt eher ungewöhnlich, meint er. Es wäre auf jeden Fall normaler gewesen, wenn sie noch versucht hätte, die Decke wegzustrampeln, aber die lag ganz sauber auf der Leiche. Sie war um ihre Füße gewickelt, so als habe jemand sie nach dem Tod der Frau glatt gestrichen.«

»Meinst du, das hat was zu bedeuten?«

»Keine Ahnung«, brummte Nowak. »Möglich wär's natürlich. Aber es gibt keine Anhaltspunkte dafür.«

»Wer hat die Marlies denn gefunden?«

Amanda hörte das Rascheln von Blättern und es dauerte eine Weile, bis sich Nowak wieder meldete.

»Ein Mädchen, das mit ihrer Familie im Stockwerk unterhalb wohnt. Die Kleine ist noch keine sechs Jahre alt. Warte mal, ihr genaues Alter ist hier angegeben ...«

»Was sagst du? Weißt du, wie sie in die Wohnung gekommen ist?«

Es wurde wieder still.

»Nein«, sagte er. »Da steht nur, dass eine Frau Weber bei der Polizei angerufen hat, weil ihre Tochter die Leiche der Nachbarin entdeckt hat. Daraufhin wurde der Notarzt verständigt und eine Streife zur Wohnung der Webers geschickt.«

»Wir müssen jeden noch so kleinen Hinweis nachprüfen«, meinte Amanda.

»Das ist schon klar.«

Sie hörte Nowaks Atemzüge. »Also dann, bis bald«, sagte sie.

Nowak schnaubte lediglich in den Hörer. Dazu ließ er ein Brummen hören, das wohl Zustimmung ausdrücken sollte. Eine Sekunde später war er weg.

Amanda Wouters blieb mit Telefonhörer in der Hand stehen, dabei runzelte sie die Stirn. Ob sie etwas übersehen hatten? Sie dachte an die Beerdigung der Marlies und dass es sinnvoll gewesen wäre, ihre Leiche nicht so schnell freizugeben. Verdammt, ging es ihr durch den Kopf, sie konnten das Grab nicht öffnen lassen. Nach der kurzen Zeit … Was das für Marlies' Eltern bedeuten würde …

Die Beerdigung der Marlies. Erstaunlicherweise fiel ihr in diesem Zusammenhang der Kollege aus Regensburg ein. Er hatte während der Trauerfeier hinter ihr gestanden. Was für ein trauriger Mann, dachte sie und dann erinnerte sie sich, wie er gesagt hatte, dass er die Marlies gekannt hatte. Flüchtig nur, hatte er behauptet. Was er wohl damit gemeint hatte? Sie sollte sich auf jeden Fall mit ihm darüber unterhalten. Vielleicht wusste er mehr über die Marlies, als er bislang geäußert hatte. Außerdem, ob es ein Zufall war, dass gerade er den Toten im Moor entdeckt hatte? Auf jeden Fall ein gut aussehender Mann. Trotz der traurigen Augen. Sie könnte ihn zum Abendessen einladen, vielleicht würde sie ja sehen, ob er in irgendeiner Weise in den Fall verwickelt war. Ein Abendessen unter Kollegen. Gute Idee, sagte sie sich und legte den Telefonhörer weg.

Der Anruf aus den Staaten kam kurz vor 16.30 Uhr. Als das Telefon läutete, saß Amanda in Gedanken verloren an ihrem Schreibtisch und war damit beschäftigt, Büroklammern zu einer unendlichen Kette aneinanderzuhaken. Ihr gegenüber, im Besuchersessel, hatte sich Percy Johnson, wie immer rauchend, hingelümmelt. Hinter ihm, im Türrahmen, stand Wolf, der von Johnson eine Zigarette geschnorrt hatte und nun ebenfalls qualmte. Er erinnerte sie an die Halbwüchsigen aus ihrer Schulzeit, die hinter dem Schulhaus gestanden waren und mit hastigen Zügen geraucht hatten. Wolfs Hände zitterten, hatte sie gedacht, als sie ihm einen kurzen, missbilligenden Blick zugeworfen hatte. Ob er Parkinson hatte? Es waren düstere Gedanken, die ihr durch den Kopf gingen. Über Männer und ihre Respektlosigkeiten. Wahrscheinlich eine Folge ihrer lebenslang anhaltenden Pubertät, mutmaßte sie. Keiner der beiden rührte sich, als es läutete, doch beobachteten sie durch ihren Rauchschleier Amanda, die aus ihren trüben Gedanken hochschreckte und abhob.

Der Polizist, den sie in der Leitung hatte, stellte sich als Detective Lieutenant Max Breidenbend vor. Sein Akzent war ähnlich ausgeprägt wie der von Percy Johnson, und es dauerte eine Weile, bis Amanda auch nur ein Wort von dem verstand, was der Kollege von sich gab. Was für ein Kauderwelsch, dachte sie, und erst nach einigen Sätzen stellte sie verwundert, aber auch zu ihrer Freude fest, dass der Mann deutsch sprach. Seine Aussprache, tief aus dem Kehlkopf gepresst, klang in ihren Ohren schrecklich, doch erstaunlicherweise dauerte es nicht lange, bis sie sich an die ungewöhnliche Modulation gewöhnt hatte. Tief in ihrem Inneren leistete sie ihm Abbitte dafür, dass sie am Morgen so schlecht von ihm gedacht hatte.

»Wir haben euren Mann gecheckt«, drang es aus dem Hörer und ganz verwundert glaubte sie, die Melodie eines fernen Kontinents im Hintergrund zu vernehmen. »Aaron Rosenberg ist im Jahr 1967 verstorben. Es gibt eine *file* mit seinen Daten und eine *social security number*. Das ist alles okay. Und er ist definitiv tot.«

Amanda lauschte seinen Worten und dem nachfolgenden Rauschen, das durch den Äther brauste und das Gesagte wie in Watte packte. »Aber, wenn er gestorben ist, wer ist dann der Mann, der …?«

»Das wissen wir noch nicht genau, aber wir haben festgestellt, dass die *ssn* bereits 1971 wiederverwendet wurde. Das ist in der Tat eigenartig. Damals hat dieser Aaron Rosenberg einen Führerschein in Washington State beantragt. Es gibt dazu noch eine Reihe von weiteren Spuren.«

Wieder ließ Amanda Wouters eine Weile verstreichen, ehe sie auf die Äußerung des Kollegen einging. Sie musste sich zusammenreißen, um nicht zu brüllen. Das Gefühl räumlicher Ferne war plötzlich übermächtig.

»Und was ist mit dem Pass, den er zur Einreise verwendet hat? Ist der in Ordnung?«

»Das haben wir auch geprüft. Der Pass wurde vor etwa fünf Jahren beantragt und von einer US-Behörde ausgestellt.«

»Auf den Namen …?«

»Auf den Namen Aaron Rosenberg aus Tacoma. Alles ganz legal.«

»Es gibt also einen Mann, der die Identität eines Verstorbenen angenommen hat?«

»Richtig.«

»Wäre es möglich, dass es einfach nur zwei verschiedene Personen dieses Namens gibt?«

Die Verbindung wurde kurzzeitig schlechter und Amanda musste sich auf die Worte von jenseits des Atlantiks stark konzentrieren. Nur mit Mühe verstand sie, was Detective Lieutnant Max Breidenbend in den Hörer brummte.

»Das wäre schon möglich«, meinte der, »aber es ist nicht möglich, dass zweimal die gleiche *social security number* verwendet wird. Das ist unmöglich, *absolutely impossible*.«

»Aha, ich kann Ihnen folgen. Dann muss aber eine Fälschung vorliegen, oder?«

»Nun, das haben wir auch nachgeprüft. Aber der Pass ist echt. Ausgestellt in Seattle im August 2008. Und der Mann hat ein *birth certificate* vorgelegt zusammen mit seiner *ssn*. Das haben wir recherchiert. Ich bin sicher, wenn diese Dokumente gefälscht worden wären, dann hätte man das erkannt.«

Warum er da so sicher war, wunderte sie sich. Bei den Amis war doch alles möglich. Sie blickte auf das Leopardenfell vor dem Schreibtisch und ließ das, was Breidenbend eben gesagt hatte, noch einmal Revue passieren.

»Die Frage ist also, wie unsere Moorleiche zu der Geburtsurkunde und der Sozialversicherungsnummer eines Toten gekommen ist.«

»Das ist eine sehr gute Frage, Frau Wouters.«

»Und haben Sie eine Antwort?«

»Ja und nein. Vielleicht eher eine Vermutung ...«

»Nun ...«

»Sehen Sie, wenn die Dokumente echt waren, dann muss eine offizielle Stelle die Finger im Spiel gehabt haben, keine Zweifel.«

»Die da wäre ...?«

»Da gibt es viele Möglichkeiten. Wir haben zum Beispiel eine ganze Menge von Geheimdiensten.« Er lachte laut und polternd und Amanda hielt den Hörer erschrocken weg vom Ohr. »FBI und CIA, NSA, INR, DIA, et cetera, et cetera ... *you name it* ...«

Der Fall wurde immer sonderbarer, dachte Amanda. Sie seufzte tief und voll Inbrunst. Plötzlich spürte sie, dass sie schwitzte. Unter ihren Achseln hatten sich Schweißflecken gebildet. Ein unangenehmes Gefühl.

»Was haben Sie gesagt?«, fragte Detective Lieutnant Breidenbend am anderen Ende der Leitung. Offensichtlich konnte er mit Amandas Seufzer nicht viel anfangen.

Amanda überlegte, wusste nicht, was sie antworten sollte. Sie hob den Blick und sah, wie Wolf und Johnson sie anstarrten. Einen Moment lang verlor sie den Faden und sie fragte sich genervt, ob ihre Schweißflecke zu sehen waren. Daraufhin wollte sie das Gespräch nun möglichst schnell beenden. Schließlich kam ihr doch noch ein Gedanke. »Dann ist das wohl eine politische Sache, mit der wir es zu tun haben. Was denken Sie?«

Dieses Mal dauerte es eine Weile, bis sie Breidenbends kehlige Stimme wieder vernahm. Sie schien auf einmal von weit weg zu kommen, war nur noch ein leises Flüstern. Wahrscheinlich gab es irgendwo atmosphärische Störungen zwischen den Kontinenten, vermutete sie. Vielleicht eine radioaktive Wolke.

»Ich weiß es nicht«, hörte sie. »Aber ich bin sicher, dass wir das erfahren werden. Verstehen Sie? Am Ende wird es eine Antwort geben oder vielleicht den Teil einer Antwort … Wir werden das Rätsel schon lösen.«

Dein Wort in Gottes Ohr, dachte sie. Sie stellte sich vor, wie der Mann auf der anderen Seite des Atlantiks in seinen Hörer brüllte und dabei doch nur ein laues Flüstern erzeugte.

»Ich schicke Ihnen auf jeden Fall unsere Ergebnisse per E-Mail, und wenn wir noch etwas über Ihren Mann herausfinden …«

Das war nicht ihr Mann, dachte Amanda, bevor nur noch ein tiefes Rauschen zu hören war. Zögerlich legte sie auf.

12

Rune hoffte, es würde eine klare, helle Nacht werden. Sämtliche Vorzeichen dafür waren gut und die Luft war trocken, sodass es nach allem Ermessen höchst unwahrscheinlich war, dass Nebel aufkommen würde. Natürlich war ihm bewusst, dass im Moor besondere Bedingungen herrschten, dass man selbst bei gutem Wetter jederzeit von Regen und Nebel überrascht werden konnte. Ein plötzlicher Wetterumschwung, wenn mit einem Mal der Himmel tief hing und die Wolken von der Nordsee oder vom Atlantik her sich über dem Moor mit großer Geschwindigkeit verdichteten und im Sturm Regen abwarfen, war nie ganz auszuschließen. Da änderten sich die Verhältnisse oftmals binnen Minuten. Und wenn man schließlich kaum noch sah, wo man seine Füße hinsetzte, konnte es unheimlich werden, und schneller als man dachte, hatte man die Orientierung verloren. Da bewegte man sich vorwärts, ohne zu wissen, wo man ankam oder ob man vielleicht nur im Kreis lief. Und wie schnell passierte es, dass man einen der Tümpel übersah, man keinen Halt mehr fand und schließlich dem tödlichen Sog des Moores erlag …

Um zwanzig nach sechs verließ Rune das Kasernengelände. Kurz zuvor hatte er versucht, Adolf Bichlmaier auf dessen Handy zu erreichen. Doch der hatte nicht reagiert. Zusammen mit Sandor schlüpfte er an der Stelle hinaus, an der er vor Kurzem mit Bichlmaier gestanden hatte, und tauchte ein in die gestaltlose Ebene, die sich vor ihm erstreckte. Es wehte ein leichter Wind, der sanft über die Moorflächen mit den bräunlichen Grasbüscheln streifte. Beide folgten sie einem kaum wahrnehmbaren Weg, der sich zwischen kleinen Erhebungen, Wurzeln und Stockresten hindurchschlängelte. Als er eine Weile gegangen war, begann Rune allmählich die Stille, die um ihn herum herrschte, wahrzunehmen. Er genoss das Fehlen von Autolärm und den sonstigen Geräuschen der Stadt. Nur Sandors Hecheln, das Rauschen des Grases und das Glucksen des Wassers, das von überall herzukommen schien, waren zu hören. Eine verlorene Welt, dachte er. Und er, ein einsamer Mensch in einer unendlichen Leere.

Nachdem er etwa eineinhalb Stunden in nördlicher Richtung durch die immer stärker einsetzende Dunkelheit geschritten war, begann sich der Bewuchs des Geländes allmählich zu ändern und statt der niedrig wachsenden Torfmoospflanzen hemmte nun hüfthohes, blassgelbes Pfeifengras seine Schritte, sodass er nur mehr langsam vorankam. Immer wieder verlor er Sandor aus den Augen und musste nach ihm rufen. Schließlich nahm er ihn an die Leine.

Die Sonne war vor etwa 30 Minuten untergegangen, wie er aber gehofft hatte, spendete der fahle Mond genügend Licht, um gefahrlos voranzukommen. Ohnehin fühlte er sich nicht fremd hier, er war früher des Öfteren in diesem Bereich des Moores gewesen. Er hob den Kopf, blickte nach vorn, soweit er sehen konnte. Es war nicht mehr weit. Bald würde er sich nach Osten wenden müssen, in Richtung des Birkenwaldes. Es war wie früher vor vielen Jahren. Plötzlich war ihm die Vergangenheit ganz nahe. Er erinnerte sich an die Jugend, an die abenteuerlichen Spiele, mit denen er und die anderen Burschen aus dem Dorf sich die Zeit vertrieben hatten, die Schatten, die damals auf ihrer aller Leben gefallen waren.

Als er den Wald erreicht hatte, musste er seine Taschenlampe zu Hilfe nehmen, um den Weg durch die locker stehenden Bäume zu finden. Wenig später erspähte er das erste Haus. Nur mehr die Grundmauern standen, teilweise üppig überwuchert. Hier hatte einst ein kleines Dorf gestanden, das irgendwann von seinen Bewohnern verlassen, der Natur, dem Moor zurückgegeben worden war. So wie dieses, gab es noch eine Reihe weiterer Dörfer und Meiler und verlassener Bauernhöfe, die von der Natur allmählich verschluckt wurden. Vorsichtig tastete er sich voran, die Taschenlampe hatte er, als er das alte Mauerwerk erkannt hatte, gelöscht. Beinahe wäre er gestolpert, als er an einem Stück Draht hängen blieb, das er im Licht des Mondes nicht bemerkt hatte. Sandor hatte die Ohren gespitzt und Rune sah, wie sie sich aufmerksam hin und her bewegten. Er war froh, dass er den Hund bei sich hatte. Dennoch hatte ihn beim Anblick des Geisterdorfes ein beklemmendes Gefühl befallen. Einen Moment lang hatte er den Atem angehalten, gelauscht, doch da waren nur die Naturgeräusche gewesen, die ihn die ganze Zeit über begleitet hatten.

Er schlich an zwei weiteren Ruinen vorbei. Erst dann erkannte er das alte Pfarrhaus mit dem ehemaligen riesigen Garten, der in der Düsternis kaum vom restlichen Gelände zu unterscheiden war. Sandor knurrte verhalten und Rune legte ihm die Hand auf die Schnauze. Etwas stimmte nicht. Zuerst wusste er nicht, was es war. Dann roch er den Rauch, der sich kaum sichtbar aus dem verwitterten Schornstein des Hauses vor ihm kräuselte.

In einem ersten Impuls wollte er weglaufen. Es konnte

nicht sein, dachte er. Insgeheim hatte er gehofft, dass niemand hier sein würde. Und doch hatte er es geahnt. Seit er mit Adolf über die Vergangenheit gesprochen hatte …

Er zog Sandor näher zu sich heran und überlegte krampfhaft, was er tun sollte. Dann passierten zwei Dinge fast gleichzeitig. Zum einen ertönte gänzlich unvermittelt ein dumpfes, gleichmäßiges Brummen, das, ohne dass er es genauer lokalisieren konnte, von irgendwoher tief unter dem Waldboden kam. Ein Grollen, das sich über sämtliche Geräusche des Waldes legte. Zum anderen öffnete sich, nur wenige Sekunden nachdem das Geräusch eingesetzt hatte, die Tür des Hauses und eine Frau trat heraus. Sie blieb stehen, blickte in seine Richtung. Trotz des diffusen Lichts sah er, dass die Frau alt war und eine Art Bademantel trug, der ihr über die Knie reichte. Ihre Füße steckten in schwarzen Gummistiefeln. Es hatte den Anschein, als würde sie ihm zuwinken. Rune hielt den Atem an. Er spürte, wie Sandor an der Leine zerrte, und versuchte, ihn zurückzuhalten. Er sollte nicht hier sein, dachte er. Dann hörte er, wie dicht hinter ihm ein Ast knackte und mit einem Mal glaubte, er einen kalten Hauch in seinem Nacken zu verspüren, so als hätte ihn jemand angepustet. Erstaunt wandte er sich um und meinte am Rande seines Gesichtsfelds eine Bewegung wahrzunehmen, doch er kam nicht mehr dazu, darüber nachzudenken. Der Mann, der hoch aufgerichtet hinter ihm stand, hielt ein Gewehr in den erhobenen Händen.

»Verdammt, was tust du hier?«, schrie er ihn an. Doch ehe Rune antworten konnte, schlug ihm der Mann den Kolben des Gewehrs mit solch großer Brutalität ins Gesicht, dass dadurch Runes rechte Gesichtshälfte und sein Nasenbein zertrümmert wurden. Ein ekelhaftes Geräusch splitternder Knochen. Die Wucht des Schlages war enorm und Rune fiel augenblicklich in ein tiefes Dunkel, ohne dabei irgendwelche Schmerzen zu verspüren.

Als er erwachte, war er von kalt flackerndem Licht umgeben. Es kam von einer Lampe, die unermesslich hoch über ihm hin und her schaukelte. Er lag da und hielt den Atem an. Die Schmerzen in seinem Gesicht waren kaum erträglich. Ein dumpfes Pochen und ein Hämmern, das ohne Anfang und Ende zu sein schien. Er versuchte, sich aufzurichten, konnte sich jedoch keinen Millimeter bewegen, und als er die Muskeln anspannte, wurden die Schmerzen so stark, dass er erneut in einen Zustand tiefer Bewusstlosigkeit fiel …

Er hatte jegliches Gefühl für Zeit verloren und als er eine Ewigkeit später wieder an die Oberfläche der Schmerzen zurückkehrte, hatte sich nichts geändert. Nur hörte er die brüchige Stimme einer Frau, die in eigenartigem Singsang vor sich hin murmelte. Was sie sagte, klang wie ein Märchen …

»Es war einmal ein arm Kind und hatt kein Vater und keine Mutter, war alles tot, und war niemand mehr auf der Welt. Alles tot, und es is hingangen und hat gesucht Tag und Nacht. Und weil auf der Erde niemand mehr war, wollts in Himmel gehen …«

13

Die Männer, die im Weißen Roß am Stammtisch saßen, hatte Amanda während Marlies' Beerdigung beobachtet. Alte, verwitterte Gestalten aus der Generation ihres Vaters. Sie saßen da, rauchten, und ab und zu hoben sie ihre Bierkrüge und tranken. Selten sprachen sie miteinander. Offensichtlich gab es niemanden im Lokal, der sich über das Rauchen der Männer beschwert hätte. Wie bei diesem alten Bundeskanzler, den sie hin und wieder im Fernsehen zeigten, ging es ihr durch den Kopf. Der konnte auch tun und lassen, was er wollte.

»Was willst du denn schon wieder, Amanda?« Magnus Berger brachte ihr das Bier, das sie bestellt hatte und knallte es auf den Tisch.

»Muss mit dir reden, Berger. Über die alten Zeiten … und über die Marlies.«

»Lass mich in Ruhe damit. Irgendwann muss doch Schluss sein.«

Amanda schüttelte den Kopf. Sie sah ihm nach, wie er zur Theke schlurfte. Sie wusste, dass er zu ihr kommen würde. Sie hatte Zeit. Es machte ihr nichts aus, zu warten. Dabei mochte sie die Musik nicht, die sie im Weißen Roß mit Hingabe spielten. Uralte Volksmusik, verstaubte Schlager aus den 60ern und 70ern und gelegentlich auch stramme Marschmusik. ›O du schöner Westerwald‹ und natürlich ›Alte Kameraden‹ und ›Schwarzbraun ist die Haselnuss‹. Weitere Lieder von Heino und Fred Bertelmann. Sie kannte diese Art von Musik. Schon ihr Vater hatte zu Hause solchen Klängen gelauscht und sie gespielt, damals auf einem einfachen Plattenspieler, der immer ein wenig geeiert hatte. Hauptsächlich war das in der Zeit gewesen, als er krank geworden war. Dabei hatte er nur drei oder vier Langspielplatten besessen, die er irgendwann zu Weihnachten oder zu einem seiner Geburtstage geschenkt bekommen hatte. Es waren im Grunde immer dieselben Lieder gewesen …

Ihr Blick schweifte durch das verrauchte Gastzimmer. Nur einzelne Tische waren besetzt. Ein paar Leute aus der Stadt, die sie flüchtig kannte, und ein Tisch mit Jugendlichen, die in ein Würfelspiel vertieft waren. Als sie genauer hinsah, bemerkte sie unter ihnen wieder den Jungen, der in jener Nacht dem Förster geholfen hatte, die Moorleiche zu bergen. Wie es schien, gehörte er zu den Stammgästen des Lokals.

Eine Viertelstunde später setzte sich Berger zu ihr an den Tisch. Er wirkte noch immer mürrisch und blickte sie unter seinen zusammengezogenen Brauen abweisend an. Aber er hatte ein frisches Bier mitgebracht, das er, ohne etwas zu sagen, vor sie auf den Tisch stellte.

»Was willst du also?«, brummte er, nachdem er sich gesetzt hatte. Er bohrte mit dem kleinen Finger in seinem rechten Ohr, aus dem graue Haarbüschel wuchsen.

Amanda sah, dass die alten Männer vom Stammtisch neugierig zu ihnen herüberstarrten. Sie kramte in ihrer Tasche, dann holte sie das Foto mit der Moorleiche heraus und legte es vor Berger hin. »Ist das der Vater von Martin?«, fragte sie ohne Umschweife.

Berger warf einen kurzen, widerstrebenden Blick auf das Foto. Das Gesicht des Toten wirkte darauf ganz friedlich und ließ nichts von den Qualen erahnen, denen der Mann vor seinem Tod ausgesetzt gewesen war. Wahrscheinlich lag das daran, dass man seine Augen geschlossen hatte und die leeren Höhlen nicht zu erkennen waren.

»Ich kenn den Vater vom Martin nicht«, stieß Berger hervor. »Den hat nur die Marlies gekannt. Und die hat das mit ins Grab genommen.«

»Wir müssen aber überprüfen, ob da eine Verbindung besteht.«

Der alte Mann zuckte mit den Schultern. Wie klein er geworden war, dachte Amanda. Richtig in sich zusammengefallen war er. Da war nichts mehr zu spüren von dem furchterregenden Mann von früher. Als sie ihn so vor sich sitzen sah, tat er ihr einfach nur leid.

»Dazu brauchen wir eine Speichelprobe von Martin.«

Berger nickte. Sie konnte sehen, dass ihm das überhaupt nicht gefiel.

»Kann's nicht ändern, Berger.«

Amanda überlegte, bevor sie fortfuhr. Wie ging man vor, fragte sie sich, wenn man einen Vater fragen möchte, wie das Verhältnis zur toten Tochter wirklich gewesen war? »Habt ihr denn nie etwas von eurer Marlies gehört während all der Jahre? Du und deine Frau?«

Mit einer Bewegung des Kinns deutete Berger an, dass ihn die Frage ärgerte. »Sterben ist eine Sache«, brummte er nach einer Weile. »Aber wenn einer nicht gelebt hat, dann ist das noch viel schlimmer.«

»Wie meinst du denn das?«

»So wie ich's gesagt hab. Wie sie damals zu dem Kerl nach Berlin ist, war ihr Leben zu Ende.«

»Warum ist sie denn abgehauen?«

Er antwortete nicht sogleich und ihr fiel auf, dass sein Blick zu den alten Männern am Stammtisch wanderte. Es schien, als würde er dort eine Antwort suchen.

»Weiß nicht«, sagte er dann. »Die Marlies hat immer nur das getan, was sie wollte. Die war so. Schon als Kind.«

Sie schwiegen eine Weile und Amanda versuchte, sich die Marlies von damals ins Gedächtnis zu rufen, aber ihre Gesichtszüge wollten sich partout nicht zeigen.

»Hat sie als Kind Probleme mit dem Herzen gehabt?«

»Nein«, lachte der alte Mann bitter. »Die Marlies war eigentlich nie richtig krank. Pumperlgesund war die immer. Na ja, die Kinderkrankheiten halt ... Aber vielleicht wollte sie jetzt einfach sterben. Da musst du nicht krank sein, aber du legst dich hin und bist gleich am Abkratzen. Du willst nicht mehr aufstehen und du weißt gar nicht, warum. Und dann hörst du einfach auf zu leben ...«

Amanda nickte. Manchmal wollte man einfach seine Ruhe haben, dachte sie. Sie nahm einen Schluck von ihrem Bier. Es war kalt und sie fröstelte leicht.

»Wie habt ihr zwei euch denn verstanden, früher, als sie noch daheim war?«

Magnus Berger hob die Schultern und ließ sie kraftlos wieder fallen, so, als wollte er ihr die Enttäuschungen seines Lebens zeigen, seine ganze Hilflosigkeit. In diesem Augenblick kam es Amanda vor, als blickte sie direkt in die Einsamkeit des alten Mannes.

»Marlies war immer mein Mädchen. Mit ihrer Mutter hat sie ständig gestritten, vor allem, als sie dann älter war. Aber wir zwei, ich und die Marlies ... Von Anfang an ... Bis sie halt dann in die Schule in der Stadt gekommen ist. Da ist alles anders geworden. Plötzlich hat sie nicht mehr gefolgt. Irgendwas war ihr zu Kopf gestiegen.«

»Wie alt war sie damals?«

»15 oder 16.«

»Und dass sie gekifft hat, hast du das gewusst?«

»Natürlich hab ich das gewusst. Die Leute haben mir das schon erzählt. Da kannst du Gift drauf nehmen. Dass sie kifft und dass sie leicht zu haben ist und alle diese Sachen ... Die ganze Scheiße.«

»Was meinst du damit?«

»Dass sie sich rumgetrieben hat mit dem Pack, diesen Studenten und Krawallmachern aus der Stadt. Demonstriert hat sie, das dumme Ding. Gegen die Amis und für die Russen ...«

»Was habt ihr daraufhin unternommen?«

»Unternommen? Was willst du denn da unternehmen? Eingesperrt haben wir sie, und einmal, wie sie 16 war, da hab ich ihr die Flausen rausprügeln wollen, hab ihr den Hintern versohlt, aber geholfen hat das alles nichts.« Ein kurzes, freudloses Lachen sprang aus seinem Mund.

»Und wie war das, als sie euch den Martin gebracht hat?«

Berger zuckte mit den Schultern. »Sie hat gesagt, wenn wir das Balg nicht nehmen, dann bringt sie sich um und den Kleinen mit dazu.«

»Und wer der Vater ist?«

Einen Augenblick lang hatte Amanda den Eindruck, dass der alte Mann etwas bemerken wollte, aber dann verzog er nur unwillig das Gesicht. »Nichts hat sie gesagt ... Vielleicht hat sie's ja selber nicht gewusst.«

»Hat sie denn nie irgendeinen Namen erwähnt?«

»Nein, nie.«

»Aber dass sie nach Berlin gegangen ist, damals, das weißt du sicher?«

Berger nickte. »Christa hat sie einige Wochen danach eine Karte geschrieben. Da stand drauf, dass sie in Berlin ist und dass es ihr gut geht. Das war alles ...«

»Nur der Christa?«

Wieder nickte er lediglich und sein Blick verschloss sich. Es war, als würde er sich mit einem Mal vor seinen eigenen Worten fürchten. Als würde jemand vor ihm stehen, den Amanda nicht sehen konnte. Was damals zwischen dem Berger und seiner Tochter passiert war? Amanda hätte es gerne gewusst.

»Habt ihr die Karte noch?«

»Was denkst du denn. Das ist doch schon eine Ewigkeit her.«

Eine Weile hatte Amanda den Eindruck, er würde nach Worten suchen. So, als sei die Vergangenheit so weit entfernt, dass er sich nicht mehr erinnern oder dass er das Erlebte nicht mehr in Worte kleiden konnte.

»Dieser Mann …«, sagte Amanda.

»Ach, hör doch mit diesem verdammten Kerl auf«, stieß der Berger hervor. »Warum wühlst du diese alte Geschichte wieder auf? Glaubst du denn wirklich, das hätte etwas mit dem Mord zu tun? Ich will nicht darüber reden und Christa auch nicht. Niemand will das. Begreif das doch!«

»Das müssen wir aber.« Amanda nahm das Glas zur Hand und hob es hoch. Der Schaum war zusammengefallen, aber das Bier war noch frisch. Sie trank einen tiefen Schluck und stellte das Glas ab. Wieder spürte sie, wie sich die kalte Flüssigkeit in ihrem Körper ausbreitete.

»Was ich gerne wissen möchte, ist, ob die Marlies den Vater von eurem Martin erst kennengelernt hat, als sie in Berlin war, oder ob sie ihn schon vorher gekannt hat.« Sie wartete eine ganze Weile auf eine Antwort, aber Berger blickte an ihr vorbei, irgendwohin, wohin ihm niemand folgen konnte, und schwieg. Auch eine Antwort, dachte Amanda.

Als sie die Gaststätte verließ, hatte sich die Sonne längst verzogen, und nur spärlich erleuchteten das kalte Licht des Mondes und der Schein einer einsamen Straßenlaterne den Hof hinter dem Haus. Sie war erstaunt, wie windig es wieder geworden war. Das Geäst der Bäume hob und senkte sich, und ein stetes Rauschen war zu hören. Drinnen in der Gaststube hatte man nichts davon bemerkt. Da hatte die Musik die Geräusche von draußen übertönt. Sie blickte nach oben, aber erstaunlicherweise waren kaum Wolken zu sehen. Nur ein leerer Himmel.

Sie hatte ihr Auto neben dem Küchenfenster abgestellt. Daneben ein leuchtendes Viereck in der Nacht, durch das der Küchenqualm abziehen konnte. Ranziger Geruch überhitzten Fetts aus einer Fritteuse stieg ihr in die Nase. Ein ekelhafter Geruch, den sie nicht ausstehen konnte.

Sie wollte so schnell wie möglich ins Auto steigen, um dem Gestank zu entkommen. Neben dem Küchenfenster öffnete sich eine Tür, die sie in der Dunkelheit gar nicht wahrgenommen hatte. Amanda hörte mit einem Mal Stimmen von drinnen, einen Fernseher, Geräusche, die gedämpft nach außen drangen. Im ersten Augenblick erkannte sie die Frau, die aus der Tür getreten war, nicht. Erst als sie zu sprechen anfing, wurde ihr bewusst, dass es Christa Berger war. Sofort vermutete sie, dass die Frau nicht zufällig aus ihrer Küche gekommen war. Vielmehr schien es ihr, diese habe sie abgepasst, habe eine Möglichkeit gesucht, um mit ihr zu sprechen. Vielleicht wollte sie nicht, dass ihr Mann etwas davon mitbekommt, dachte Amanda. Christa Berger suchte ihren Blick.

»Du bist es, Amanda«, sagte sie. Sie tat überrascht. »Du bist wegen der Marlies gekommen, nicht wahr?«

Amanda nickte, und da sie nicht wusste, ob Christa Berger das im Halblicht auch sehen konnte, schickte sie noch ein »Ja« hinterher. Sie musste dabei gegen die Geräusche des Windes anschreien, der an Heftigkeit zuzunehmen schien.

»Ich hab mich gerade mit deinem Mann unterhalten, aber der wollte nicht über eure Marlies reden und die Gründe, warum sie fort ist.« Forschend betrachtete sie das Gesicht der alten Frau, das sich vor dem Licht aus der Küche wie ein Scherenschnitt abzeichnete.

»Du weißt es doch, Amanda. Magnus kann nicht darüber reden. Dabei ist das schon so lange her, dass unsere Marlies weg ist. Stell dir vor, manchmal kann ich mich nicht einmal mehr erinnern, wie unsere Kleine vor all den Jahren ausgesehen hat … Kann mich nicht mehr an ihr Gesicht erinnern. Nur wenn ich die Fotos aus ihrer Kindheit sehe …« Sie machte eine Handbewegung, als wischte sie sich ihre Hände an der Schürze ab.

»So geht es mir auch oft«, sagte Amanda. »Man vergisst Gesichter … Auch von denen, die man mal gerngehabt hat. Hast du sie noch einmal gesehen, bevor sie …«

»Ja, aber das war nicht mehr die Marlies, unser Kind …«

»Was ist damals eigentlich passiert? Hier bei euch zu Hause. Warum ist sie weg? Hat es eine Auseinandersetzung gegeben?«

Die Frau nickte, was Amanda in der Dunkelheit mehr erahnte, als dass sie es tatsächlich sah.

»Die beiden, die Marlies und der Magnus, haben zuletzt oft gestritten. Immer und immer wieder. Dabei ist er früher so stolz auf sie gewesen. Richtig vernarrt ist er in das Kind gewesen. Aber dann … wie sie plötzlich dahergeredet hat … der ganze politische Quatsch. Magnus hat das nicht verstanden, der hat das Gerede gehasst und die Gammler, mit denen sie zusammen war. Lauter Langhaarige und Kommunisten aus der Stadt. Richtige Terroristen waren das. Die waren schuld, dass sie sich so verändert hat. Das hat mein Magnus immer gesagt und irgendwann wollte er die Marlies einsperren und dann ist sie halt weg.«

»War das wirklich der einzige Grund?«, fragte Amanda.

Christa Berger schaute sie verständnislos an, und dennoch erweckte sie in Amanda einen Moment lang den Eindruck, als würde sie ihr etwas verschweigen.

»Warum willst du das denn alles wissen, jetzt, wo die Marlies tot ist?«

»Na ja.« Amanda zögerte. »Wegen der Leiche im Moor. Vielleicht gibt es da einen Zusammenhang mit der Marlies. Möglich, dass der Tote Martins Vater war.«

Christa Berger nickte. Amanda war sich nicht sicher, aber auf sie wirkte die alte Frau nicht sonderlich überrascht.

»Christa«, fragte sie dann, ohne große Hoffnung, sie zu einer Aussage bewegen zu können, »weißt du, wer der Papa von eurem Martin ist?« Sie erinnerte sich, wie verschlossen der Berger auf dieselbe Frage reagiert hatte, aber das war kein Grund, die Frage nicht zu stellen. Es dauerte eine Weile, bis die alte Frau antwortete.

»Als die Marlies damals ihre Sachen zusammengepackt hat, da hat sie bloß gesagt, dass sie nach Berlin will. Ich hab sie gefragt, was sie da ganz allein anfangen will, in der Großstadt, wo sie doch niemanden kennt. Aber sie hat gemeint, dass sie jemanden kennt, der einen wichtigen Posten bei der S-Bahn hat. Aber so genau hab ich das nicht verstanden.«

Amanda nickte. Vielleicht war dies ein Anhaltspunkt, um etwas über Martins geheimnisvollen Erzeuger herauszufinden. War die alte Frau vielleicht deshalb aus ihrer Küche gekommen? Um ihr das mitzuteilen?

»Und du meinst, das könnte Martins Papa sein?«

»Kann schon sein. Aber die Marlies hat gesagt, dass der Kerl schon verheiratet ist und Kinder hat ... Also ich weiß nicht ...«

»Wie war das, als sie euch den Kleinen gebracht hat? Hat sie bei dieser Gelegenheit diesen Mann nochmals erwähnt?«

»Nein. Sie hat damals kaum mit uns geredet. Sie hat irgendwie ... verloren gewirkt. Einsam.« Sie zögerte. »Vielleicht wie mein Magnus und ich seitdem.«

Amanda hatte den Eindruck, als würde sie bei ihren letzten Worten lächeln. Dabei nestelte die alte Frau an ihrer Schürzentasche herum und zog schließlich etwas heraus, das sie Amanda hinhielt. Eine in der Mitte geknickte Ansichtskarte mit einem in der Dunkelheit nicht erkennbaren Motiv. »Die hat mir die Marlies damals geschickt, als sie weg ist ... Kannst du dir anschauen.«

Amanda hielt die Karte in der Hand, starrte sie an und ehe sie es sich versah, war Christa Berger wieder in ihrer Küche verschwunden. Amanda spürte eine leichte Erregung, vielleicht eher noch eine Vorahnung. Eine Vorahnung die mit der Vergangenheit zu tun hatte.

Auf der kurzen Strecke nach Hause, dachte sie über das Gespräch nach. Christa Bergers Worte hatten ihr etwas vermittelt, was sie im Augenblick noch nicht einordnen konnte. Sie wusste, dass sie irgendwann dahinterkommen würde. Sie musste nur warten.

Es war kurz vor elf, als sie zu Hause ankam. Der Tag

war lang gewesen und sie sehnte sich nach ihrer Badewanne. Gleich würde sie ins Badezimmer gehen, das Licht löschen, sich in das heiße Wasser legen und über das Leben nachdenken. Das schien ihr momentan das einzige einigermaßen Sinnvolle, dem sie sich hingeben würde. Dazu würde sie träumen … Bevor sie sich entkleidete, kontrollierte sie lediglich den Anrufbeantworter, an dem ein rotes Licht hektisch blinkte.

Santa Barbara, Cal., USA

Als Amanda Wouters wenig später voll Vorfreude in das nach ätherischen Ölen duftende Wasser ihrer Badewanne stieg, war es an der amerikanischen Westküste gerade mal 10.55 Uhr.

Es war ein milder, leicht regnerischer Vormittag. In der Gegend um Santa Maria und Santa Barbara war dies für die Jahreszeit nicht ungewöhnlich. Der Patient, der in einem Einzelzimmer des Santa Barbara Cottage Hospitals lag, machte sich allerdings keine Gedanken über das Wetter und die klimatischen Gegebenheiten Kaliforniens, wusste er doch, dass er nicht mehr lange zu leben hatte. Das Ende seiner Reise war erreicht. Zum Glück! Die letzten Monate als Dialysepatient waren eine einzige Quälerei gewesen.

Als er sich nun mühsam aufrichtete und den Blick zum Fenster wandte, das er nur mehr als helles Viereck wahrnahm, glaubte er, dort bereits den großen schwarzen Vogel zu erkennen, der ihn in eine andere Welt mitnehmen würde.

Mit einem Seufzer sank er zurück in die Kissen. »Noch immer keine Nachricht?«, flüsterte er kaum hörbar.

Virginia, die Frau, mit der er die letzten Jahre verbracht

hatte, musste sich tief zu ihm herunterbeugen, um ihn zu verstehen.

»Don't worry too much, darling«, sagte sie. Sie versuchte, zuversichtlich zu klingen, konnte jedoch ihre Besorgnis nicht ganz verhehlen. »There will be news pretty soon.«

Sie drückte seine Hand und hielt sie in der ihren …

14

Bichlmaier blieb bis kurz vor Mittag in seiner Wohnung. Er war spät aufgestanden, hatte sich ziemlich lustlos ein schnelles Frühstück zubereitet und war dann rastlos in dem kahlen Zimmer, das ihm als Wohn- und Schlafraum diente, auf und ab gegangen. Immer wieder war er ans Fenster getreten und hatte hinuntergeblickt auf das emsige Treiben der Menschen auf der Straße.

Es gab Schatten dort unten, dachte er. Schatten aus der Vergangenheit. Einen kurzen Augenblick meinte er, jemanden zu sehen, der zu ihm hochblickte. Aber da war niemand.

Als er an das Gespräch mit Rune zurückdachte, überkam ihn Ratlosigkeit. Die Zeit von damals war wieder lebendig geworden und Erinnerungen waren zurückgekehrt. Warum hatte Rune das Mädchen erwähnen müssen?

Einen Moment lang war ihm, als stünde sie vor ihm.

Wie schön sie war, mit ihren schwarzen Locken und den dunklen, blitzenden Augen, in denen sich die Sonne gefangen hatte. So schön und so schrecklich jung. Wie sie ihn angelächelt hatte, so als würde sie ihn verstehen, obwohl er doch gar nichts gesagt hatte …

Genau so war das damals gewesen. Da hatte sie ihn mit ihrem Lachen umfangen. Leicht gleich einem Spinnengewebe und doch fest wie ein Netz aus Eisen hatte es sich um ihn gelegt, und nie mehr hatte er es missen wollen. Als sie sich ungeschickt geküsst hatten, war ihm heiß geworden, und er hatte gespürt, wie ihm das Blut in die Lenden geschossen war. Er hatte sich mit seinem steifen Glied an sie gepresst und sie hatte ihn einen Moment lang erstaunt gemustert. Aber sie hatte ihn nicht von sich weggestoßen. Sie war bereit gewesen … Da war er sich auch heute noch sicher. Zu nichts hatte er sie gezwungen. Zu nichts! Warum sie nur weggerannt war? Hunderte Male hatte er sich die Frage gestellt. Wenn sie nicht davongelaufen wäre, dann wäre nichts passiert. Vielleicht, dachte er, vielleicht war alles nur geschehen, weil die Welt damals noch eine andere gewesen war …

Wieder trat er ans Fenster, blickte hinunter auf die Menschen. Wie hastig sie sich vorüberschoben, ziellos, wie es schien. Ein bisschen erinnerte ihn ihr Treiben an Bilder, wie sie sich in sein Gedächtnis eingebrannt hatten. Erinnerungen an Regensburg und den Domplatz. Der Blick vom Bürozimmer. Wie lange das her war. Seine Augen folgten einer Gruppe von Mädchen. Junge, kichernde Dinger in aufreizender Kleidung. In hautengen Hosen und knappen Röcken. Trotz der frühlingshaften Kälte. Die Welt hatte sich in der Tat geändert. Plötzlich kam er sich sehr alt und unsäglich altmodisch vor.

Wie zum Trotz klingelte in diesem Moment sein Handy, das unter einem Stoß Wäsche steckte. Es war ihm ein Rätsel, wie es dorthin gekommen war.

Im Konferenzraum war es drückend heiß, da am Vorabend jemand die Heizung auf höchste Stufe gestellt hatte und niemand daran gedacht hatte, sie zurückzudrehen.

Amanda Wouters öffnete die Fenster, aber der Wind draußen schlug sie sofort wieder zu. Sie versuchte es noch einmal, doch es stürmte zu stark, sodass sie es aufgab. Dann eben nicht, dachte sie. Das Klirren der Fensterscheiben wirkte jedoch wie ein Signal, und nach und nach kamen die Männer hereingeschlichen, zögerlich, als hätten sie Angst vor etwas Unbekanntem. Die meisten hatten sich mit Automatenkaffee versorgt und trugen ihre dampfenden Plastikbecher mit großer Vorsicht vor sich her.

Percy Johnson grinste Amanda an und hob seinen Becher, als wollte er ihr zuprosten.

Amanda wartete, bis sich alle gesetzt hatten. Sie räusperte sich. »Wir wissen noch immer nicht viel«, fing sie an. »Unser Mann aus dem Moor ist und bleibt ein Rätsel. Aber es gibt da etwas, was uns vielleicht weiterbringen könnte, ein *missing link* sozusagen …«

»Kannst du das vielleicht mal übersetzen?«, fragte Wolf, der sich gerade mit einem Taschentuch den Schweiß von der Stirn wischte.

»Hast wohl im Biologieunterricht gepennt?«, meinte Fiedler, ehe Amanda etwas sagen konnte.

»Klugscheißer«, konterte Wolf und steckte sein Taschentuch in die Hosentasche. »Also …«

»Das Bindeglied zwischen Affen und Menschen zum Beispiel, das ist so ein *missing link*, ein fehlendes Glied …«

»Fehlendes Glied«, grinste Wolf und schaute Fiedler dabei anzüglich an. Der griff sich daraufhin mit der freien Hand in den Schritt und kratzte sich demonstrativ.

Amanda trank ihren Kaffeebecher leer. Der Kaffee schmeckte bitter und sie verzog das Gesicht. »Novak hat angerufen«, sagte sie und beendete damit das Geplänkel der Männer.

»Das Mädchen, das die Leiche von Marlies gefunden hat, hat ausgesagt, dass sie am Abend, als Marlies gestorben ist, einen fremden Mann im Garten gesehen hat.«

Wolf und Fiedler beugten sich beide vor. »Und …?«

»Die Kollegen in München haben Spuren unter dem Fenster von Marlies' Wohnung gefunden und Kratzspuren an der Wand, die nach oben führen, aber nichts wirklich Verwertbares.«

»Du meinst, dass jemand in Marlies' Wohnung eingestiegen ist? Das kann doch nicht sein.«

»Warum denn nicht?«

»Na gut, aber was bedeutet das für uns?«

»Zum einen, dass wir die Marlies noch einmal ausbuddeln müssen, und zum anderen, dass ein Zusammenhang zwischen Marlies' Tod und unserem Mordfall bestehen könnte.«

»Könnte?«

Amanda nickte. »Ja. Mehr muss es nicht bedeuten.«

»Unter Umständen ist es also möglich, dass sich die zwei Vorfälle ohne irgendeinen Bezug abgespielt haben?«

»Ja, aber die Idee, dass ein Zusammenhang besteht, ist auf jeden Fall wert, verfolgt zu werden.«

»Na gut, und wer hat die Marlies ermordet? Dieselben Täter, die unseren Unbekannten durch den Fleischwolf gedreht haben? Wie ist sie überhaupt getötet worden?« Wolf fluchte plötzlich. Er hatte sich die Zunge an seinem heißen Kaffee verbrannt und sich daraufhin vor lauter Schreck die braune Brühe über die Hose gegossen.

»Ich weiß es nicht«, erklärte Amanda ungerührt, ohne auf Wolfs Ausbruch zu achten. »Wir wissen ja noch nicht einmal, ob sie tatsächlich durch Fremdeinfluss ums Leben gekommen ist.«

Die Männer nickten mit Ausnahme von Wolf, der noch mit der Beseitigung der Kaffeespuren beschäftigt war und vor sich hin brummte. Es war ihnen durchaus klar, wie wichtig es war, dass sie den richtigen Weg einschlugen. Im Grunde wussten sie nicht viel. Wenn sie jetzt von Voraussetzungen ausgingen, die sich später als haltlos erwiesen, würden sie vielleicht Tage und Wochen sinnlos vergeuden, ohne dem Täter oder den Tätern auch nur einen Schritt näher zu kommen.

»Wir müssen unsere Hausaufgaben machen«, stellte Amanda mit einem Achselzucken fest. Dann können wir weitermachen …«

Sie erhob sich. »Fangen wir an«, sagte sie.

Bichlmaier starrte auf sein Handy. Die Nachricht auf der Mailbox irritierte ihn gewaltig. Ein Anruf von Rune, der unbedingt mit ihm sprechen wollte. Das war gestern Abend gegen 18 Uhr gewesen. Dabei wurde er aus Runes Worten nicht so recht schlau. Seine kurze Nachricht klang geheimnisvoll, als habe er in dem Augenblick, als er seine Worte auf die Mailbox sprach, unter enormem Druck gestanden, als habe er aus irgendeinem Grund nicht frei sprechen können. »Bin auf der Suche. Was vergangen ist, ist längst noch nicht vorüber. Bin bald wieder zurück. Werde mich bei dir melden. Rune.«

Bichlmaier wusste erst nicht, was er tun sollte. Mehrere Male versuchte er den alten Freund zu erreichen, aber Runes Handy war und blieb tot. Wo zum Teufel steckte er?

Als er das Haus verließ, schlug die Kirchturmuhr gerade zwölf Uhr. Er wandte sich nach rechts in Richtung des Stadttores. Wenig später kam er an dem Burger King Restaurant vorbei, in dem ihm vor Kurzem das junge Mädchen ihr Tablett mit Hamburgern und Cola über die Füße gekippt hatte. Er blickte instinktiv auf die langen Reihen von Jugendlichen, die anstanden. Soweit er sehen konnte, war das Mädchen nicht unter den Wartenden. Irgendwie beruhigte ihn das, und fast erleichtert wanderte er auf der ehemaligen Hauptstraße, die mittlerweile zur Fußgängerzone umfunktioniert worden war, weiter.

Obwohl es noch nicht sonderlich warm war und der Wind recht ordentlich blies, hatten die Wirte der Cafés und der Eisdielen begonnen, Stühle und Tische ins Freie zu stellen. Die Menschen saßen, teilweise noch in dicke Jacken gehüllt, in der kalten Sonne und dem böigen Wind, bereit, sich auf einen Frühling einzulassen, der irgendwann kommen musste.

Weiter oben, in unmittelbarer Nähe des Stadttores, lungerte eine Gruppe von Fußballfans herum, ausgestattet mit Schals und Mützen in den Farben ihres Vereins. Sie hatten Dosenbier in der Hand und grölten Unverständliches. Die Passanten, die geschäftig hin und her eilten, nahmen kaum Notiz von ihnen. Auch Bichlmaier warf ihnen nur einen kurzen Blick zu. Er hatte den Eindruck, als gehörten sie zum Bild der Stadt, schrille Tupfer in einem blassen Rahmen bürgerlicher Ordnung und Tugend.

Das Stadttor war erst vor wenigen Jahren renoviert worden und bildete den nördlichen Abschluss der Fußgängerzone. Eine am Torbogen eingemeißelte Jahreszahl kündete von den Anstrengungen der Stadtväter, der Stadt einen ordentlichen und zeitgemäßen Anstrich zu geben. Bichlmaier konnte sich noch erinnern, wie es hier vor 40 Jahren ausgesehen hatte. Da hatte keine Fußgängerzone existiert und das alte Tor war heruntergekommen und verwahrlost gewesen, verziert mit hastig gesprühtem RAF-Logo und Szenesprüchen der Zeit. Immer wieder hatten die Männer der Stadtreinigung versucht, die Schriftzüge zu beseitigen, doch wie von Geisterhand waren sie über Nacht erneut auf dem alten Mauerwerk aufgetaucht. Verblasste Menetekel aus einer längst vergangenen Zeit.

Nachdem er die Stadt hinter sich gelassen und die kleine Anhöhe bewältigt hatte, von der aus ein Fußweg hinab zum Kasernentor führte, begann er, seine Müdigkeit zu spüren. Schon während des Anstiegs hatte sich ein Gefühl von Unbehagen, eine Vorahnung von Schwäche bei ihm eingestellt. Er blieb stehen, bis seine Atmung ein wenig zur Ruhe gekommen war, lauschte dabei dem Schlagen seines Herzens. Überall duftete es nach Frühling, doch er achtete nicht auf die Gerüche und auch nicht auf die Geräusche, die ihn umgaben. Er schloss die Augen.

Erst als er eine Weile so gestanden hatte, wurde es um ihn herum ruhiger und er nahm wahr, wie sich die Baumkronen lautlos über ihm wiegten und ihn in ihren Rhythmus hineinzogen.

Dann plötzlich ein Geräusch, das nicht in die Stille passte. Das Knacken eines Astes vielleicht.

Als er die Augen öffnete, nahm er am Rande seines Gesichtsfeldes eine Bewegung wahr. Er wandte den Kopf und versuchte, der Bewegung mit dem Blick zu folgen, aber da war nichts. Und doch hatte er etwas bemerkt, etwas Dunkles, Schattenhaftes, das hinter den Bäumen verschwunden war. Ein Jogger? Ein Tier?

Eigenartig, dachte er und ging weiter. Wurde er beobachtet? Er erinnerte sich an den Ausdruck in Runes Gesicht, als sie den Wachturm verlassen hatten. Bereits da hatte er das Gefühl gehabt, dass jemand in ihrer Nähe gewesen war, der sie heimlich beobachtet hatte.

Wenige Minuten später stand er vor dem Kaserneneingang. Ehe er das Areal betrat, wandte er sich mehrere Male nach allen Seiten um, aber da war niemand, der die friedvolle Stille störte.

Wieder fühlte er sich in die Vergangenheit versetzt und ihn beschlich ein eigenartiges Gefühl. Doch anders als beim ersten Besuch vor wenigen Tagen, ging er nun schnellen Schrittes zu dem ehemaligen Mannschaftsquartier, in dem Rune hauste. Die Tür zu dem Gebäude war nicht verriegelt, und er trat ein, ohne groß zu zögern. Dabei rief er mehrmals nach dem Freund, doch war von Rune nichts zu sehen und zu hören. Er drückte die Klinken zu jeder der früheren Buden, in die man vor Jahrzehnten die Rekruten gepfercht hatte: Alle Zimmer waren versperrt. Gerade als er gehen wollte, hörte er ein leises Winseln, das aus einer Nische am Ende des Korridors kam. Als er näher trat, bemerkte er Sandor, der ihn mit vorwurfsvollen Augen ansah. Er war zu Bichlmaiers Verwunderung angeleint und zog die Leine hinter sich her, so als wäre er seinem Herrchen entwischt. In der Schlaufe hatten sich Büschel von Moorgras verfangen.

Bichlmaier beugte sich zu Sandor hinunter und streichelte ihn. Er wollte die Leine greifen, aber ehe er sie fassen konnte, entwischte ihm der Hund. Er sah nur noch, wie er um eine Ecke des Korridors verschwand. Ratlos richtete er sich auf. Etwas stimmte nicht.

Es war wohl an der Zeit, sich mit seiner Kollegin vom Morddezernat in Verbindung zu setzen.

Zweites Buch

»Das, was wir bös' nennen, ist nur die andere Seite vom Guten, die so notwendig zu seiner Existenz und in das Ganze gehört, als Zona torrida brennen und Lappland einfrieren muß, daß es einen gemäßigten Himmelsstrich gebe.«

J. W. Goethe

15

Rune träumte, dass er tiefer und tiefer sank.

Schichten braunen Lichts von wechselnder Intensität umhüllten ihn, glitten an ihm vorüber, und er fühlte sich warm und geborgen, von wunderbar körperloser Leichtigkeit. Es kam ihm vor, als sei er Teil einer Welt von unbeschreiblicher Schönheit geworden, einer Welt, in der alles weich und gut war. Dabei brauchte er nicht einmal nachzudenken, wo er sich befand. Er wusste, dass er in einen der brodelnden Teiche des Moores eingetaucht war, von denen die Geschichten seiner Kindheit gehandelt hatten.

Er lächelte, als er mit einem Mal das Gesicht seiner Mutter sah, die ihn mit großem Ernst anblickte und ihm zunickte, sogleich aber wieder verschwand. Andere Gesichter traten an ihre Stelle, um, sobald er sie wahrgenommen hatte, wie Wasserblasen zu zerspringen. Im Traum war es selbstverständlich, dass sie da waren und an ihm vorüberhuschten. Gesichter seines Lebens.

Irgendwo in diesem Traum musste es auch sein kleines Mädchen geben. Er wusste, dass er nur weiter hinabgleiten musste, um zu ihr zu gelangen. Weiter und weiter hinunter, tiefer und tiefer … Wenn er sich nur an ihren Namen erinnern könnte. Eine leichte Unruhe erfasste ihn.

Plötzlich spürte er, wie es um ihn herum kälter wurde und die Helligkeit des Lichts an Glanz verlor. Trübes Moorwasser hemmte seine Bewegung und er musste sich anstrengen, um etwas erkennen zu können. Ein Brausen und Sausen füllte dabei sein Ohr, das wohl von den unermesslichen Wassermassen herrührte. Er fühlte Nässe auf seinem Gesicht und wusste, dass es seine Tränen waren, die er nicht zurückhalten konnte.

Ratlos tastete er mit den Händen umher. Einen Augenblick kam er sich vor wie ein Ertrinkender – da sah er vor sich in geringer Entfernung ein Bündel, das im Wasser zu schweben schien, darin etwas Schlaffes, Blutiges, Bleiches …

16

Adolf Bichlmaier blieb noch eine ganze Weile im Auto sitzen. Mit einem Mal hatte er keine Lust mehr, auszusteigen. Das seltsame und höchst seltene Gefühl von Geborgenheit, das er in dem alten Gefährt empfand, hielt ihn vorerst davon ab. Ohnehin war er viel zu früh zum vereinbarten Treffpunkt gekommen.

Er hatte den Motor abgestellt, aber die Musik laufen lassen, und lauschte den Klängen, die aus den klapprigen Lautsprechern drangen und ihn wie immer, wenn er sich Songs seiner Jugend anhörte, ein bisschen melancholisch stimmten. Die Scheiben klirrten, wenn die Bässe dröhnten, und aus unerfindlichen Gründen musste Bichlmaier auf einmal an unbekannte griechische Inseln und endlose kanadische Wälder denken, Plätze, die er mit eigenen Augen nie gesehen hatte – niemals sehen würde.

›Now so long, Marianne, it's time that we began to laugh and cry …‹

Als das Lied zu Ende war, stieg er dann doch aus und schlenderte die wenigen Meter vom Parkplatz zum Lokal. Er blickte dabei mehrmals auf die Uhr. Er war tatsächlich viel zu früh dran.

Das Restaurant war menschenleer, und er kam sich sofort fehl am Platz vor. Trotzdem suchte er sich einen Tisch in einer der hinteren Ecken des Raumes und ließ sich im Halbdunkel nieder. Der Wirt war klein und rundlich und erinnerte ihn an den alten Kubitza, seinen ehemaligen Mathematiklehrer am Gymnasium. Er hatte den Mann, der ein Zyniker gewesen war und die Schüler mit seinen leeren Formeln drangsaliert hatte, während der gesamten Schulzeit gehasst. Irgendwann aber, nachdem er längst die Schule verlassen hatte, war ihm zu Ohren gekommen, dass dieser Lehrer einen Sohn gehabt hatte, der vor Jahren ein altes Bauernhaus und eine Reihe leer stehender Scheunen abgefackelt hatte. Einfach so. Wie es hieß, war dabei ein Kind ums Leben gekommen.

Wie auf Kommando trat der Wirt in diesem Moment an Bichlmaiers Tisch und entzündete einen Kerzenstummel, der in einer altertümlichen Amphore stand. Er benutzte dazu ein riesiges Feuerzeug, das wie ein kleiner Flammenwerfer aussah.

»Holla, die Waldfee«, sagte er dabei, was Bichlmaier als eine für einen Griechen untypische Bemerkung empfand.

Während er auf Amanda Wouters wartete, ging ihm einiges durch den Kopf. Dass er sich schon längst mit der Kollegin hätte treffen und unterhalten sollen. Und dass er sie nach den Dingen fragen musste, von denen ihm Rune erzählt hatte. Er trank langsam sein Bier. Der Wirt hatte sich wieder in einem dunklen Eck verkrochen und ihn allein gelassen. Wie es schien, wartete auch er. Wir alle warteten, dachte er, und dann erinnerte er sich an Rune und wie seltsam sich dieser bei ihrem Gespräch nach den langen Jahren verhalten hatte. Wovor er nur Angst gehabt hatte? Seine Gedanken schweiften zu dem Ereignis im Moor zurück. Noch einmal kramte er das Bild des Toten aus seinem Gedächtnis hervor. Die leeren Augen, die auf eine öde Moorlandschaft gestarrt hatten. Die unnatürlich verdrehte Stellung der Leiche im Baum, die verstümmelten Arme. Warum nur hatten die Gesichtszüge des Mannes Erinnerungen an die Vergangenheit wachgerufen? Er wusste es nicht, konnte es nicht sagen. Aber schließlich war alles schon so lange her.

Der Fluss der Gedanken drängte weiter und natürlich kam ihm dabei auch Marlies Berger in den Sinn. So, wie er sie damals in den 70er-Jahren erlebt hatte. Er hatte sie nur flüchtig gekannt, eigentlich gar nicht, aber sie war ihm aufgefallen, wie vielen seiner Kameraden. Damals, in jenen Tagen der Jugend. Da hatte es unter den einfachen Wehrpflichtigen und den Lehrgangsteilnehmern, wie er einer gewesen war, ohnehin nur ein Thema gegeben, und die hübsche Marlies hatte definitiv eine Hauptrolle in ihren Gesprächen gespielt. Das Städtchen war klein genug gewesen, dass man jedem irgendwann über den Weg gelaufen war. Und die Marlies war allen jungen Männern, die sich in M. und den umliegenden Dörfern herumgetrieben hatten, ein Begriff gewesen. Viele, die scharf auf sie gewesen waren. Dabei hatte sie von den Soldaten nichts wissen wollen und das auch deutlich gezeigt. Sie hatte sich mehr an die Studenten gehalten, erinnerte er sich. An die jungen Leute aus der Stadt, von der Uni. Da waren immer nur diese langhaarigen Klugscheißer um sie herum gewesen. Das hatte aber keinen der Kameraden davon abgehalten, von ihr zu träumen.

Amanda Wouters traf kurz nach halb sechs ein, genau, wie sie es versprochen hatte. Sie hatte das Delphi vorgeschlagen, weil sie ganz verrückt nach dem dortigen Oktopussalat war. »Den müssen Sie unbedingt probieren.«

Bichlmaier hatte am Telefon zustimmend gebrummt, dabei aber eher von einem frischen Presssack mit Musik geträumt, wie man ihn beim Kneitinger in Regensburg bekam. »Warum nicht?«, hatte er dann nur gemeint.

Sie schien etwas atemlos und schüttelte ihm zaghaft die Hand. Dann hängte sie ihren Mantel über die Stuhllehne.

»Nicht viel los hier, aber unter der Woche ist das immer so.« Sie lächelte ihn an, als wollte sie sich dafür entschuldigen.

Der kleine Grieche mit dem Faible für deutsche Redewendungen war aus dem Dunkel aufgetaucht. In der Hand hielt er zwei riesige Speisekarten, die er schwungvoll vor sie hinlegte.

»Lass jucken, Kumpel«, sagte er, ohne eine Miene zu verziehen.

»Wollen wir etwas essen?«, fragte Amanda Wouters und Bichlmaier nickte zustimmend.

Sie sah gut aus, dachte er. Aber dann erinnerte er sich daran, dass er eigentlich von Frauen genug hatte. Er seufzte. Trotzdem fühlte er sich überraschend wohl in ihrer Gesellschaft.

Bichlmaier war längst auf Mineralwasser umgestiegen, während sich Amanda Wouters noch ein Glas Retsina bringen ließ. Beide hatten sie auf eine Nachspeise verzichtet und warteten, dass der Tisch abgeräumt wurde, um sich ungestört mit dem Mordfall beschäftigen zu können. Amanda warf Bichlmaier einen prüfenden Blick zu, als wollte sie sich noch einmal vergewissern, dass sie offen mit ihm sprechen konnte. Schon als sie telefoniert hatten, war ihr klar geworden, dass er den Fall mit großem persönlichen Interesse verfolgte. Dabei war ein Gefühl in ihr aufgestiegen, das sie darin bekräftigte, ihn an ihren Ermittlungen teilhaben zu lassen. Diese Gewissheit verspürte sie auch jetzt.

»Wissen Sie, dass unser Toter aus dem Moor vor 40 Jahren schon einmal gestorben ist? Wie es scheint, hat unser Mann seine Identität geklaut. Von einem Toten. Ist das nicht seltsam?«

Bichlmaier blickte sie überrascht an. »Na ja, durchaus. Aber … könnten Sie das genauer erklären?«

Sie zögerte ein wenig. »Dieser Aaron Rosenberg ist 1967 in den USA verstorben und in allen Ehren begraben worden. Vier Jahre darauf taucht jemand auf, der über Rosenbergs Identifikation verfügt, eine Reihe von Spuren hinterlässt, und dann, viele Jahre später, unter diesem Namen nach Deutschland einreist. Unsere Moorleiche! Voilà! Soweit zumindest die Informationen aus den USA. Das heißt, dass sich jemand die Papiere des verstorbenen Aaron Rosenberg beschafft hat. Wie auch immer.«

»Warum klaut jemand die Identität eines anderen, noch dazu eines Toten?«

»Liegt das nicht auf der Hand?«

»Sie meinen, dass unser Toter irgendwann mit neuer Identität versehen wurde? Man hat ihm eine Legende verpasst, einen Decknamen. Das würde bedeuten, dass jemand die Finger im Spiel hat, der auch die Mittel dazu hat.«

Sie nickte und blickte ihn wartend an.

»Da fallen mir auf Anhieb nur zwei Möglichkeiten ein. Mafia oder Geheimdienst. Der CIA vielleicht? Die haben ihre Finger …

»Bingo, Herr Kollege.« Sie lachte. »Alles möglich. Vielleicht auch ein deutscher Ableger, MAD oder Verfassungsschutz. Oder BND. Wäre auch denkbar, oder?«

»Hm.« Bichlmaier nahm einen Zahnstocher und begann, darauf herumzukauen. Rune kam ihm wieder in den Sinn und seine Andeutungen über obskure Wehrsportgruppen, die in dieser Gegend operiert haben sollten. Bestehen hier etwa Zusammenhänge, die bislang niemand ins Kalkül gezogen hatte?

»Haben Sie in Köln und Pullach schon mal nachgefragt?«

»Wir sind dabei, mit den entsprechenden Stellen Verbindung aufzunehmen, aber dort wird wie immer stark gemauert.« Amanda Wouters zuckte mit den Schultern, was fast ein bisschen fatalistisch wirkte. »Vielleicht wissen wir aber morgen mehr. Anfragen laufen jedenfalls. Außerdem haben die Kollegen in Seattle versprochen, weitere Recherchen anzustellen. Eine Spur von diesem Rosenberg sollte doch nicht so schwer zu finden sein.«

»Eigentlich nicht«, murmelte er. »Aber …«

»Da ist noch etwas«, fuhr Amanda fort, ohne Bichlmaier ausreden zu lassen. »Was ist, wenn unser Rosenberg hier aus der Gegend stammt?«

»Wie kommen Sie darauf?«

»Nur so eine Idee. Und … was, wenn er der unbekannte Vater unseres Martin Berger wäre?«

Bichlmaier nickte. »Ich weiß nicht, warum, aber es würde mich nicht überraschen.«

»Wie gesagt, das sind alles nur Vermutungen, aber manches spricht dafür. Ein DNA-Abgleich ist natürlich bereits veranlasst worden …« Amanda Wouters holte tief Atem und nahm einen kräftigen Schluck aus ihrem Weinglas. Nachdenklich saß sie da und stützte ihren Kopf mit einer Hand. »Irgendetwas stimmt auch mit dem Tod der Marlies Berger nicht«, sagte sie dann. »Es gibt Hinweise, dass jemand bei ihr eingestiegen ist. Das Mädchen, das die Leiche gefunden hat, behauptet, es habe einen Mann im Garten vor Marlies' Wohnung gesehen. Am Abend, als Marlies gestorben ist.«

»Aber der Totenschein besagt doch …«

Amanda wischte Bichlmaiers Einwand weg. »Wir haben bereits Exhumierung beantragt. Morgen Abend, wenn die Friedhofstore geschlossen werden … Sie können natürlich kommen, wenn Sie das interessiert.«

Bichlmaier nickte. »Wissen die Eltern Bescheid?«

»Aber ja! Wir mussten sie informieren.«

»Denken Sie, die werden auch dabei sein?«

»Ich weiß nicht. Hoffentlich nicht.« Sie zuckte mit den Schultern, schien plötzlich zu frieren.

»Kennen Sie die Bergers?«

Bichlmaier schüttelte den Kopf.

»Aber die Marlies, die kannten Sie?«

Bichlmaier nahm einen frischen Zahnstocher, zerbrach ihn achtlos und legte ihn in den Aschenbecher, der aus unerfindlichen Gründen auf dem Tisch stand. Wie ein Relikt aus vergangener Zeit.

»Kennen ist zu viel«, meinte er. »Ich war damals knapp 20. Wie die meisten anderen Soldaten in meinem Lehrgang. Ob Sie es glauben oder nicht, viele von uns hatten noch nie mit einem Mädchen geschlafen. Das war damals so …

Aber unsere Gedanken kreisten immer nur um das eine Thema. Mädchen, Mädchen, Mädchen … und die Marlies Berger, die kannte jeder von uns. Die meisten hätten Gott weiß was gegeben, wenn sie mit ihr eine Nacht hätten verbringen dürfen. Wenn sie zum *Schuss* gekommen wären, wie das damals hieß … Ich natürlich auch.«

»Und?«

»Nichts ›und‹! Da war nichts. Die hat uns Soldaten gar nicht wahrgenommen. Für sie waren wir Spießer. Vielleicht waren wir einfach auch nur zu unreif für sie. Zu normal und konservativ. Vielleicht war es wirklich rein politisch …« Er sah sie über den Rand seiner Brille an. »Heute ist das alles anders. Die Jugendlichen sind viel selbstbewusster, alles geht schneller und die Politik spielt keine Rolle mehr.«

»Glauben Sie wirklich?« Sie lachte. »Was waren das für Typen, mit denen Marlies rumhing?«

»Das waren zum Teil ganz verrückte Leute. Langhaarige Wirrköpfe aus der linken Szene. Einmal hieß es, dass auch Baader-Meinhof-Leute darunter gewesen sein sollen. Aber das waren wirklich nur Gerüchte.«

»Haben Sie sich denn in denselben Lokalen aufgehalten wie die?«

»Natürlich. Und da flogen schon manchmal die Fetzen … Damals gab es nicht so viele Möglichkeiten, wo man hingehen konnte. Da gab es das Round up und den Rohrersaal neben der Kirche …«

»Und das Weiße Roß, beim Berger?«

Bichlmaier zuckte mit den Schultern. »Darüber weiß ich nicht sehr viel«, sagte er. »Ich erinnere mich nur, dass einige von unseren Ausbildern dort Stammgäste waren. Die waren natürlich schon etwas älter, und wir wollten ihnen nicht auch noch in unserer Freizeit über den Weg laufen. Verstehen Sie? Außerdem war das Weiße Roß eher etwas für die Einheimischen. Unter den jungen Leuten hatte es keinen besonders guten Ruf … ein recht altmodischer Schuppen.«

Amanda nickte. Sie musste plötzlich an ihren Vater denken. Der hatte auch des Öfteren beim Berger gesessen. Wie die meisten Männer aus den umliegenden Dörfern. Er hatte nie viel erzählt, wenn er nach Hause kam, aber es war immer klar gewesen, dass das, was die Männer dort besprachen, ehernes Gesetz für das Leben in den kleinen Gemeinden rings um das Moor sein würde. Als Kind hatte sie sich nichts dabei gedacht, aber als sie älter wurde, war ihr die Welt des Vaters seltsam archaisch vorgekommen, eine Welt, die ihr dunkel und undurchdringlich erschienen war, von der sie allerdings nur wenig mitbekommen hatte. Sie wusste aber, dass in dieser Welt Männer wie Magnus Berger das Sagen gehabt hatten. Sie seufzte und Bichlmaier schaute sie erheitert an. Woran sie nur dachte?

»Haben Sie je Gerüchte vernommen, dass es hier in der Gegend Aktivitäten von Wehrsportgruppen gegeben hat?«, fragte er und merkte, wie sie überrascht auf die Frage reagierte.

»Wann soll das gewesen sein?«

»Ende der 60er und Anfang der 70er. Genaues weiß ich nicht.«

»Wie kommen Sie darauf?«

»Ein Freund von mir hat so etwas erwähnt. Mein Zugführer von damals. Rune Baumann.«

»Ach, Rune. Ich kenne Rune«, sagte sie. »Als er jung war, hat er seine kleine Tochter verloren. Wahrscheinlich wissen Sie das.«

Sie blickte ihn an und Bichlmaier nickte. »Ja, ein schrecklicher Unfall.« Er zögerte einen Moment. »Woher kennen Sie denn Rune?«

Sie hob die Schultern. »Jeder hier kennt Rune. Er gehört einfach hierher. Die meisten wissen ja, was mit seiner Tochter passiert ist. Auch wenn das schon so lange her ist. Eine sehr enge Welt ...« Wieder schien es, als wollte sie sich für Dinge entschuldigen, die sie nicht beeinflussen konnte.

»Das ist in Regensburg nicht viel anders ...«

Eine Zeit lang schwiegen sie, ließen ihre Gedanken wandern.

»Aber Wehrsportgruppen ...«, fuhr sie fort, »ich weiß nicht. Es gibt immer mal wieder Erzählungen, dass sich im Moor eigenartige Dinge zugetragen haben. Früher. Darüber wird aber nur hinter vorgehaltener Hand gesprochen. Stammtischthemen von alten Männern vielleicht, Folklore ...«

Bichlmaier nickte. Das Moor lud ein, Geschichten zu erzählen. Da war es nicht ungewöhnlich, dass Gerüchte aufkamen, die dem Wunsch der Menschen entsprangen, das Geheimnisvolle des Lebens in Worte zu kleiden.

»Können Sie sich vorstellen, dass es jungen Männern Spaß bereitet, mit Gewehren durchs Gelände zu robben?«

Er hörte die Skepsis in ihren Worten, das Unverständnis der Frau, die dem Kind im Manne verständnislos gegenübersteht.

»Na ja, das ist, was Soldaten so machen, und auch die obskuren Kameraden, die sich diesen Gruppierungen anschlossen, glaubten an die Notwendigkeit, sich durch militärische Übungen ertüchtigen zu müssen. Nur eben nach ihren ganz eigenen Regeln ...«

»Ich frage mich, ob Sie jemals ein guter Soldat waren«, sagte sie und lachte plötzlich.

Bichlmaier verzog das Gesicht. Der Gedanke war ihm peinlich. »Kennen Sie jemanden, der über die alten Geschichten Bescheid weiß? Mit dem man darüber sprechen könnte?«

Amanda Wouters überlegte eine Weile, schüttelte aber dann den Kopf. »Das ist nicht so einfach«, meinte sie. »Die Alten reden nicht gerne davon und die Jungen wissen nichts. Höchstens …«

»Höchstens …?«

»Unser Förster. Keiner kennt das Moor so gut wie er. Wir könnten ihn fragen.«

Bichlmaier nickte. Er erinnerte sich an den Mann, der damals gekommen war, um die Moorleiche zu bergen. Ein knorriger Kerl, der ihm nicht angenehm gewesen war. Amanda blickte ihn auffordernd an.

»Warum fragen Sie eigentlich Rune nicht danach? Der müsste doch am ehesten Bescheid wissen.«

»Ich weiß nicht, wo Rune ist. Ich wollte gestern mit ihm sprechen, aber er war nicht aufzufinden.«

»Na ja«, sagte sie. »Rune kommt und geht, wie er will. Der hält sich an keinen Zeitplan.«

»Aber sein Hund war in der Kaserne. Ohne Rune. Das war etwas eigenartig.«

17

München

Die Leiche von Otto Brenner wurde frühmorgens von Claudia Benkhardt, einer Joggerin, am Rande eines Parkplatzes in der Nähe der Isarauen gefunden. Der Tote war nackt und sein Körper zeigte Spuren von exzessiver Gewalt vor allem im Bereich der Genitalien und der Nieren, die auf Schläge mit einem stumpfen Gegenstand schließen ließen. Wie es schien, war Otto Brenner an seinen inneren Verletzungen gestorben und anschließend mit einem Auto oder einem anderen Fahrzeug an den späteren Fundort gebracht worden.

Der Leichnam war lediglich hinter einem Haselnussstrauch abgelegt worden, ohne dass sich der Mörder viel Mühe gemacht hätten, ihn zu verstecken. Claudia Benkhardt, die bei ihren Morgenläufen regelmäßig an dieser Stelle vorbeikam, hatte schon aus geraumer Entfernung wahrgenommen, dass etwas hinter den Büschen lag, das wie ein menschlicher Körper aussah – ein Besoffener hatte sie gedacht. Einem ersten Impuls folgend, hatte sie in einem weiten Bogen an dem dort Liegenden vorbeilaufen wollen. Dann siegten jedoch Neugier und Pflichtbewusstsein, sodass sie näher herangetreten und stehen geblieben war und den starren Körper mit einem Zweig leicht gestupst hatte. Als ihr klar wurde, dass der Mann tatsächlich tot war, rief sie per Notruf die Polizei. Es war genau 5.32 Uhr als ihr Anruf bei der Polizeidienststelle München 1 einging.

Um 6.05 Uhr traf der diensthabende Kriminalkommissar, KOK Heinz Ströher, zusammen mit zwei Kollegen der Spurensicherung am Fundort ein. Wenig später war auch der Polizeiarzt vor Ort, der ein erstes Statement zum Todeszeitpunkt abgab.

»Körpertemperatur und Totenstarre deuten auf eine Zeit zwischen Mitternacht und drei Uhr in der vergangenen Nacht hin«, sagte er mürrisch. »Den haben sie ganz schön in der Mangel gehabt«, fügte er hinzu und schnalzte dabei leicht mit der Zunge.

Dass es sich bei dem Toten um Otto Brenner handelte, war innerhalb kürzester Zeit klar. Die Identifizierung war nicht schwer, da Otto vor einigen Jahren erkennungsdienstlich erfasst worden war. Damals war gegen ihn Anzeige wegen versuchter sexueller Belästigung erstattet worden. Allerdings war es, zu Ströhers Erstaunen, nie zu einer Gerichtsverhandlung oder zu einer Verurteilung gekommen.

Zu diesem Zeitpunkt ahnten weder Ströher noch irgendwer sonst, dass es einen Zusammenhang zwischen dem Mord an Brenner und den Vorfällen in M. gab.

Dies sollte sich jedoch innerhalb der folgenden 24 Stunden ändern.

Wie so oft, spielte auch hierbei Kommissar Zufall eine wesentliche Rolle. Wäre nämlich das Bild des ermordeten Otto B. nicht auf der ersten Seite einer Münchner Boulevardzeitung im Großformat erschienen und hätte nicht die kleine Lisa Weber das Foto zu Gesicht bekommen, als sie im Einkaufskorb ihrer Mutter nach Süßigkeiten gesucht hatte, wären die Ermittlungen in den beiden Tötungsfällen wohl noch geraume Zeit, voneinander getrennt, in völlig andere Richtung verlaufen.

»Mama, Mama, schau mal, das ist der Mann, der bei der Frau Berger war«, rief Lisa aufgeregt, als sie das Foto sah. Mit einem Mal hatte sie ihre Suche nach Süßigkeiten vergessen, verdrängt durch die Erinnerung an die Ereignisse der letzten Tage. Frau Weber tat in diesem Fall das einzig Richtige. Sie nahm ihre Tochter und die Zeitung und marschierte damit zur nächsten Polizeidienststelle.

Damit aber nahmen die Dinge ihren Lauf und kurz nach 14.30 Uhr erreichte die Nachricht von Otto Brenners gewaltsamem Tod Amanda Wouters, die gerade die Füße hochgelegt hatte und über ihr Gespräch vom vergangenen Abend mit dem Kollegen Bichlmaier aus Regensburg nachdachte. Den Beamten in München war natürlich bekannt, dass im Umfeld des Todes von Marlies Berger recherchiert wurde, und sie hatten erfreulicherweise eins und eins zusammengezählt und die Nachricht umgehend weitergeleitet.

Daraufhin kontaktierte Amanda Wouters Edi Nowak, der noch immer in München weilte und bereits von den neuesten Entwicklungen in Kenntnis gesetzt worden war. Auch er war, wie er sagte, über die Maßen erstaunt und versprach, sich sofort mit KOK Ströher in Verbindung zu setzen.

18

Adolf Bichlmaier keuchte, als er den engen Pfad hinaufschritt, den er vor wenigen Tagen erst gegangen war. Damals hatte die Trauergemeinde Abschied von Marlies Berger genommen, hatte mit großer Inbrunst gebetet, dass sie die ewige Ruhe erlangen möge. Aber was war schon ewig?, dachte er jetzt. Immer wieder blieb er für einen kurzen Moment stehen, um zu verschnaufen, um Atem zu holen. Welcher Idiot hatte nur die Idee gehabt, den Friedhof auf einer so schwer zugänglichen Anhöhe zu errichten? Damit kam man dem Himmel doch auch nicht näher. Er blickte um sich. Weit und breit war kein Mensch zu sehen.

Erst als er sich durch das Friedhofstor zwängte, das halb offenstand und in den rostigen Angeln quietschte, trug der Wind von irgendwo hinter der kleinen Kapelle Stimmen herbei. Er verharrte für einen Moment, lauschte den gedämpften Lauten und folgte dem Kiesweg, der ihn an Gräbern und Stauden und verkrüppelten Kiefern vorbei zu Marlies' Grab führte.

Und als er so an den Gräbern vorbeischritt, hie und da einen Blick auf unbekannte Namen warf, wurde er sich zum ersten Mal seit langer Zeit wieder der Einsamkeit und der Leere in seinem Leben bewusst. Wo in dieser Welt lebte der Mensch, dessen Tod ihm einen Verlust bedeuten würde? Und wo war der Mensch, dem sein Tod etwas bedeuten könnte? Er wusste keine Antwort.

Hastig schritt er weiter. Fast schien es, als sei er zu spät gekommen, doch als er näher trat, sah er, dass der Sarg zwar gehoben, jedoch noch nicht geöffnet worden war.

Derselbe Geistliche, der die Beerdigungszeremonie vor wenigen Tagen vorgenommen hatte, stand vor dem Sarg und sprach ein kurzes Gebet.

Bichlmaiers suchender Blick glitt über das Häuflein von frierenden Menschen, die seltsam verloren um den Sarg verharrten. Die Eltern der Toten waren, wie er erleichtert feststellte, nicht gekommen. Amanda Wouters stand neben dem Pfarrer und zwei gelangweilt dreinblickenden Männern in Wintermänteln, dem Staatsanwalt und dem Gerichtsmediziner, wie er vermutete. Sie nickte ihm kurz zu, als er auf die Gruppe zu trat. Sobald das Gebet zu Ende war und sich die Worte des Priesters im Wind aufgelöst hatten, räusperte sie sich und gab den beiden Arbeitern der Friedhofsverwaltung das Zeichen, den Sarg zu öffnen. Gleichzeitig begann ein ebenfalls anwesender Polizeifotograf, ein sommersprossiger Bursche, der ziemlich müde und gelangweilt dreinblickte und wenig Anteilnahme ausstrahlte, Fotos von diesem Vorgang zu machen. Bichlmaier selbst wusste nicht so recht, was ihn erwarten würde. Trotz der langen Dienstjahre war es das erste Mal, dass er einer Exhumierung beiwohnte.

Obwohl er etwas abseits stand, schien ihm, dass der Leichnam, soweit er das erkennen konnte, für das bloße Auge noch völlig unversehrt war. Aber was hatte er auch erwartet? Dass der Zersetzungsprozess bereits sichtbar eingesetzt hatte? Dass Maden und Würmer sich des toten Fleisches bemächtigt hatten? Er wusste es nicht. Es kostete ihn dennoch Mühe, die Augen auf das Gesicht der Toten zu richten. Ein friedliches Gesicht, das seltsam wächsern in den Kissen ruhte. Ein völlig fremdes Gesicht, das mit dem, das er in seiner Erinnerung bewahrt hatte, nichts mehr gemein hatte.

Welches Geheimnis hatte sie nur mit sich in den Tod genommen, dachte er und merkte, dass es ihn etwas würgte. Vielleicht lag das aber nur daran, dass der Fotograf mit seinem hektischen Knipsen jegliche Stimmung versaute.

Zum Glück neigten die beiden Friedhofswärter nicht zu irgendwelchen Sentimentalitäten. Es dauerte nur wenige Minuten, bis der Leichnam umgebettet war, und der Kunststoffbehälter, in dem Marlies Körper nun ruhte, auf einem Karren verladen und abtransportiert worden war.

Die Männer, die die Staatsautorität vertraten, und der Priester reichten sich daraufhin kurz die Hände, wechselten ein paar Worte mit Amanda Wouters und verabschiedeten sich schließlich mit einem Kopfnicken. Alle drei warfen Adolf Bichlmaier fragende Blicke zu, vermieden es aber, ihn anzusprechen. Dann war der Spuk vorüber.

Amanda trat auf Bichlmaier zu und sah an ihm vorbei, den Männern hinterher. »Scheußliche Sache«, sagte sie.

Bichlmaier spürte plötzlich, wie er fror.

»Es gibt Neuigkeiten«, fuhr sie fort.

»Ja?«

»Ein weiterer Mord. In München. Jemand, der mit Marlies in Verbindung gestanden hat …«

Er sah sie überrascht an. »Das ist doch völlig verrückt. Was um Himmels willen hat das zu bedeuten? Sind Sie sicher …?«

Sie seufzte. Dann erzählte sie ihm, was passiert war und was die Kollegen in München bislang über Otto Brenner in Erfahrung gebracht hatten.

Wenig später hatte sich Bichlmaier unten im Dorf von Amanda Wouters verabschiedet und war dann zurück zu seiner Wohnung gefahren. Er war völlig durchgefroren und hatte sich, nachdem er die Schuhe und seine Jacke ausgezogen hatte, ins Bett gelegt, um wieder warm zu werden. Zuerst war ihm der Gedanke gekommen, ein kleiner Schnaps würde ihm guttun, ein Schwips, um die Kälte aus den Knochen zu vertreiben, dann hatte er jedoch das Bett vorgezogen.

Er lag auf dem Rücken, die Hände hinter dem Kopf verschränkt und dachte über das nach, was er von der Kommissarin erfahren hatte. Sein Blick ging zum Fenster, als suchte er dort nach einer Erklärung für die Ungereimtheiten des Falles, aber er sah lediglich einen kleinen Ausschnitt vom Himmel, ein dunkles Grau, in das sich bedrohlich schwarze Schlieren mischten, die sich unruhig hin und her bewegten. Eine leise Melancholie erfasste ihn. Wieder spürte er seine Einsamkeit. Dann schloss er die Augen und stellte sich vor, wie es wäre, in einem Sarg zu liegen und sich der Ewigkeit entgegenzuträumen.

Als die Wärme schließlich in ihn hineinkroch, wurde er schläfrig, und er spürte, wie sein Atem schwer wurde. Einige Zeit sah er das bleiche Gesicht der toten Marlies vor sich, das sich jedoch auf wundersame Weise ständig zu verändern schien. Die Konturen verwischten und neue Gesichter entstanden. Und immer waren es Gesichter von Frauen, die ihm irgendwann in seinem Leben begegnet waren.

Als das Telefon läutete, lösten sich diese Chimären wie Nebel auf, hingen noch einen Augenblick im Raum und waren dann verschwunden. Nur eine vage Ahnung blieb, als wollten ihm die Bilder etwas mitteilen.

Rune, dachte er, aber es war Amanda Wouters, die ihn vom Büro der Mordkommission aus anrief.

»Können Sie kommen? Unsere Vermutungen haben sich bestätigt. Es wird Sie interessieren.« Sie wartete seine Antwort nicht ab, sondern legte einfach auf.

Eine Stunde später betrat er das Kommissariat. So lange hatte er gebraucht, um herzukommen. Die Sekretärin, die ihn in Empfang nahm, machte sich nicht die Mühe, ihn zu Amanda Wouters zu führen, sondern verwies ihn auf ein Zimmer am Ende des Ganges, durch dessen geschlossene Tür Stimmen drangen. Bichlmaier fielen ihre grellrot lackierten Fingernägel auf. Sie sahen aus wie die blutigen Krallen eines Tieres. Er nickte und folgte ihrem Hinweis.

Das Zimmer wirkte wenig gemütlich. Ein enger, geschlossener Raum. Abgestandene Luft lag über den Männern, die im Kreis zusammensaßen, und Amanda Wouters, der einzigen Frau im Raum. Die Fenster waren geschlossen und dazu hatte noch jemand vor einiger Zeit geraucht. Es war deutlich zu riechen. Kalter Rauch, der sich festgesetzt hatte. Der Gestank irritierte ihn. Amanda Wouters hatte sich hinter ihrem Schreibtisch verschanzt und lauschte dem Gespräch der anderen.

Als er eintrat, verstummte die Unterhaltung sofort und die Blicke der Polizisten richteten sich auf ihn.

»Das ist Kollege Bichlmaier aus Regensburg. Ihr wisst ja Bescheid …« Amanda Wouters erhob sich kurz. Sie stellte ihre Mitarbeiter der Reihe nach vor. Eine durchaus ernste Angelegenheit, wie es schien. Es wurde allseits genickt, das Du angeboten, Hände wurden geschüttelt und Varga organisierte einen Stuhl, den er in den Kreis zu den anderen schob. Bichlmaiers Blick streifte die Männer und blieb schließlich an Vargas wirren roten Haarbüscheln hängen.

Anscheinend hatte hier niemand etwas dagegen, dass sich ein Außenstehender in den Fall einmischte, wunderte er sich. Die ehemaligen Kollegen in Regensburg fielen ihm ein. Ob sie ähnlich reagiert hätten? Aber wahrscheinlich hatte Amanda Wouters einfach nur entsprechende Überzeugungsarbeit geleistet.

»Der DNA-Abgleich ist da«, informierte diese ihn ohne große Umschweife. »Es steht jetzt amtlich fest, dass der Tote aus dem Moor der Vater von Martin Berger ist.«

Alle blickten daraufhin auf Bichlmaier, als erwarteten sie irgendein Zeichen der Überraschung. Der nahm jedoch nur seine Brille ab und räusperte sich. Einen Moment lang war er in Gedanken versunken. Was sie wohl mit ›amtlich‹ meinte? Etwas störte ihn an diesem Begriff, ohne dass er genau sagen konnte, was es war.

»Also doch ein Familiendrama«, meinte er, ohne zu ahnen, wie nahe er dabei der Wahrheit kam. Sein Ergebnis hörte sich in dem Moment eher wie eine Frage an und er merkte selbst, wie wenig überzeugend seine Stimme dabei klang. »Aber eines der brutalen Sorte.« Im Grunde war er ohnehin überzeugt, dass hinter dem Mord alles andere als ein Allerweltsverbrechen mit familiärem Hintergrund stand. Dahinter verbarg sich viel mehr. Vielleicht eine politisch motivierte Tat oder eine, die dem organisierten Verbrechen zuzuschreiben war. Allein die Tatsache, dass der Mann professionell gefoltert worden war, könnte dafür sprechen. Die Frage war nur, was genau es war, nach dem sie suchen mussten.

»Wir sollten uns natürlich auch mit möglichen Alternativen beschäftigen«, warf Amanda ein, als hätte sie seine Gedanken erraten.

»Was genau meinst du damit?«, fragte Wolf.

Amanda Wouters zuckte mit den Schultern. »Es passiert zu viel auf einmal. Jetzt zum Beispiel die Sache in München. Und … etwas ist verdammt eigenartig im Umfeld des Toten. Wir wissen nun zwar, dass er Martins Vater ist, aber ansonsten haben wir so gut wie keine Informationen über ihn. Das ist schon ungewöhnlich. Nach so langer Zeit. Niemand, der bislang dazu etwas zu sagen wusste, oder?«

»Oder wollte.«

»Und die Infos aus Amerika?«

»Geben auch nicht viel her. Aber gerade das ist ja vielleicht das Interessante. Wer ist dieser Mann? Ein Phantom? Wer steckt hinter diesem Schattenmann?«

»Wer hat ihn so gehasst, dass er ihn mit dieser Brutalität zu Tode gequält hat. Ihn nach dem Tod noch verstümmelt hat?«

»Da stellt sich nach wie vor die Frage, wo seine Hände abgeblieben sind.«

»Wüsste ich auch gern. Eines ist jedenfalls sicher. Er ist auf keinen Fall als Aaron Rosenberg auf die Welt gekommen«, sagte Amanda.

Keiner widersprach dieser Aussage. Bichlmaier blickte auf die Männer, die um ihn herum Platz genommen hatten. Wolf, Fiedler, Varga. Wolf mit Kaffeeflecken auf der Hose und Fiedler, der ihm wie ein kleiner Streber vorkam. Dazu der Rotfuchs. Fast hatte er das Gefühl, er würde sie seit einer Ewigkeit kennen. Die gleichen Typen wie seine Kollegen in Regensburg. Als seien sie austauschbar. Polizisten, die versuchten, sich der Lösung eines verzwickten Falles zu nähern. Wie gut er das kannte. Dabei gab es so viele Dinge, die er von ihnen nicht wusste. Aber es waren Dinge, Facetten ihres privaten Lebens, die ihn, wenn er ehrlich war, nicht interessierten. Mehr noch, er wusste, dass er im Grunde die Menschen, die sich zusammen mit ihm die Arbeit teilten, gar nicht brauchte, nie gebraucht hatte. Es waren seine Erfolge als Polizist gewesen, die ihm, wie er geglaubt hatte, eine Berechtigung verschafft hatten, sich von allen anderen zu isolieren, sie beiseitezuschieben, sie lediglich als ferne, austauschbare Gestalten wahrzunehmen. Er war es gewohnt gewesen, nur sich allein und seiner Intuition zu folgen.

Wie ihn die anderen wohl wahrnahmen? Auch mit dieser unsäglichen Gleichgültigkeit, diesem Desinteresse? War er für sie als Mensch ebenso uninteressant, wie sie es für ihn waren? Als er den Blick abwandte, sah er, dass Amanda Wouters ihn intensiv musterte. Es schien ihm, als versuchte sie, seine Gedanken zu lesen. Zum ersten Mal hatte er das Gefühl, nicht mehr völlig allein zu sein.

»Es kann doch nicht sein, dass damals niemand den Mann gekannt hat, der die Marlies geschwängert hat«, sagte Fiedler in die eingetretene Stille.

»Marlies hatte doch auch Freundinnen und Freunde, Gleichaltrige, denen sie sich anvertraute …«

»Eine beste Freundin vielleicht. Ein Mädchen, dessen Schatten sie nicht fürchtete. Dem sie alles sagen konnte. Jedes Mädchen hat so eine Freundin …«

»Aber wer könnte das sein?«

Schweigen.

»Vielleicht kann uns ja Marlies' Mutter weiterhelfen. Sie müsste doch am ehesten wissen, wer die Freundin ihrer Tochter gewesen ist.«

Bichlmaier nickte und schwieg. Er konnte sich nicht erinnern, Marlies je mit einer Freundin gesehen zu haben. Aber natürlich war der Gedanke naheliegend. Es war richtig, dem nachzugehen. Eigentlich hätte man das schon längst tun sollen. Er dachte in dem Zusammenhang unwillkürlich an den Förster, mit dem sie noch sprechen wollten. Erneut kamen ihm dabei Runes Worte in den Sinn. »Jemand hat mir von Wehrsportgruppen erzählt, die es hier in den späten 60ern und 70ern gegeben haben soll«, meinte er. »Junge Männer, die …«

»Wehrsportgruppen?« Varga blickte ziemlich ratlos drein und kratzte sich intensiv am Kopf.

»Na ja, Rechtsextreme, die sich auf einen Showdown mit den Russen und dem gesamten Warschauer Pakt vorbereitet haben. Fanatiker, die sich an militärischen Übungen aufgegeilt haben, an Schießübungen im Gelände, die mit Sprengstoff hantiert und Waffendepots angelegt haben … Männer des Kalten Kriegs. Im Grunde die Vorgänger der heutigen Neonazis …«

Varga schüttelte sich. Er wirkte dabei ganz unglücklich. »Solche Typen gibt es ja noch immer. Mehr als man vielleicht denkt. Nur dass sie sich als Wehrsportgruppen bezeichnen, ist mir neu …«

»Klingt recht harmlos. Ein bisschen nach Turnvater Jahn«, gab ihm Bichlmaier recht.

Varga blickte ihn darauf wieder etwas betreten an. Offensichtlich hatte er auch vom Turnvater noch nichts gehört. »Und du meinst, unser Mann hat zu diesem Umfeld gehört?«, hakte er dennoch nach.

»Vielleicht.«

Sie saßen eine Weile schweigend da, ehe Bichlmaier den Faden wieder aufgriff. »Gibt es denn keine Akten von damals?«, wollte er wissen. Er wandte sich an Amanda. »Wäre doch möglich, dass wir da was finden. Über rechte Umtriebe oder Ähnliches.«

»Du hast recht«, sagte Amanda, die ihn unversehens duzte.

Bichlmaier registrierte es sofort. Es hatte ihm gefallen, wie sie ihn in den Fall mit eingebunden hatte. Auch, dass sie ihn nun duzte. Sie hatte so etwas Fröhliches an sich, Unverkrampftes. Neben ihr blieb kein Platz für Depressionen. Er fuhr sich mit der Hand über die Stirn und ertappte sich dabei, dass er kurz auf ihre Brüste starrte. Dies war ihm nicht einmal peinlich. Er stand auf und steckte die Hände in die Taschen. Wenn man wollte, dachte er selbstkritisch, waren Männer doch recht schlicht gestrickt. In dem Zusammenhang fiel ihm auf einmal etwas ein, worüber er mit Rune gesprochen hatte. »Rune hat etwas von einer verschwundenen Russin erwähnt. Das muss auch in diese Zeit fallen.«

Wolf schaltete sich ein. Er war bislang eher schweigsam gewesen und hatte ununterbrochen in sein Notizheft gekritzelt. »Eigenartig. Hat man die Sache untersucht? Ich kann mich an solch einen Vorfall überhaupt nicht erinnern. Aber es gibt immer wieder Geschichten, dass Menschen im Moor verschwinden. Von einer vermissten Russin habe ich allerdings nie etwas gehört. Wann soll das gewesen sein?«

»Irgendwann Anfang der 70er. Ich weiß es nicht genau.«

Auch Fiedler und Varga winkten ab.

»Klingt ein bisschen nach einer Räuberpistole«, meinte Amanda. »Und du denkst, da könnte ein Zusammenhang bestehen?« Sie wirkte genauso skeptisch wie die Männer. »Na ja«, meinte sie dann, »wir können das natürlich überprüfen. Mag sein, dass wir auf etwas stoßen. Vielleicht weiß ja Rune mehr darüber. Hast du eigentlich etwas von ihm gehört? Hat er sich in der Zwischenzeit gemeldet?«

Bichlmaier schüttelte den Kopf. Er trat ans Fenster und

versuchte, es einen Spalt zu öffnen. In engen, geschlossenen Räumen fühlte er sich seit jeher unwohl. Man bekam ja Platzangst hier drin, dachte er. Er spürte, wie der Wind an den Fensterflügeln rüttelte.

»Noch nicht«, antwortete er. Ein Gefühl sagte ihm, dass es an der Zeit war, sich Sorgen um Rune zu machen.

Der Mann, der rauchend hereintrat, kam ihm sofort bekannt vor. Ihre Wege hatten sich vor vielen Jahren schon einmal gekreuzt. Aber es war erstaunlich, dass er ihm gerade hier und unter diesen Umständen wiederbegegnete. Die Jahre hatten seine Züge, seine Statur, selbst seine Stimme verändert. Lediglich die Narbe, die durch sein Gesicht ging und es in zwei völlig asymmetrische Hälften teilte, war noch immer so furchteinflößend wie damals.

»Pericles Johnson«, sagte Amanda. »Ein Gast aus …«

Bichlmaier nickte. Er blickte in die Augen des Mannes. Unergründliche Augen, dachte er. Kraft und aufbrausendes Temperament lagen darin. Dazu etwas Melancholisches. Wie es schien, hatte Pericles Johnson jedoch keinen Schimmer, dass sie sich schon einmal begegnet waren. Wie sollte er auch?

»Dann sind Sie wohl einer von uns, aus unserem Stall?«, fragte Bichlmaier. Die Frage klang in seinen eigenen Ohren seltsam flach und fast ein wenig überheblich. Aber den anderen schien das nicht zu stören. Er lachte und seine Narbe verzog sich dabei.

»Nein, eigentlich nicht. Ich arbeite eher in der Verwaltung … Washington, D. C., du verstehst?« Er zog an seiner Zigarette, die er in der hohlen Hand hielt, als wollte er sie verstecken. »Aber natürlich bin ich auch Bulle.«

Dann hielt er ihm seine Pranke hin. »Call me Percy.«

Bichlmaier gab ihm die Hand, wobei er ihn unverhohlen musterte.

»Der Kommissar kommt aus Regensburg und unterstützt uns bei unseren Recherchen«, soufflierte Amanda, die etwas abseits stand.

»Ah, aus Regensburg. Eine sehr schöne Stadt. Warum bist du denn überhaupt hier? Hier ist doch alles so trist und traurig.«

Bichlmaier zuckte mit den Schultern.

»Er sucht nach Erinnerungen, nicht wahr?«

Wieder hatte Amanda an seiner Stelle geantwortet und Bichlmaier kam sich etwas unbeholfen vor. Als er den Mann erneut genauer ansah, bemerkte er in seinen Augen eine leichte Amüsiertheit, die ihn störte.

19

»Fotos«, sagte Amanda. »Natürlich. Warum bin ich nicht schon früher darauf gekommen?«

Bichlmaier blickte sie verwundert an. Die anderen hatten den Raum verlassen, sich an ihre Arbeit gemacht. Auch Percy Johnson war gegangen. Nur er war noch geblieben.

»Als ich neulich mit Marlies' Mutter gesprochen habe, da hat sie Fotos erwähnt. Fotos von Marlies, als sie ein kleines Mädchen gewesen ist. Vielleicht gibt es ja auch aus der Zeit, als sie ein Teenager war, noch Schnappschüsse.

Wäre doch möglich, oder? Und wenn wir Glück haben, ist von dem Burschen, der sie geschwängert hat, irgendwo ein Foto dabei …«

Bichlmaier stöhnte. »Das wäre schon ein unheimlicher Zufall. Aber vielleicht … Zumindest gab es damals richtige Fotos, nicht diese digitalen Aufnahmen, die man sofort wieder löscht, wenn der Speicher voll ist.«

Amanda nickte. »Marlies war ein außergewöhnlich hübsches Mädchen. Sie hat sich sicher gern fotografieren lassen.« Einen Moment lang dachte sie, dass es von ihr selbst nur wenige Erinnerungsfotos gab. Sie hatte es gehasst, wenn man sie fotografieren wollte, war sie sich doch immer wie ein hässliches Entlein vorgekommen.

»Hat man denn in ihrer Wohnung keine Bilder von früher gefunden? Oder bei ihren Sachen? Die meisten Menschen tragen doch etwas Intimes, Persönliches, wie ein Foto bei sich, vor allem, wenn sie allein sind. Aufnahmen von den Eltern, den Kindern oder der großen Liebe …?«

»Ich weiß nicht.« Amanda änderte ihre Haltung auf dem Stuhl und blickte hinter sich. Auf dem Regal an der Wand standen einige Bücher sowie etwas Krimskrams, den sie irgendwann einmal aus Afrika mitgebracht hatte, aber sonst nichts. Keine Bilder. Sie streckte die Arme nach hinten. Ganz überrascht spürte sie mit einem Mal einen stechenden Schmerz, der in sie hineinschoss. Verdammt, was das nur war? Sie nahm die Arme umgehend wieder nach vorn. Na ja, vielleicht sollte sie einfach mehr Gymnastik treiben. Außerdem, dachte sie, wäre es schön, wenn sie jemanden hätte, der sie massieren würde. Gerade jetzt. Mit warmen, festen Fingern, die tief ins Fleisch griffen, Schmerzen bereiteten … wohl eher nichts für den schwermütigen, traurigen Kollegen aus Regensburg. Der sah im Moment ohnehin aus, als bräuchte er selbst eine Massage. So steif, wie der herumlief.

»Nowak soll sich darum kümmern«, sagte sie dann. Sie erhob sich und trat ans Fenster. Sie blickte eine Weile auf die Häuser, den Bahnhof im Hintergrund, das Zentrum der Stadt, das noch immer aussah, wie sie es aus Kindertagen in Erinnerung hatte. Die Menschen hatten sich verändert, dachte sie. Nicht die Gebäude. »Wie es scheint, war Marlies ein ziemlich einsamer Mensch«, fuhr sie fort. »Soweit wir wissen, war die Liste ihrer Bekannten eher kurz. Keiner, der ihr wirklich nahe gestanden hat.«

»Höchstens dieser Mann, den sie in München getötet haben«, sagte Bichlmaier.

»Stimmt. Ein Mann aus dem Milieu, ein Zuhälter …«

»… den man vor seinem Tod gefoltert hat.«

»Falsch! Den man zu Tode gefoltert hat. Das ist ein Unterschied.«

Aber nicht für uns, dachte Bichlmaier. »Auf jeden Fall haben wir zwei Mordopfer und beide wurden vor ihrem Tod, und meinetwegen auch bis zu ihrem Tod, kräftig in die Mangel genommen. Warum? Das ist die Frage.«

»Vielleicht hat jemand Geschmack daran gefunden oder nimmt für etwas Rache, das in der Vergangenheit liegt.«

»Rache? Wofür? Dafür, dass unser Mann aus dem Moor vor einer halben Ewigkeit ein minderjähriges Mädchen geschwängert und danach sitzen gelassen hat?« Er dachte eine Weile lang nach und fuhr dann fort: »Dann hätten wir im Übrigen viele Morde. Müssten da nicht hunderttausende junger Väter gemeuchelt werden, die ebenso das Weite gesucht haben? Das Ganze ist außerdem viel zu lange her. Wir wissen ja nicht einmal, was damals wirklich passiert ist. Und wie passt das Rachemotiv zu dem zweiten Opfer? Nein …«

»Was könnte dann dahinterstecken?«

»Hm.« Bichlmaier legte seine Stirn in Falten und schob die Brille hoch. »Ich werde den Gedanken nicht los, dass jemand etwas sucht. Etwas, was so viel wert ist, dass man dafür Menschen zu Tode foltert. Was hältst du von diesem Gedanken?«

Amanda sah Bichlmaier mit einem düsteren Blick an. »Was um Himmels willen sollte das sein?«

»Das kann man nicht so genau sagen. Das könnte wer weiß was sein. So ziemlich alles ist da möglich.«

»Vielleicht hast du recht«, meinte sie nachdenklich. »Auch der Mann in München, das zweite Opfer, scheint nach etwas gesucht zu haben. Etwas, das er bei Marlies vermutet hat, in ihrer Wohnung …«

»Ob er deswegen getötet wurde?«

»Jemand wollte wissen, ob er fündig geworden war.«

»Und Marlies? Die Kollegen in München sind sich nicht ganz sicher, ob jemand in ihre Wohnung eingestiegen ist. Ob es da überhaupt einen Zusammenhang gibt?«

»Ich weiß es nicht, jedenfalls im Moment nicht.«

Bichlmaier blickte durch die geöffnete Tür, den Gang entlang, durch den er vor geraumer Zeit gekommen war. Vorn, dort wo die Sekretärin mit den roten Krallen saß, nahm er die Silhouette von Percy Johnson wahr, der intensiv auf die junge Frau einredete.

»Was tut eigentlich der hier?«, fragte er.

Amanda war seinem Blick gefolgt. Sie zuckte mit den Schultern. »Vielleicht ist er auch auf der Suche nach etwas.«

Rune konnte sich nicht länger gegen den Drang seiner Blase wehren und spürte, wie sich der warme Urin in seine Hosen ergoss und an den Innenseite der Schenkel hinablief. Er hatte die ganze Zeit geschrien und gerufen, aber es war niemand gekommen, der ihn von seinen Fesseln befreit hätte. Weder die Frau noch der Mann, der ihn niedergeschlagen hatte. Wie lange das wohl her war? Er hatte keine rechte Vorstellung.

Die Schmerzen, die er während der letzten Stunden empfunden hatte, waren etwas gedämpft gewesen, nicht mehr so stark, wie am Anfang, so, als habe man ihm ein Schmerzmittel verabreicht. Vielleicht war etwas in dem Tee gewesen, den ihm die Frau vor einer Ewigkeit gebracht hatte. Sie hatte die Tasse an seine Lippen gesetzt und ihm die lauwarme Flüssigkeit langsam eingeflößt. Dabei hatte sie leise vor sich hingemurmelt. Laute, die für ihn keinen Sinn ergeben hatten. Er hatte sie angebettelt, ihn freizulassen, aber es hatte den Anschein gehabt, als habe sie ihn gar nicht verstanden.

Alles hatte sich wie in einem Nebel abgespielt, zwischen halber Bewusstlosigkeit und schmerzhaftem Wachsein.

Durch ein Fenster hoch über ihm drang Licht in den Raum. Weißes, kaltes Licht, das kaum den Weg hereinfand. Die Lampe, die über ihm hing, war erloschen. Draußen schien es hell zu sein. Er musste plötzlich an Sandor denken. Ob ihn der Mann nach seinem Niederschlag erschossen hatte? Aber vielleicht war Sandor ja entkommen. Hunde wissen, wie man sich vor den Menschen in Sicherheit bringt. Vielleicht würde er sogar Hilfe holen. Ein Strohhalm …

Hinter ihm wurde die Tür geöffnet, leise, aber er hörte es. Er wusste sofort, dass es nicht die Frau war, sondern der Mann. Er konnte es am Atmen erkennen. Er kannte ihn und der Mann war sich bewusst, dass er ihn erkannt hatte, dachte er. Der Mann würde ihn töten, denn er konnte sich ausmalen, was passieren würde, wenn er ihn freiließ.

Er registrierte, wie der Mann sich hinter ihm bewegte. Instinktiv begann er, an seinen Fesseln zu zerren. Aber er spürte lediglich, dass sich der raue Strick schmerzhaft in seine Gelenke rieb.

»Warum bist du hierhergekommen?«

Die Stimme war mit einem Mal ganz nah. Eine heisere Stimme, als habe der Mann Probleme, die Worte zu artikulieren. In dem Moment spürte Rune in seinem Nacken den Atem. Er roch den Alkohol darin und den säuerlichen Gestank von Magensäure.

Rune antwortete nicht.

Wieder spürte er, wie sich sein Körper zusammenzog, als wollte er sich klein machen, um der Gefahr keine Angriffsfläche zu bieten. Ein vergeblicher Versuch.

»Du weißt, dass ich der Hüter bin.«

»Ich weiß nicht, wer Sie sind.«

»Das stimmt nicht. Du lügst.«

»Warum sollte ich Sie denn anlügen?«

»Damit ich dich freilasse … Aber ich muss vorsichtig sein.«

»Wer sagt das?«

»Er … Früher war er der Hüter. Aber jetzt ist er zu alt. Jetzt bin ich der Hüter. Er hat gesagt, dass ich aufpassen muss. Wenn jemand kommt, dann … Verstehst du?«

»Nein. Wer ist er? Von wem haben Sie den Auftrag?«

»Das geht dich nichts an.«

Eine Weile lang war nichts zu hören als das gepresste Atmen des Mannes. Rune spürte, wie seine Schmerzen stärker wurden. Anscheinend ließ die Wirkung des Schmerzmittels nach. Es war fürchterlich.

»Du hast gewusst, dass wir hier sind, sie und ich. Du musst es gewusst haben. Wer hat es dir gesagt?«

Die Stimme des Mannes war lauter geworden. Rune spürte seine Ungeduld.

»Ich weiß nichts. Ich habe nicht gewusst, dass hier jemand lebt.«

»Du lügst. Jemand hat es dir gesagt. Warum bist du gekommen?«

»Die Männer im Dorf erzählen ab und zu Geschichten. Von den alten Dörfern und den Höfen im Moor. Sie sagen, dass noch immer Menschen im Moor leben. Das hat mich interessiert …«

Der Mann hinter ihm murmelte etwas, das er nicht verstand. Es klang wie eine fremde Sprache, der er sich dabei bediente.

»Warum leben Sie denn hier, in dieser Einöde? Sie und diese Frau. Wer ist sie überhaupt?« Er versuchte, den Kopf zu wenden. Das Sprechen strengte ihn an, aber er wollte, dass der andere weiterredete.

»Du weißt es nicht? Haben sie es dir denn nicht gesagt?«

»Wer denn?«

Der Mann hinter ihm bewegte sich. Seine Stimme klang plötzlich verändert, kam von weiter weg. »Na, die Männer im Dorf.«

»Die Männer … sind die schuld, dass Sie hier leben?«

»Geht dich nichts an.«

Im selben Augenblick setzte ein dumpfer, alles übertönender Lärm ein, der aus einem Kellerraum direkt unter ihm kam und nicht mehr aufhören wollte. Derselbe Ton, den er vor einer Ewigkeit etwas gedämpfter gehört hatte, als er sich an das alte Gemäuer herangeschlichen hatte. Vielleicht ein Generator, der das Haus mit Strom versorgte, dachte Rune.

Als nach einigen Minuten ebenso unvermittelt wieder Stille einkehrte, merkte er, wie sich die Tür hinter ihm leise schloss. Er war wieder allein im Raum und konnte sich ein bisschen entspannen. Sofort begannen sich aber höllische Schmerzen in seinem Schädel auszubreiten.

Fiedler war in der Tat ein Ass bei der Recherche am Computer, ein Hacker vor dem Herrn. Amanda hatte es schon immer gewusst. Trotz seiner gelegentlich streberhaften Allüren hatte er einige Talente, die man bei ihm auf den ersten Blick nicht vermutete.

»Man braucht einfach Geduld«, meinte er betont bescheiden, als ihm Amanda geradezu enthusiastisch auf den Rücken klopfte.

»Hoffmann und Magnus Berger zusammen auf einem Foto«, sagte Bichlmaier beeindruckt, der wie Amanda in seltsam gebückter Haltung auf den Computerbildschirm starrte. »Das könnte der Hebel sein, nach dem wir gesucht haben.«

»Hoffmann … wer ist dieser Hoffmann?« Varga drängte sich ungestüm nach vorn und schaute angestrengt auf den Bildschirm, der eine eingescannte Aufnahme zeigte, auf der eine Reihe von Männern in Kampfmontur zu sehen waren, die mit wildem Blick in die Kamera starrten. Ein altes Foto, nicht sehr scharf, aber mit einem Text darunter. Die Namen der Männer. Ganz links ein Kerl mit einem mächtigen Schnauzbart, der ihn wie einen alten Skipetaren aus einem Karl-May-Roman aussehen ließ. Der Mann neben ihm war von ausgesprochen kräftiger Statur. Dies und seine buschigen Augenbrauen ließen ihn gleichfalls recht beeindruckend wirken. Daneben hatte jemand eine handschriftliche Notiz hinzugefügt. ›Karl-Heinz Hoffmann, Gründer der WSG, zusammen mit Magnus Berger und Freunden‹. Dahinter Ort und Datum: ›Schloss Ermreuth, Juno 73‹.

Wolf, der ebenfalls herangetreten war, stieß einen Pfiff der Verwunderung aus. »Woher hast du das?«

»Unser Fiedler findet verborgene Kanäle, die ihn überall hinführen, nicht wahr?«, meinte Amanda ganz trocken.

Fiedler nickte wiederum bescheiden. »Man darf nur keine Spuren hinterlassen«, meinte er. »Die Kollegen vom Verfassungsschutz sind aber auch besonders nachlässig. Ihre Codes sind selbst von blutigen Anfängern zu knacken. Drei aufeinanderfolgende Verschlüsselungen nur. Ein Kinderspiel. Mal schauen, was die noch alles in den Archiven haben.«

»Das ist natürlich kein Dienst-PC«, meinte sie zu Bichlmaier, während sie auf Fiedlers Laptop deutete.

»Verstehe«, sagte der. »Hätte mich auch gewundert.« Als er sich aufrichtete, merkte er, wie ihn sein Rücken schmerzte.

»Was ist nun mit diesem Hoffmann?«, fragte Varga. »Ich verstehe nicht, warum er für uns so wichtig ist.«

Amanda wandte sich von Fiedlers Bildschirm ab.

»Karl-Heinz Hoffmann ist einer dieser rechten Haudegen aus den 70ern und 80ern, der in der Szene nach wie vor bewundert wird … ein ausgemachter Sprengstoffexperte, der mit seiner WSG militärische Übungen in einem Palästinenser-Lager im Libanon absolviert haben soll …«

»Waren das nicht eher die linken Terroristen, die Baader-Meinhof-Leute …?«

»Die auch«, sagte Fiedler. »War damals einfach chic, sich bei den Palästinensern in Sachen Terror weiterzubilden. Links oder rechts, ganz egal.«

»Auf jeden Fall«, nahm Amanda den Faden wieder auf, »ist dieser Hoffmann ein Idol der Naziwelpen von heute, die ihm nacheifern.«

Sie sprach in recht mütterlichem Ton, was Bichlmaier eigenartig fand. Gleich würde sie dem jungen Kollegen den Kopf tätscheln, dachte er.

»Hoffmann hat in den frühen 70ern seine Wehrsportgruppe gegründet, die dann etwa zehn Jahre später wegen ihrer verfassungsfeindlichen Tendenzen verboten wurde … Er selbst saß einige Jahre im Knast.«

»Weiß man, was aus ihm geworden ist?«

Amanda schüttelte den Kopf, aber Fiedler, der mit halbem Ohr zugehört hatte, wandte sich kurz von seinem Laptop ab. »Der züchtet in der Zwischenzeit Schweine, Mangalitzas, bestes Fleisch mit Bio-Siegel. Ein Anhänger von organisch-dynamischem Landbau.«

»Das stinkt ja gewaltig«, meinte Wolf. »Woher weißt du das nun schon wieder?«

Fiedler würdigte ihn keiner Antwort und konzentrierte sich demonstrativ wieder auf seinen Rechner.

»Zumindest hat er es mit seiner Schweinezucht zu einem gewissen Wohlstand gebracht, trotz seiner Vergangenheit«, brummte er dann doch noch.

»Und Magnus Berger, wie passt der ins Bild?«

»Wie es scheint, hatte der zumindest Kontakt zu Hoffmann. Ob ein größerer Zusammenhang zwischen den beiden besteht, müssen wir natürlich untersuchen. Wir müssen auf jeden Fall in verschiedenen Richtungen ermitteln. Es ist gut möglich, dass der Mord etwas mit der rechten Szene zu tun hat ...«

»Was für eine Rattenscheiße«, meinte Wolf, und an Amanda gewandt: »Da kannst du mal sehen.«

»Scheint so, als müssten wir uns den alten Berger nochmals vorknöpfen.«

»Meinst du, er weiß mehr, als er dir bislang mitgeteilt hat?«, fragte Bichlmaier.

Amanda zuckte mit den Schultern. »Gut möglich, aber das ist alles nur Spekulation. Vielleicht gibt es in seinem Umfeld tatsächlich jemanden, der beschlossen hat, zu töten, und der diese Absicht auch in die Tat umgesetzt hat. Jemand, der nach etwas sucht.«

»Gibt es denn Gerüchte, dass Magnus Berger immer noch Umgang mit dubiosen Gruppierungen hat?«

»Na ja, es heißt schon, dass sich in seinem Wirtshaus von Zeit zu Zeit auch rechte Gruppen treffen. Dass Kameradschaftsabende in geschlossener Runde stattfinden und Treffen von NPD-Größen aus dem Frankfurter und dem Kölner Raum, manchmal kommen die auch von weiter her. Auch viele Jugendliche aus den Dörfern haben im Weißen Roß ihren Stammtisch. Davon ist, soweit bekannt, eine Menge recht braun angehaucht. Viele sind darunter, die keine Arbeit finden und ihren Frust beim Berger hinunterspülen ...« Amanda musste an den jungen Mann denken, den Gehilfen des Försters, der ihr schon einige Male aufgefallen war. Ob er auch zu diesen ewig Gestrigen gehörte? »Es gibt allerdings nichts Konkretes. Aber so ist das ja meistens, wenn Menschen ein normales Leben führen.«

»Was ist schon ein normales Leben?«

»Keine Ahnung. Zumindest sorgt er sich um seinen Enkel, betreibt ein Wirtshaus und niemand hat je davon gehört, dass er seine Frau schlägt.«

»Das nennst du normal?«

»Na ja«, meinte Wolf. »Wenn alles so normal ist, warum ist dann seine Tochter davongelaufen?«

»Gut«, sagte Amanda, »sprechen wir mit ihm. Fragen wir ihn nach seinen alten Kameraden.«

20

Bichlmaier machte sich am frühen Morgen des folgenden Tages noch einmal auf den Weg zu seiner ehemaligen Kaserne, nachdem er zuvor mehrmals vergeblich versucht hatte, Rune über sein Handy zu erreichen. Anders als beim letzten Mal glaubte er nicht, verfolgt zu werden. Dennoch fühlte er sich unbehaglich und er nahm die Schatten der Vergangenheit als bedrohliche Begleiter wahr.

Als er das Gebäude betrat, in dem Rune hauste, erschien ihm die Situation völlig unwirklich. Und doch, alles sah aus, wie beim letzten Mal, als er nach Rune gesucht hatte. Von dem war wieder nichts zu hören und zu sehen. Auch Sandor war nicht mehr da.

Unzufrieden verließ Bichlmaier daraufhin die Unterkunft. Vor dem Gebäude blieb er einen Moment lang unschlüssig stehen, und ohne so recht zu wissen, warum, wandte er sich in Richtung des alten Wachturms, den sie damals gemeinsam bestiegen hatten.

Die Tür zu dem Gebäude war noch immer unverschlossen und trotz seines Widerwillens stieg er die alten Stufen hoch, froh, als er Licht durch die Scharten des Turmes erblickte.

Er öffnete die Dachluke und trat hinaus ins Freie. Wieder war er überwältigt von dem Blick, der sich ihm bot.

Über dem Moor stand eine glutrote Sonne, die die riesige Fläche bis zum Horizont wie ein schimmerndes Tuch überzog. Nichts bewegte sich. Eine Landschaft still wie Glas. Im ersten Moment empfand er diese Stille als absolut. Erst nach und nach begann er, unterschiedliche Laute wahrzunehmen, ein Singen und Pfeifen, das zu ihm heraufdrang wie Musik aus einer unendlichen Ferne.

Warum war er hierher zurückgekommen? Zögernd trat er vor an den Rand der Plattform, hielt sich am brüchigen Geländer, das ihn vom Abgrund trennte. Er erinnerte sich, was Rune vor wenigen Tagen gesagt hatte. Beim Blick in die Tiefe sei ihm, als herrsche er über die Welt zu seinen Füßen …

Bichlmaier wusste, dass er selbst dieses Gefühl nie empfinden würde. Es kostete ihn Überwindung, den Blick zu heben und ihn in die Weite schweifen zu lassen. Seine Finger krallten sich dabei in das morsche Holz, durch das ein leichtes Zittern ging. Das Licht der Sonne blendete ihn. Mit einem Mal, nachdem er einige Sekunden so verharrt hatte, war ihm, als sähe er in der Ferne eine Gestalt, einen Mann, der auf ihn zuzulaufen schien. Er erschrak. Eine Situation, die er schon einmal erlebt hatte. Doch als der Mann näherkam, erkannte er verwundert, dass er es selber war, der da lief und gestikulierte. Er sah sich selbst. Bichlmaier nahm wahr, dass er sich immer wieder umdrehte und auf das Moor hinaus deutete. Was wollte er, wollte er sich dort unten zuschreien, was war dort?

Plötzlich wurde ihm schwindlig und er machte einen Schritt zur Seite, ohne das Geländer loszulassen. O Gott, er wollte nicht fallen. Der Schwindel wurde stärker, füllte seinen Kopf, und er spürte, wie es ihn mit gewaltiger Kraft nach unten zog.

In dem Augenblick flog eine Elster mit rauschendem Flügelschlag heran und ließ sich, nur wenige Meter von Bichlmaier entfernt, auf dem Turmgeländer nieder. Misstrauisch beäugte sie ihn, der völlig erstarrt in die Tiefe blickte.

Nowak hatte sich schon lange nicht mehr gemeldet, und Amanda war drauf und dran gewesen, ihrerseits Kontakt mit ihm aufzunehmen.

Jetzt rief er an.

»Es gibt Neuigkeiten«, sagte er. »Die Kollegen sind mittlerweile sicher, dass jemand durch das Wohnzimmerfenster in die Wohnung von Marlies Berger eingedrungen ist. Es konnten sogar DNA-Spuren sichergestellt werden, die auch in der Wohnung auftauchen.«

»Das kann doch nicht sein«, rief sie in den Hörer.

Nowak schwieg einen Moment lang etwas konsterniert. »Wie bitte? Zweifelst du an …«

»Nein, natürlich nicht. Es ist bloß … Die Ergebnisse der Obduktion liegen vor. Eindeutig kein Fremdverschulden. Marlies ist an Herzversagen gestorben.«

Eine Weile schwiegen sie beide.

»Das ist verdammt sonderbar. Was bedeutet das? Was glaubst du?«

»Vielleicht war Marlies schon tot, als der Einbrecher die Wohnung betrat …«

»… oder er hat sie zu Tode erschreckt«, führte Amanda seinen Gedanken fort.

»Schon möglich.«

»Gibt es Hinweise, wer der Einbrecher sein könnte?«

»Nope. Wir haben die Spuren durch sämtliche nationalen und internationalen Karteien gejagt. Niente. Nirgends registriert.«

»Also keiner von unseren Kunden.«

»Scheint so.«

Eigenartig, dachte Amanda. Wie es den Anschein hatte, hatten sie es in diesem Fall mit einer ganzen Reihe von Schattenmännern zu tun. Vorausgesetzt natürlich, der Einbrecher war ein Mann.

»Apropos DNA. Habt ihr weitere Spuren gefunden? Von diesem Otto Brenner vor allem.«

»Was diesen Otto Brenner angeht«, sagte Nowak nach einer Weile, »da wimmelt die Wohnung nur so von Fingerabdrücken. Scheint, als habe er nach etwas gesucht …«

Also hatte Bichlmaier doch recht mit seiner Vermutung, dachte sie. Da gibt es wohl tatsächlich etwas, wonach es sich zu suchen lohnt. Irgendwie war sie davon ganz und gar nicht überrascht.

Bichlmaier wusste später nicht mehr, wie er von dem Turm heruntergekommen war. Er erinnerte sich nur noch, dass er am Fuß des Gebäudes aus der Tür gestürzt und quer durch den ehemaligen Kasernenhof gehetzt war, an den Baracken und Unterkünften des Areals vorbei, zum Ausgang hin. Erst als er das Kasernengelände verlassen hatte, war er ruhiger geworden und er hatte sich schwer atmend auf eine Bank gesetzt, die am Wegesrand stand.

Hier im tiefer gelegenen Teil des Waldes war es, verglichen mit den Temperaturen der vergangenen Tage, relativ mild. Die Morgensonne lugte durch die Bäume. Aber es war eine andere Sonne als die, die er vom Wachturm aus gesehen hatte. Eine friedliche Sonne, eine, die Wärme ausstrahlte.

Dieser Fall hatte etwas, das ihm Angst machte. Er konnte sich an keinen Fall in seiner langen Karriere erinnern, bei dem die ermittelnden Beamten so lange im Nebel herumgestochert hatten wie dieses Mal, ohne zu greifbaren Ergebnissen zu kommen. Obwohl er bislang nur am Rande in die Ermittlungsarbeiten eingebunden gewesen war, war in ihm eine Unruhe gewachsen, die wohl mit seiner persönlichen Betroffenheit zusammenhing. Er hatte Angst vor dem Bösen, das er irgendwo dort draußen im Moor vermutete.

Die Frau, die die Tür öffnete, war kleiner, als er sie in Erinnerung hatte. Das Haar, einstmals schwarz und wild, war grau geworden und wurde von einer Spange zu einem strengen Pferdeschwanz zusammengehalten.

»Nun bist du also doch gekommen«, sagte sie lächelnd. »Du hast dir ganz schön Zeit gelassen.«

Sie nahm ihm sein Jackett ab und führte ihn ins Wohnzimmer. Er sah, dass sie hinkte. Wie es schien, war ein Bein kürzer als das andere. Dann ging sie in die Küche, um Kaffee zu machen, und für einige Minuten blieb er allein zurück.

Der Raum war nicht allzu groß, aber von hellem Licht durchflutet. Er suchte nach Bildern an den Wänden, Fotos, die ihm vielleicht etwas über die Frau und ihr Leben hätten sagen können. Aber da war nichts. Es wäre wohl auch zu einfach gewesen.

»Hast du Kinder?«, fragte er sie, als sie mit einem Tablett voll mit Kaffeegeschirr und Kuchen zurückkam.

»Nein.« Sie schüttelte den Kopf. Er hätte dabei gerne den Ausdruck in ihren Augen gesehen, aber sie hielt den Blick gesenkt, sodass er nichts erkennen konnte.

»Das ging danach nicht mehr. Die Verletzungen sind einfach zu groß gewesen. Zu viel, das kaputtgegangen ist …« Sie goss ihm Kaffee ein und stellte ihm ein Stück Kuchen hin.

»Ich habe völlig vergessen, dir Blumen mitzubringen«, sagte er. »Tut mir leid.«

»Was tut dir leid? Das mit den Blumen?«

Er nickte. Sie setzte sich und er sah, wie schwer sie sich dabei tat.

»Hast du denn Kinder? Eine Frau?«

»Eine Frau, aber wir haben keine Kinder bekommen. Die Natur war gegen uns … Vielleicht eine Frage der Gerechtigkeit.« Er deutete vage in Richtung ihres Beins, doch sie schüttelte den Kopf.

»Das hat doch nichts mit Gerechtigkeit zu tun.« Sie sah ihn dabei nicht an. »Und deine Frau …«

»… hat mich vor langer Zeit verlassen. Sie lebt in Rom bei ihrem Vater. Sie braucht die Wärme des Südens und das Meer.«

Bichlmaier blickte über sie hinweg zum Fenster, das leicht geöffnet stand. Ein Hauch frischer Luft drang herein und ließ die Vorhänge flattern. Zum zweiten Mal innerhalb der letzten Tage dachte er mehr als nur flüchtig an Marianne. Es war seine Kälte, die sie nach Rom getrieben hatte, ging es ihm durch den Kopf. Seine verdammte Kälte.

Einen Moment lang senkte sich Schweigen zwischen die beiden, bis er es nicht mehr ertragen konnte.

»Wie lange warst du damals im Krankenhaus?«

»Ich weiß es nicht mehr. Viele Wochen. Ich war in vielen Krankenhäusern, bei vielen Ärzten und Spezialisten. Meistens habe ich aber geschlafen, wegen all der Schmerzmittel.«

»Und hinterher ...?«

»Ich musste vieles neu lernen. Das Gehen, das Sprechen, meine Arme und Hände zu bewegen ... Das hat Jahre gedauert. Und vor allem musste ich meine Angst besiegen ... Eigentlich war das das Schlimmste.«

»Und hast du noch Schmerzen?«

»Ja, ich habe Schmerzen. Es vergeht kein Tag, an dem ich keine habe. Aber so unwahrscheinlich es klingt, man gewöhnt sich daran. Und dann habe ich ja auch noch meine Tabletten.«

Bichlmaier blickte sie an und er sah die Qualen, die sich in ihre Züge gebrannt und in ihr Herz gefressen hatten. »Und deine Angst?«

»Die wird wohl nie ganz vergehen.« Sie schwieg, trank von ihrem Kaffee. »Und du ...? Ich habe immer auf dich gewartet. Aber du bist nicht gekommen. Warum, Adolf? Wo warst du?«

Das war die Frage, vor der er sich all die Jahre gefürchtet hatte. »Lass es uns einfach vergessen«, wollte er sagen. »Ich erkläre es dir, wenn ich es selbst verstanden habe.« Aber er wusste, dass er wohl nie eine rechte Antwort finden würde.

Er lehnte sich zurück, faltete die Hände hinter seinem

Kopf und plötzlich sah er alles wieder vor sich, fühlte und roch, was vor langer Zeit gewesen war. Das warme Gras zwischen den Bäumen, das ganz leicht dampfte und so ungemein süß und kräftig duftete, das auf der nackten Haut seiner Schenkel geklebt und schrecklich gejuckt hatte. Das Flimmern der Luft. Die schrillen Schreie der Vögel, das hektische Zirpen der Insekten und das dumpfe Rauschen der Baumwipfel, die den Himmel über ihm verdeckt hatten.

Und dann sah er sich selbst, wie er tölpelhaft dastand mit seinen herunterhängenden Hosen und seinem tropfenden, geschwollenen Glied, unfähig zu verstehen, warum das Mädchen gerade in diesem Augenblick des Triumphes vor ihm davonlief …

Das Dröhnen des schweren Motors hatte wohl schon länger die Stille durchdrungen, doch hatte er den Wagen, einen riesigen amerikanischen Truck, erst wahrgenommen, als der in einer winzigen Sekunde den Körper des Mädchens hochgewirbelt und für immer gebrochen hatte.

»Warum bist du damals nur weggelaufen?«, fragte er, ohne sich des Vorwurfs in seiner Stimme bewusst zu sein. Doch die Frau schien ohnehin nichts davon zu bemerken.

»Ich weiß nicht. Ich kann mich an nichts mehr erinnern … Alles, was unmittelbar vor dem Unfall war, ist weg, gelöscht aus meiner Erinnerung. Aber als ich damals im Krankenhaus aufgewacht bin, habe ich auf dich gewartet. Daran kann ich mich erinnern. Aber du bist nicht gekommen.«

Bichlmaier nickte.

Und wieder war es, als würde er einen völlig Fremden beobachten. Einen Jungen, der im Gras kauert und nicht begreifen kann, was gerade passiert ist. Er sieht, wie der Junge die Hände an den Kopf presst, sich die Ohren zuhält, um das schreckliche Kreischen der Bremsen nicht mehr wahrzunehmen. Seine Augen sind weit aufgerissen und er verfolgt, wie der Truck zitternd und schaukelnd zum Stehen kommt, sich die Tür öffnet und ein riesiger schwarzer Mann aussteigt. Noch ehe dieser sich zu dem Körper des Mädchens hinabbeugt, bleibt er einen Moment aufgerichtet stehen und blickt in die Richtung, aus der das Mädchen gekommen ist. Aus seinem Versteck heraus sieht der Junge das Gesicht des Mannes, durch das sich eine furchterregende Narbe zieht, die es in zwei völlig ungleiche Hälften teilt. Da erhebt er sich und beginnt zu laufen. Und er läuft und läuft, ohne zu ahnen, dass er nie mehr irgendwo ankommen wird.

Ihre Eltern hatten ihr den Namen Rosemarie gegeben, aber weil die Herzen der Deutschen in den frühen und mittleren 50ern einer Schauspielerin mit dem Namen Romy zuflogen, wurde auch sie nur Romy genannt. Eine Märchenprinzessin sollte sie wohl sein.

»Ich habe den Mann wiedergesehen, der damals den Truck gefahren hat«, sagte Bichlmaier, nachdem sie mit Kaffeetrinken fertig waren.

»Du kennst ihn?«

Bichlmaier nickte. »Er ist eine Art Polizist, der an der Aufklärung eines Mordes beteiligt ist, der sich vor Kurzem hier ereignet hat. Vielleicht hast du davon gehört.«

»Natürlich. Der Mann aus dem Moor. Eine schreckliche Sache.«

»Ich war dabei, als man die Leiche fand. Ein blöder Zufall … Aber aus irgendeinem Grund kann ich das Gesicht des Toten nicht mehr vergessen. Vielleicht jemand, den auch wir damals gekannt haben.«

Romy nickte. »Gut möglich«, meinte sie. Sie schien sich über die Zufälligkeiten des Lebens nicht zu wundern. Alles war vorstellbar. Und vielleicht gab es ja Zusammenhänge, die die Menschen in ihrer täglichen Hast gar nicht erkannten. Eine Hast, die ihr nach dem Unfall fremd geworden war, die in ihrem Leben keine Rolle mehr spielte. Vielleicht waren ihre Gedanken noch zu sehr mit den Erinnerungen an den Unfall befasst.

»Percy hat mich viele Male im Krankenhaus besucht und er wollte immer wissen, wovor ich damals weggelaufen bin. Er fühlte sich so schuldig.«

»Und …?«

»Ich habe ihm darauf nie eine Antwort geben können. Ich hatte ja vergessen, warum ich damals auf die Straße gelaufen bin.«

Ob sie das wirklich nicht mehr wusste, fragte er sich, und ob es überhaupt jemanden gab, der diese Frage beantworten konnte? Wenn sie es schon nicht wusste … Dazu dieses zufällige Zusammentreffen. Percy Johnson, der wiedergekommen und Teil der Ermittlungen geworden war. War dies wirklich nur ein Zufall?

»Und von mir? Hast du ihm von mir erzählt?«

Sie schüttelte ihren Kopf mit den kurzen grauen Haaren. »Niemand weiß von dir. Ich habe nie etwas von dir weitergegeben. Auch nicht, als mich die Polizisten vernommen haben.«

»Warum? Um mich zu schützen?«

Sie zuckte mit den Schultern. »Du warst nicht so wichtig. Der Unfall ist wohl einfach passiert. Wenn du mit jemandem darüber sprechen willst, dann liegt das ganz allein bei dir.«

Bichlmaier wusste, dass sie recht hatte. Vielleicht war dies ja der Grund, warum er nach M. zurückgekehrt war. Um sich nach all den Jahren seiner Schuld zu stellen.

Aber dann war dieser Mord dazwischengekommen.

»Hat sich Percy Johnson in den Tagen, seitdem er wieder hier ist, bei dir gemeldet?«

»Nur einmal. Er hat mich angerufen und gesagt, dass er mich besuchen käme. Bis jetzt war er aber noch nicht da. Er hat mich auch nach Marlies Berger gefragt. Ob ich sie gut gekannt hätte.«

»Hast du sie denn gekannt?«

»Nur ein bisschen. Wir waren aber keine Freundinnen.«

»Weißt du, warum sie so plötzlich nach Berlin gegangen ist?«

»Keine Ahnung. Eines Tages war sie eben weg. Es hieß, wegen eines Mannes. Aber es musste auch etwas mit ihrem Vater zu tun gehabt haben. Was das aber war … Es war auf jeden Fall traurig, dass sie einfach so verschwunden ist.«

Bichlmaiers Blick wanderte wieder zum geöffneten Fenster. Allmählich begann es, kühler zu werden. Man musste mit dem alten Berger reden, dachte er zum wiederholten Mal. Irgendetwas gab es, von dem sie noch nichts wussten.

»Hatte denn die Marlies damals eine Freundin, die ihr nahestand? Jemand, der mehr über sie weiß?«

Romy blickte ihn erstaunt an. »Genau dasselbe hat mich Percy auch gefragt.« Dann nickte sie.

21

Niemand konnte später genau sagen, wie die Informationen über einen möglichen Zusammenhang zwischen dem Mord im Moor und den längst vergangenen Aktivitäten einer verstaubten rechten Szene an die Öffentlichkeit gelangt waren. Sämtliche am Fall beteiligten Mitarbeiter schworen jedenfalls Stein und Bein, nichts nach außen getragen zu haben. Schließlich war es Wolf, der die These aufstellte, dass Fiedlers Spaziergang in den virtuellen Aktenschränken des Verfassungsschutzes nicht ohne Spuren geblieben war. Amanda ließ es dabei bewenden.

Auf jeden Fall war die Pressekonferenz, die an diesem Mittwoch in der Aula des Gymnasiums von M. stattfand, eine der chaotischsten, der Bichlmaier jemals beigewohnt hatte.

Er konnte sich nur an einen Vorgang aus den vergangenen Jahren erinnern, bei dem es zu ähnlich tumultartigen Szenen gekommen war. Das war anlässlich eines grausamen Doppelmordes in Weiden gewesen, bei dem ein Bundestagsabgeordneter und seine Tochter auf bestialische Weise umgebracht worden waren. Auch damals hatten sich die Pressevertreter und Kamerateams um die besten Plätze fast gerauft, was beinahe zu einem Abbruch der Veranstaltung geführt hätte.

Zu dem heutigen Termin, der relativ kurzfristig einberufen worden war, waren Vertreter der wichtigsten Presseorgane aus ganz Deutschland und aus einigen der angrenzenden Länder angereist. Insbesondere in Italien und in der Schweiz schien der Fall großes Interesse hervorzurufen.

Auslöser für das Medieninteresse war ein kurzer Artikel in der Süddeutschen Zeitung gewesen, in dem ein Zusammenhang zwischen dem Mord im Moor und Aktivitäten deutscher und amerikanischer Geheimdienste in den 60er- und 70er-Jahren angedeutet wurde. Der Autor des Artikels hatte sich höchst zurückhaltend zu solchen Vermutungen geäußert und sich auf nicht näher benannte Quellen bezogen, auf Hinweise, die der Redaktion anonym zugespielt worden seien. Letztlich war es wohl das Stichwort ›Gladio‹ gewesen, das in dem Artikel aufgetaucht war, das zu dem kolossalen Interesse geführt hatte.

Die Pressekonferenz war reichlich improvisiert und für Amanda Wouters und den zuständigen Oberstaatsanwalt besonders unangenehm, weil sie zu der komplexen politisch-historischen Thematik nur wenig zu sagen hatten. Auch der Vertreter des Innenministeriums, ein Dr. Lutz, der die Leitung übernommen hatte, wirkte nicht frei von Nervosität.

Vor allem war es dabei die Tatsache, dass ihre Kenntnis des von Fiedler illegal beschafften Materials über eine Beziehung zwischen Magnus Berger und dem ehemaligen Wehrsportgruppenchef Karl-Heinz Hoffmann nicht offenbart werden durfte, die Amanda Kopfschmerzen bereitete. Letztlich blieb ihr nur die Möglichkeit, sich auf ihre bisherigen Ermittlungen zurückzuziehen und jegliche Kenntnis etwaiger politischer Hintergründe strikt von sich zu weisen.

Sie wurde von einer Salve von Fotoblitzen geblendet, die aufflammten, als sie sich auf ihrem Stuhl niederließ. Noch bevor sie sich vor ihrem Mikrofon so recht in Stellung gebracht hatte, begannen die Fragen der Reporter.

»Haben Sie das Mordopfer in der Zwischenzeit identifizieren können?«, wollte eine Journalistin aus der ersten Reihe wissen, ohne sich oder die Zeitung, die sie vertrat, vorzustellen. In ihrer Stimme schwang ein deutlicher Vorwurf mit, so als seien Amanda und ihr Stab für den bisherigen Misserfolg verantwortlich.

»Wir wissen bereits seit einiger Zeit, dass das spätere Mordopfer am Aschermittwoch, mit Lufthansaflug LH 747 aus Seattle, Washington kommend, in Frankfurt gelandet ist. Der Mann …«

»Gibt es einen Namen?«

»Der Mann reiste unter dem Namen Aaron Rosenberg. Wie es aber den Anschein hat, ist diese Identität nicht seine richtige. Die Kollegen in Seattle recherchieren in diesem Zusammenhang.«

»Haben Sie irgendwelche Hinweise, was den Mann bewogen hat, hierher zu reisen?«

»Kein Kommentar«, sagte Amanda, die gar nicht daran dachte, die Journalistenmeute auf Martin Berger und seine Familie zu hetzen. Vor allem aus dem Grund, weil die Tatsache, dass der Ermordete Kontakt mit seinem Sohn aufgenommen hatte, bislang nicht an die Öffentlichkeit gedrungen war.

»Gibt es Vermutungen, warum der Mann mit falschen Papieren gereist ist?«

»Wir gehen von einer ganzen Reihe möglicher Gründe aus. Ich kann allerdings beim gegenwärtigen Stand der Ermittlungen …«

Wieder wurde sie unterbrochen. Ein Mann in den hinteren Reihen hatte sich erhoben. »Grass, dpa«, stellte er sich knapp vor. »Kann es sein, dass ihr Mann von einem deutschen oder ausländischen Geheimdienst mit falscher Identität ausgestattet wurde?«

Amanda blickte erstaunt nach hinten. Dann zuckte sie mit den Schultern. Sie wunderte sich, welche Informationen da der Presse vorlagen. Informationen, über die selbst die ermittelnden Beamten nur sehr eingeschränkt verfügten.

»Das wäre reine Spekulation, aber wie schon …«

Der Mann aus dem Innenministerium zog in diesem Moment sein Mikro energisch zu sich heran. Gleichzeitig legte er seine rechte Hand auf Amandas linke, als wollte er damit verhindern, dass sie weitersprach. »Wir warten in diesem Zusammenhang noch auf die Ergebnisse der Recherchen unserer amerikanischen Kollegen. Von deutscher Seite gibt es auf jeden Fall keine Verbindung zwischen einem Aaron Rosenberg und dem BND oder dem Verfassungsschutz. Nicht, soweit uns bekannt. Auch beim MAD gibt es keinerlei Hinweise.«

Die Frau, die die erste Frage gestellt hatte, grinste zynisch. Wie es schien, war sie mit dieser Aussage nicht zufrieden. »Das war ja eine ziemlich deutliche Antwort, oder? Aber sind Sie denn sicher, dass der Mann nicht einer Ihrer V-Leute war? Wird hier vielleicht etwas verschwiegen?«

»Nein«, sagte Dr. Lutz denkbar knapp. »Nein.«

Er wirkte bereits leicht gereizt. Offensichtlich gefiel ihm die Richtung nicht, die die Fragen der Journalisten nahmen. Die bohrten jedoch mit großer Hartnäckigkeit weiter.

»Sind Ihnen im Verlauf der Ermittlungen in irgendeiner Form Verbindungen zur rechten Szene aufgefallen?«

Amanda musterte die Frau, die neben Grass von der dpa Platz genommen hatte und ohne sich von Lutz' schlechter Laune beeindrucken zu lassen, unbeirrt nachhakte. Das waren ganz gezielte Fragen, die irgendwo ihren Hintergrund haben mussten. Wieder fragte sie sich, wie die Journalisten auf solche Zusammenhänge kamen.

»Nein«, sagte sie mit ebenso fester Stimme wie Dr. Lutz, ehe der etwas äußern konnte. Sie versuchte dabei, den Eindruck zu erwecken, als sei sie von den angedeuteten Zusammenhängen mehr als überrascht.

»Gibt es denn hier in der Gegend so etwas wie eine rechte Szene?«

Amanda schüttelte den Kopf. »Dazu liegen uns momentan keine Hinweise vor. Aber selbstverständlich recherchieren wir in alle Richtungen.«

Einen Augenblick herrschte Schweigen, so als würden sich die Reporter zum nächsten Angriff sammeln. Schließlich erhob sich der Mann von der Deutschen Presse Agentur erneut. Er blickte an Amanda vorbei, konzentrierte sich auf den Ministerialbeamten, den er wohl in dieser Sache für kompetenter hielt. Bichlmaier, der im Pulk der Reporter einen Platz gefunden hatte, hatte sich umgewandt und sah den Fragesteller interessiert an. Der trug ein Leinenjackett, das um seinen Bauch etwas spannte, hatte den Ansatz einer Glatze und einen buschigen Schnurrbart. Er wirkte auf Bichlmaier äußerst arrogant und von sich eingenommen. Dabei war es eine traurige Arroganz, die der Mann ausstrahlte, eine Überheblichkeit, die Misstrauen gegenüber der Politik und der Gesellschaft allein schon als einen Wert verstand, unabhängig von jedweden Inhalten. Die Arroganz einer ganzen Kaste von Enthüllungsjournalisten.

»Gibt es vonseiten des Innenministeriums Erkenntnisse, dass der Ermordete in Beziehung zu einem deutschen Gladio-Zweig gestanden haben könnte?«, fragte er in die noch immer herrschende Stille im Raum hinein.

Das war eine verflucht provozierende Frage, dachte Bichlmaier. Woher wusste die Presse von diesen Zusammenhängen? Und wer hatte ein Interesse daran, dass diese Informationen an die Öffentlichkeit gerieten? Sollte die Ermittlungsbehörde hier bewusst auf etwas gestoßen werden?

Dr. Lutz raschelte eine Weile in seinen Blättern, die er vor sich liegen hatte, was die Spannung im Raum noch erhöhte. Dabei schien es, als sei er auf die Frage vorbereitet, was nach dem Artikel in der Süddeutschen nicht verwunderlich war.

»Wie kommen Sie darauf, Herr Grass?«, wandte er sich direkt an den Journalisten, aber ehe dieser antworten konnte, fuhr er fort: »Es gibt bislang keine Anhaltspunkte, die solche Vermutungen rechtfertigen würden … Ich darf Sie im Übrigen auf eine Pressemitteilung der Bundesregierung vom Dezember 1990 verweisen, wonach der deutsche Zweig von Gladio im April 1991 endgültig aufgelöst wurde. Und bereits 1972 sind geheime Waffendepots, die bis zu diesem Zeitpunkt existierten, vernichtet worden. Ich verweise in diesem Zusammenhang auf Aussagen des damals zuständigen Kanzleramtsminister, Herrn Stavenhagen.«

»Sie können aber nicht ausschließen, dass das Mordopfer Mitglied einer Gladio-Zelle gewesen sein könnte. Ist das so richtig?«

»Darüber ist uns nichts bekannt.«

Wieder meldete sich die Dame aus der ersten Reihe zu Wort. »Ich habe den Eindruck, dass man die Polizei hier sehr stark im Dunkeln tappen lässt. Vielleicht sollten das Ministerium und die Geheimdienste doch endlich ihre Karten auf den Tisch legen …«

»Es gibt von unserer Seite keine Karten, die auf den Tisch gelegt werden könnten. Ich wiederhole das. Wenn die Presse dagegen über Informationen verfügt, die weder dem Innenministerium noch den ermittelnden Beamten vorliegen, wären wir sehr zu Dank verpflichtet, wenn Sie uns an Ihren Informationen teilhaben ließen.«

Dr. Lutz wirkte verärgert, als er sich wieder setzte. Mehrere Köpfe drehten sich zur hinteren Reihe, dort, wo Grass saß. Doch der gab mit einem Zucken der Schultern zu verstehen, dass von ihm keine weiteren Auskünfte zu erwarten seien.

Eine Zeit lang plätscherte daraufhin die Befragung durch die Journalisten eher verhalten dahin, sodass Amanda Wouters insgeheim hoffte, dass sie das Schlimmste überstanden hatten, bis sich ein junger Mann in der vierten Reihe meldete.

»Stimmt es, dass die Polizei in einem weiteren Mordfall ermittelt, der in Zusammenhang mit dem hiesigen Mord steht?«

»Kein Kommentar«, sagte Amanda.

»Jemand aus dem Rotlichtmilieu?«

Amanda schüttelte den Kopf.

»Was wollen Sie eigentlich vertuschen?«, rief die Frau, die die erste Frage gestellt hatte. »Was wollen Sie vor der Allgemeinheit verbergen?«

»Es gibt nichts zu verbergen.«

Die Frau hatte natürlich in gewisser Weise recht. Amanda log und legte bewusst nur einen kleinen Teil der Fakten, die sie bislang zusammengetragen hatten, den Journalisten vor. Aber was sollte sie tun? Lutz hatte durchaus den Finger in die Wunde gelegt, als er die Presse indirekt nach ihren Quellen gefragt hatte. Da waren zu viele vertrauliche

Informationen durchgesickert, was schon den Verdacht nährte, dass hier jemand hinter den Kulissen versuchte, die Ermittlungen zu beeinflussen. Doch wer konnte das sein? Wer hatte ein Interesse daran, dem Fall eine politische Wendung zu geben? Für ihre Leute würde sie die Hand ins Feuer legen und auch dem Kollegen aus Regensburg traute sie Manipulationen dieser Art nicht zu. Blieb nur Percy Johnson, der ihr vom Innenministerium in seltsamer Weise aufs Auge gedrückt worden war. Welche Rolle spielte er? Wieder ging ihr der Kinderreim vom schwarzen Mann durch den Kopf, als sich Dr. Lutz neben ihr, unter dem Protest der Anwesenden, erhob und die Pressekonferenz im Gymnasium von M. sichtlich angefressen für beendet erklärte.

»Was glauben Sie denn, wer Sie sind?«, rief er mit mühsam unterdrückter Wut. »Meinen Sie, dass wir Ihr Gekritzel auch nur einen Moment ernst nehmen? Sie denken doch, dass Sie die Weisheit mit Löffeln gefressen haben, nur weil Ihre Räuberpistolen in irgendwelchen Blättern stehen!«

Zur allgemeinen Verwunderung packte er seine Papiere tatsächlich zusammen und ging, wobei er den vielen Fragen, die danach von allen Seiten auf ihn einprasselten, den Rücken kehrte. Amanda warf einen Blick auf den Oberstaatsanwalt, der während der gesamten Konferenz geschwiegen hatte. Als dieser ihren Blick auf sich ruhen fühlte, zwinkerte er ihr gut gelaunt zu. Da erhob sich auch Amanda.

Der Tag war noch nicht vorbei.

»Was um Himmels willen hatte das zu bedeuten?«, fragte Bichlmaier. Er fühlte sich leicht angeschlagen und seit langer Zeit hatte er wieder Kopfschmerzen. Vielleicht würde ihm der starke Kaffee helfen, den ihm Amanda in ihrer eigenen Maschine zubereitet hatte. Sie saßen in ihrem Büro und ließen die soeben beendete Pressekonferenz Revue passieren.

»Irgendjemand hat die Presse geimpft«, meinte Amanda.

»Ja«, sagte Bichlmaier. »Das war offensichtlich. Hast du einen Verdacht?«

»Kann schon sein.«

»Percy?«

Amanda nickte. »Wer sonst?«

»Was weißt du über ihn?«

»So gut wie nichts. Er wurde uns auf Empfehlung des Ministers zugewiesen, mit der Aufforderung, ihn an unseren Ermittlungen teilnehmen zu lassen. Vielleicht eine Art Aufpasser.«

Bichlmaier überlegte, ob er ihr sagen sollte, dass er ihn von früher kannte, entschied sich aber dagegen. Die alte Geschichte ging nur ihn und Romy etwas an und hatte mit dem Fall nichts zu tun.

»So sieht es aus. Aber was steckt dahinter?«

Amanda seufzte. »Eines ist sicher. Unser Fall hat eine politische Dimension …«

»Schließt das ein persönliches Motiv aus?

»Das war von Anfang an die Frage, nicht wahr. Da ist die Verbindung mit Marlies und ihrer Familie, aber da gibt es auch eine Reihe von Hinweisen, dass unsere Moorleiche mehr als ein unbeschriebenes Blatt ist … Ich bin sicher, wenn wir wüssten, wer sich hinter unserem Aaron Rosenberg verbirgt, dann hätten wir auch das Motiv für die beiden Morde.«

»Wir wissen immer noch zu wenig, was damals passiert ist, als Marlies das Weite gesucht hat. Etwas Entscheidendes muss in dieser Zeit geschehen sein. Und ich denke, dass Magnus Berger der Schlüssel ist. Wenn jemand eine Ahnung hat, was das Leben seiner Tochter so nachhaltig verändert hat, dann er.«

Amanda nickte. Sie beobachtete Bichlmaier, der mit seinem Zeigefinger einen Kreis auf der Tischplatte zog. Dann noch einen. Einen nach dem anderen. Was wohl in seinem Kopf vor sich ging, dachte sie. Sie war sich ziemlich sicher, dass er mehr von der vergangenen Zeit wusste, als er offenbarte. Warum sprach er nicht davon? Und doch hatte der Kollege etwas an sich, was es ihr schwer machte, ihm zu misstrauen.

Eine Weile schwiegen sie.

»Du hast gesagt, es gibt keine Rechten hier in der Gegend ...«

Amanda hob den Arm, unterbrach ihn. »Das stimmt so nicht. Es ist nur, es liegt nichts Konkretes vor. Aber natürlich gibt's solche Typen auch bei uns. Keine Frage. Gerade unter den jungen Leuten. Zwickau ist gar nicht so weit weg, wie man denkt ...«

»Und Magnus Berger. Wie passt er ins Bild?«

Amanda zögerte einen Moment. Sie dachte an den Mann, den sie aus ihrer Kindheit kannte. Er war ein Teil der Welt gewesen, zu der auch ihr Vater und die meisten Männer seines Alters gehört hatten.

»Der Berger ist halt alt geworden«, sagte sie dann, ohne direkt auf Bichlmaiers Frage einzugehen.

22

Im Herd brannte Feuer. Ein leises Knistern. Trotzdem war es kalt in dem Zimmer. Sie briet fünf von den Eiern, die der Alte gestern gebracht hatte. Dieses Mal hatte er genügend Lebensmittel dabeigehabt, sodass sie nicht wieder hungern mussten, wie so oft während der Wintermonate. Da war er nur alle zwei Wochen gekommen, wegen des Schnees, aber sie hatte daraufhin den Jungen geschickt, der in der Stadt einkaufen gegangen war. Der mochte das nicht, weil ihn die Leute so komisch anstarrten. Aber er hatte getan, was sie von ihm gewollt hatte.

Als die Eier fertig waren, rief sie nach ihm. Nach einer Weile kam er in die Küche, schüttelte aber nur den Kopf. Er hatte keinen Hunger und verschwand gleich darauf wieder.

Sie aß drei der Eier mit Brot. Sie mochte Eier. Den Rest wollte sie gerade in den Abfalleimer kratzen, da fiel ihr der fremde Mann ein, den der Junge vor einigen Tagen aufgespürt hatte. Der Junge hatte gesagt, sie solle ihm etwas zu essen bringen. Dabei wusste sie, dass er ihn ohnehin töten wollte.

Sie schnitt ein Stück Brot ab und ging hinunter in den Keller. Als sie die Tür öffnete, sah sie, dass sich der Mann bewegte. Am Anfang hatte er viel geschrien, aber nach einiger Zeit hatte er damit aufgehört.

Sie gab ihm etwas Wasser, das er gierig trank, wobei das meiste an seinem Kinn herabtropfte. Dann brach sie von dem Brot und schob es ihm Stück für Stück in den Mund. Dazu die Eier. Er stöhnte beim Kauen. Offensichtlich hatte er große Schmerzen. Vielleicht sollte sie ihm noch was von den Schmerzmitteln geben. Vielleicht.

Als er fertig war, blickte sie zum ersten Mal in seine Augen. Blaue, wässrige Augen, in denen rote Äderchen zu erkennen waren. Sie hatte ihn noch nie zuvor gesehen. Wo er wohl herkam und was er hier gewollt hatte? Sie wischte seinen Mund ab, nahm den Teller und ging wieder zur Tür. Als sie sie öffnete, hörte sie, wie er »Danke« sagte.

Bichlmaier hatte das Verdeck seines alten Saab geöffnet. Er blickte zu Amanda Wouters hinüber, die neben ihm saß und ihn dirigierte. Wie ein altes Ehepaar, dachte er. Er fuhr nicht schnell, aber der Wind pfiff gewaltig und riss an ihren Haaren. Es war Anfang Mai und eigentlich noch kein Cabrio-Wetter, und auch die Tatsache, dass er die Heizung voll aufgedreht und zusätzlich noch die Sitzheizung angestellt hatte, änderte wenig daran, dass sie froren.

Die Straße führte in einem weiten Bogen um das Moor herum und verband die unzähligen kleinen Dörfer am Rande. Gelegentlich mussten sie einen Bauern auf seinem Traktor überholen, der selbstverloren dahintuckerte. Ansonsten herrschte kaum Verkehr. Es war, als sei die Zeit stehengeblieben. Ein Hauch von Wehmut hing über allem.

»Was für eine verlassene Welt«, sagte Bichlmaier. »Es sieht aus, als würde die Hektik des Alltags hier keine große Rolle spielen.«

»Hier bin ich aufgewachsen«, sagte Amanda. »In einem dieser Dörfer.«

Bichlmaier sah sie von der Seite an. Ob sie gerne in dieser Gegend gelebt hatte?

Nach einer Weile näherten sie sich der Abzweigung, die sie zu dem Hof führte, in dem der alte Mietzner wohnte.

Sie sahen das Haus erst, als sie die letzte Wegbiegung hinter sich hatten. Ein schäbiges, altes Gebäude, an dem sich Efeu hochrankte, der den Verfall des Gemäuers einigermaßen kaschierte.

In einer offenen Garage konnte Bichlmaier einen in die Jahre gekommenen Mercedes stehen sehen, der fast so alt wie der Hof aussah und vor sich hin rostete. Allerdings deutete das Nummernschild darauf hin, dass er noch benutzt wurde. Zwei ebenfalls schon recht betagte Männer saßen auf einer Bank und rauchten. Ihre Blicke folgten dem Auto, als es in den Hof rollte.

Bichlmaier und Amanda Wouters stiegen aus.

Ein Dutzend Hühner scharrten auf dem Hof. Es roch nach Mist, Stroh und Maschinenfett, nach Erde und feuchtem Holz, das langsam vermoderte. Irgendwo in der Ferne war ein Traktor zu hören.

»Guten Tag«, sagte Amanda und Bichlmaier murmelte ein »Grüß Gott.« Beide Männer waren in ihren 70ern, sahen aber noch putzmunter aus.

»Wir sind auf der Suche nach Herrn Mietzner«, sagte Amanda.

»Polizei?«, fragte einer der beiden.

Amanda nickte.

»Wird Zeit, dass der Alte endlich verhaftet wird«, meinte der andere, ohne eine Miene zu verziehen. Dabei deutete er auf das Haus.

In der großen Stube war es warm. Eine wohltuende Wärme, die nach der Fahrt im offenen Cabrio durchaus willkommen war. Der alte Kachelofen in der Ecke wurde trotz der fortgeschrittenen Jahreszeit geheizt. Die Decke hing niedrig und ließ bei aller Größe des Raums den Eindruck von Beengtheit entstehen.

Der alte Mann, der an einem der winzigen Fenster vor sich hindöste, saß in einem hochmodernen Rollstuhl mit Elektroantrieb.

»Schuhe ausziehen!«, schnarrte er mit heiserer Greisenstimme, als sie eintraten, wobei er sich gleichzeitig mit seinem Gefährt vom Fenster wegdrehte und zum Tisch mit einer wuchtigen Eckbank rollte.

»Dort drüben könnt ihr euch Pantoffel nehmen.« Er zeigte mit dem Kinn auf eine Reihe von Filzpantoffeln, die neben dem Kachelofen aufgereiht standen.

Bichlmaier und Amanda folgten den Anweisungen und setzten sich an den Tisch.

Sie hatten sich nicht angemeldet. Trotzdem schien der alte Mann nicht überrascht von ihrem Besuch. Bichlmaier hatte fast den Eindruck, als habe er sie erwartet.

»Also du bist die Amanda«, sagte er, als sie ihren Platz gefunden hatten. »Kann mich noch gut an dich erinnern. Warst ein braves Mädchen.«

Amanda nickte. Sie fühlte sich gerade wie das kleine Schulmädchen mit den Zöpfen, das sie vor vielen Jahren gewesen war, das vor dem Hausmeister einen Heidenrespekt gehabt hatte.

»Und der da? Romy hat mir ja gesagt, dass er kommen wird.«

Mietzner deutete auf Bichlmaier. »Ist das dein Freund?«

»Das ist mein Kollege. Wir sind dienstlich hier.«

»So, so. Dienstlich … Was wollt ihr denn wissen?«

»Wir sind hier wegen Marlies Berger. Kannst dich sicher noch erinnern …«

Mietzner kratzte sich am Kinn. Es klang wie Schmirgelpapier, das über raues Holz gezogen wurde. Amanda sah seine Hände und die von der Gicht verformten Finger.

»Ja, ja, die Marlies. Das war eine ganz Hübsche, die Marlies. Ist aber schon lang her …«

»Und jetzt ist sie tot. Ihre Beerdigung war vor gut einer Woche.«

»Ich weiß schon. Stand ja alles in der Zeitung. Ich wär auch gern zu ihrer Beerdigung gekommen, aber in meinem Alter scheut man die Friedhöfe.«

Bichlmaier betrachtete das gerahmte Foto auf der Kommode neben dem Küchentisch. Eine ältere Frau mit dünnem Silberhaar schaute ernst in die Kamera, so als wüsste sie, dass dieser Ausdruck alles sein würde, was von ihr bliebe.

»Meine Rosa«, sagte Mietzner, der Bichlmaiers Blick gefolgt war. »Im September waren es 20 Jahre, dass sie auf und davon ist.« Als ihn Bichlmaier verwundert ansah, deutete er mit dem Daumen nach oben. »Warum interessiert ihr euch überhaupt für die Marlies? Hat sie denn was ausgefressen, bevor sie …?«

»Nein«, sagte Bichlmaier. »Es ist nur … Jemand ist umgebracht worden, den die Marlies damals gekannt hat, der Papa von ihrem Jungen, dem Martin.«

»So, so. Der Papa vom Martin … Damals, sagst du?«

»Ende der 60er und Anfang der 70er.«

Mietzner ließ sich Zeit, ehe er den Faden aufnahm. Er schien ein bisschen zu lächeln, aber das war nicht so genau zu erkennen. »Ist viel passiert damals. Kann mich noch gut erinnern. Eine wilde Zeit. Lauter Hippies und Krawallmacher gab's da. Plötzlich waren überall Langhaarige in der Stadt, und alle haben diese unappetitlichen Parker getragen. Das Ganze hat den Leuten nicht gefallen. Auch viele von meinen Schülern waren mit einem Mal aufsässig. Und das Zeug, das die in den Klos geraucht haben … Lauter Dreck. Na ja, einer von diesen Gammlern ist ja später sogar noch Minister geworden …«

»Und Marlies? War die auch eine von denen?«

»Aber ja! Die Marlies war eine von den wildesten. Die hat alle ganz verrückt gemacht.«

»Inwiefern?«

»Mit dem Sex halt. War doch die Hübscheste von allen. Kannst dich denn nicht mehr erinnern? Das war bei uns manchmal wie in Woodstock … der Schlamm und der Dreck, und die Marlies war immer mittendrin. Freie Liebe und so was … Make love, not war … Die Kinder waren total verrückt.«

»Aber dann ist sie ja von einem Tag auf den anderen weg gewesen.«

»Ja, ja. Das stimmt. Gab viel Gerede damals.«

»Was haben die Leute denn gesagt?«

»Dass sie wegen einem Mann nach Berlin ist.«

»Und war das so?«

»Schon, schon.«

Der alte Mann wurde etwas einsilbig, und Bichlmaier beobachtete, wie sich sein Gesicht verdunkelte. Offensichtlich gab es da etwas, womit er nicht so recht einverstanden war.

»Ich hab die Marlies gern gehabt«, sagte er dann. »Die hat es doch nicht leicht gehabt.«

»Wie meinen Sie das denn?«

»Na, bei dem Vater. Das war ein ganz Hundertprozentiger. Einer, der dem Adolf nachgetrauert hat. Obwohl er nach dem Krieg ja noch ein richtiger Pimpf war. Da ist aber der Vater von ihm schon so einer gewesen, der Opa. Der war Ortsgruppenleiter hier und hat's schlimm getrieben, während die meisten Männer aus den Dörfern im Krieg waren. Hat alle schikaniert. Und der Sohn war nicht viel besser … Und das hat die Marlies ziemlich wild gemacht. Die war halt anders als ihr Alter und der Opa. Politisch gesehen …«

»War denn der Berger der Einzige, der so war?«

»Nein. Natürlich nicht. Die meisten Älteren wollten damals ihre Ruhe haben. Die haben Angst gehabt, dass die Jungen alles zerdeppern, was sie sich nach dem Krieg wiederaufgebaut haben.«

»Aber der Berger war wohl besonders schlimm?«

»Kann man so sagen. Er war auch mal in einer von diesen rechten Parteien. War sogar Ortsvorsitzender. Und was der sonst noch alles auf dem Kerbholz hat …«

»Und doch hat sich die Marlies mit den Studenten und Krawallbrüdern herumgetrieben, die dem Berger ein Dorn im Auge gewesen sind …«

»Ja, ja. Aber das hat den Leuten hier gefallen. Die haben über den Berger gelacht und ihn nicht mehr so ernst genommen. Natürlich nur insgeheim … Na ja, vielleicht hat er es nicht anders verdient.«

»Wie hat sich denn der Berger daraufhin verhalten?«

»Der hat die Marlies verprügelt und eingesperrt, aber das hat auch nichts geholfen. Marlies war genauso stur wie der Alte. Wenn es besonders schlimm gewesen ist, dann ist sie nach der Schule zu mir gekommen und hat sich ausgeheult.«

»Dann haben Sie sie recht gut gekannt, oder?«

»Kann man sagen. Marlies und eine Reihe von den anderen Gören. Die haben immer so erwachsen getan, aber bei mir haben sie sich dann ausgeflennt … Das war halt eine andere Zeit. Die meisten Eltern waren richtig streng.

Nicht so wie heute. Da gab's schon manchmal was hinter die Löffel.«

»Können Sie sich noch erinnern, mit wem Marlies damals zusammen war?«

»Nein, beim besten Willen nicht. Marlies hat eine Menge Freunde gehabt. Von denen war aber kaum einer aus der Gegend. Das waren vor allem Studenten aus der Stadt. Genau kann ich mich nicht mehr erinnern. Ist schon viel zu lange her ... Der Kopf macht doch nicht mehr so recht mit, weißt du.« Er lachte meckernd. »Irgendwo gibt's einfach Grenzen.« Der alte Mann gab noch einen Seufzer von sich. Amanda hörte plötzlich ein Rumpeln, das aus einem anderen Raum kam. Die Tür wurde geöffnet und einer der beiden Männer, die vor dem Haus gesessen waren, kam mit einem Tablett herein, auf dem sich Kaffeegeschirr und Kuchen türmten.

»Für alle Fälle«, sagte er. »Den Kuchen hat meine Enkelin gemacht.«

Bichlmaier nickte und Amanda begann, das Geschirr zu verteilen, und schenkte den Kaffee ein. Die Brühe, die aus der Kanne kam, war teerschwarz und offensichtlich gemacht, um Tote wieder zum Leben zu erwecken.

»Guter Kaffee«, sagte Bichlmaier.

»Der beste weit und breit«, knurrte Mietzner. »Gibt's nur in unserer WG.«

»Habt ihr nicht noch ein Plätzchen frei?«

»Kann dich ja auf die Warteliste setzen.« Wieder lachte er sein meckerndes, heiseres Lachen, bis es ihn schüttelte.

Amanda hatte während des Geplänkels geschwiegen und ein Foto der Moorleiche auf den Tisch gelegt. Sie reichte es dem alten Mietzner, der es eine Weile lang betrachtete. Es war ein einfaches Foto, das aufgenommen worden war, als der Tote bereits in der Gerichtsmedizin gelegen hatte.

»Das ist der Mann«, sagte sie.

Mietzner und auch der andere, der den Kaffee gebracht hatte, schüttelten den Kopf.

»Klar. Das Bild aus der Zeitung. Aber wer sollte das sein?«

»Genau die Frage stellen wir uns auch.«

»Sieht gar nicht mehr aus wie einer von den Revoluzzern von damals …«

Der andere Mann gab einen seltsamen Seufzer von sich, erhob sich und ging wortlos aus der Stube. Bichlmaier blickte hinter ihm her, während Mietzner fortfuhr.

»Ich hab's immer gesagt, das Ganze war was Politisches. Die Marlies wollte ihren Alten provozieren und der Bürgerschreck, mit dem sie dann abgedampft ist, kam ihr da gerade recht. Das hat dem Berger nicht geschmeckt …«

Bichlmaier schwieg. Er versuchte, seine Aufmerksamkeit auf die Worte des alten Mann zu richten, doch seine Gedanken begannen zu wandern, machten sich selbstständig und gingen zurück in die Zeit, als er jung gewesen war. Er fragte sich, ob er jemals solche Empfindungen gehabt hatte wie Marlies in diesem Alter? Solche Aggressionen? Hatte er in seinen jungen Jahren auch den Wunsch verspürt, zu fliehen? Oder später dann. Nach der Sache mit Romy. Eigentlich schon, dachte er, nur hatte ihm bis vor Kurzem der Mut dazu gefehlt. War also das Mädchen nur um ein Ungleiches mutiger gewesen? Etwas in ihm sträubte sich gegen diese Annahme. Er konnte nicht glauben, dass ihnen der alte Mann schon alles gesagt hatte, was er wusste. Irgendwo gab es ein Geheimnis. Er spürte das. Noch wussten sie nicht alles von der Finsternis, die das Mädchen damals in seinem Innersten erfasst hatte.

»Und das soll der Grund gewesen sein, dass sie alle Brücken hinter sich abgebrochen hat? Nur um dem Berger eins auszuwischen? Ich kann es nicht glauben …«

Der alte Mann sagte eine Weile nichts und Bichlmaier fürchtete, er sei eingenickt. Schließlich räusperte er sich doch.

»Es gab damals Gerüchte …«, sagte er schließlich, ohne den Kopf zu wenden. »Berger und seine Kumpane müssen etwas angestellt haben, was das Mädchen nicht verkraftet hat. Irgendetwas, das sich draußen im Moor abgespielt hat. Aber ich weiß nicht, was das gewesen ist. Das wollte Marlies mir nicht sagen.«

Er schien noch etwas hinzufügen zu wollen, und Bichlmaier wartete. Aber dann drehte sich der alte Mann mit seinem Rollstuhl und fuhr mit einem leisen, kaum wahrnehmbaren Summen zurück zu dem Fenster, aus dem er gestarrt hatte, als beide hereingekommen waren.

Back to zero also, dachte Bichlmaier und erhob sich. Sie waren wieder bei null angelangt. Oder doch nicht? Er nickte Amanda Wouters zu. Beide wussten sie, dass sie hier nicht mehr erfahren würden. Und doch waren sie einen kleinen Schritt weitergekommen, hatten sie einen weiteren Hinweis erhalten, wo sie nach dem Bösen suchen mussten …

»Wer ist übrigens diese Romy?«, fragte Amanda, als sie wieder im Auto saßen.

»Nur jemand von früher«, sagte Bichlmaier. Dann schloss er das Verdeck und fuhr los.

23

»Es gibt keine Fotos von unserer Marlies«, sagte Christa Berger. »Mein Mann hat sie alle vernichtet.«

»Warum hat er das getan?«

Sie zuckte mit den Schultern, als ginge sie das Ganze nichts an. Als sei es nicht mehr wichtig.

»Jetzt, wo sie tot ist, soll es auch keine Bilder mehr von ihr geben, hat er gesagt …«

»Wann war das?«

»Ich weiß nicht … Ist noch nicht lang her. Gleich, nachdem du mit ihm gesprochen hast.«

»Alle Fotos?«

Sie nickte.

»Was ist damals geschehen, Christa? Damals, als die Marlies nach Berlin gegangen ist. Du musst es uns sagen, es ist wichtig.«

»Weiß nicht.«

»Christa, was ist damals vor 40 Jahren draußen im Moor passiert? Du weißt, dass es da etwas gegeben hat, nicht wahr? Ist denn dein Mann mit seinen Freunden oft ins Moor gegangen? Damals, als sie Krieg gespielt haben.«

Doch die alte Frau schüttelte nur den Kopf, wartete offensichtlich, dass man sie in Ruhe ließ. Niemand würde sie dazu bringen, gegen ihren Mann auszusagen. Vielleicht erinnerte sie sich auch nicht mehr, dachte Amanda. Dabei wusste sie, dass das nicht stimmte. Dann, als sie die Hoffnung schon aufgegeben hatte, etwas von der Frau zu erfahren, wandte sich diese ihr zu. Dabei blickte sie an Amanda vorbei, irgendwohin auf die gegenüberliegenden Stallungen.

»Ihr müsst den Hüter finden«, sagte sie verschwörerisch, ehe sie sich abrupt umdrehte und zurück in ihre Küche ging.

München

Der Raum war fensterlos und wurde durch zwei Halogenleuchten notdürftig erhellt. Ein kaltes Licht ließ die Trostlosigkeit, die hier herrschte, besonders hervortreten. Am hinteren Ende des Raums surrte ein überdimensionierter Ventilator, der die verbrauchte Luft irgendwohin nach draußen zu transportieren versuchte. Trotzdem herrschte ein ziemlicher Gestank, der vor allem von den Hunden kam, die in ihren Zwingern unruhig hin und her liefen, hechelten und ihren Geifer verspritzten.

Die Personen, die hier vor den beiden Polizisten gewesen waren, waren offenkundig nicht gewaltsam eingedrungen. Tür und Schloss waren nicht beschädigt. Wie es schien, hatten sie sich auch keine Mühe gegeben, ihre Anwesenheit zu verbergen.

Was für eine trostlose Art, zu leben, dachte Edin Novakovic, der den Namen seiner Kindheit und Jugend nicht mehr trug. Auch er hatte die dunklen Seiten des Lebens kennengelernt. Und er hatte viele Wohnungen gesehen, von Menschen, die durch die Hand eines anderen ums Leben gekommen waren. Selten jedoch solche Höhlen, wie dieses Zimmer, in dem Otto Brenner gehaust hatte.

In den meisten Fällen hatten diejenigen, die zu Opfern geworden waren, in ärmlichen Verhältnissen gelebt. Das war die Erfahrung, die er als Polizist gemacht hatte. Eher selten waren es die Reichen, die Privilegierten gewesen, die auf unnatürliche Weise ihr Leben verloren. Als biete ihnen ihr Geld Schutz vor Gewalt und Leid.

Dieses ungerechte Verhältnis ging ihm durch den Kopf, als er mit Ströher von der Mordkommission München das Chaos betrachtete, das die beiden Männer hinterlassen hatten, die wenige Stunden vor ihnen in diesem Raum gewesen waren. Der Bordellbetreiber, der eigentlich nur ein Strohmann war für jemanden, der mit dem Etablissement nicht in Verbindung gebracht werden wollte, hatte sie verständigt.

Es seien Polizisten gewesen, die sich ausgewiesen und dieses Chaos angerichtet haben. Er habe sie hereingelassen, aber da könne etwas nicht mit rechten Dingen zugegangen sein.

Eine Beschreibung der Männer?

Mantel der eine, Lederjacke der andere, mittlere Größe, glatte Durchschnittsgesichter, der eine etwa 50, der andere jünger. Es würde schwer werden, sie zu identifizieren, falls sie überhaupt in irgendwelchen Karteien auftauchten.

Nowak fragte sich, ob es Sinn hatte, Ottos auf dem Boden verteilte Habseligkeiten zu durchsuchen. Wenn es etwas gab, das von Bedeutung war, dann hatten es die beiden Schattenmänner sicher gefunden. Dies blieb wohl eher eine Aufgabe für die Spurensicherung.

Trotzdem schaute er sich um, konnte aber nichts entdecken. Mit seiner rechten Schuhspitze stieß er gegen zerborstene Holzteile von billigen Regalwänden, alte Zeitschriften, die auseinandergefaltet und fallen gelassen worden waren. Selbst einen uralten Röhrenfernseher und einen Videorecorder hatten die Männer zerlegt, als ob sie in deren Innenleben nach etwas gesucht hatten. Dazwischen lagen Videokassetten mit Pornos. Auch sie schienen genauestens untersucht worden zu sein. Unter den Zeitschriften und dem sonstigen Müll ein kleines Spielzeug, eine alte Stadtbahn.

»Wie lange haben sich die Männer in dem Raum aufgehalten?«

»Sicher fast zwei Stunden.«

»Wann war das?«

»Irgendwann am frühen Abend. Bei uns war die Hölle los. Niemand hat sich um die beiden Vögel gekümmert. Die waren dann auch weg, als ich später mal nach hinten bin.« Der Mann wirkte betrübt, als wäre alles seine Schuld. Schließlich wollte er ja mit der Polizei kooperieren. Novak überließ ihn Ströher zur weiteren Befragung und ging in den Flur zurück, der Ottos Domizil und den eigentlichen Bordellbereich miteinander verband. Er hörte Geräusche, die aus der Bar im Erdgeschoss kamen, Wortfetzen und Lachen. Er lehnte sich gegen die Holzwand und rief Amanda Wouters an.

»Hier ist Edi.«

»Ja, wo bist du?«

»Im Leierkasten. Otto Brenner hat hier so eine Art Zimmer gehabt, in dem er gehaust hat. Zusammen mit seinen Hunden …«

»Verstehe. Hast du was gefunden, das uns weiterbringt?«

»Vielleicht. Jemand hat den Raum gefilzt. Zwei Typen, die sich als Polizisten ausgegeben haben.«

»Und? Denkst du, sie haben gefunden, wonach sie gesucht haben?«

»Keine Ahnung. Aber die beiden haben ein ziemliches Chaos hinterlassen. Das, wonach sie gesucht haben, muss ziemlich klein gewesen sei. Die haben sogar Zigarettenschachteln und die Fresspakete für die Hunde durchsucht …«

Einige Sekunden lang blieb es still, und nur das Rauschen in der Leitung war zu vernehmen.

»Bist du noch dran?«

Nowak grunzte nur.

»Hast du einen Computer in dem Raum gefunden? Irgendwelche Anschlüsse?«

»Nein.«

»Na gut«, sagte Amanda. »Sucht weiter. Vielleicht findet sich ja noch etwas, das uns weiterbringt. Und haltet nach Fotos Ausschau.«

»Wer soll das sein?«, fragte Bichlmaier. »Der Hüter. Klingt wie eine Figur aus einem Märchen.«

Amanda zog die Schultern hoch und ließ die Arme hilflos auf den Schreibtisch fallen, der über und über mit Papieren bedeckt war. »Vielleicht jemand, der ein Geheimnis hütet.«

»Warum hat sie ihn überhaupt erwähnt?«

»Vielleicht will sie uns etwas mitteilen, was sie eigentlich gar nicht preisgeben will. Ein Geheimnis, das ihr auf der Seele brennt, etwas, wovor sie Angst hat …«

»Etwas, das vielleicht ihren Mann betrifft. Etwas Dunkles aus seiner Vergangenheit.« Bichlmaier trat ans Fenster, blickte hinaus. Die Bäume wiegten sich leise im Wind. In einiger Entfernung war ein Kinderspielplatz. Lachen und Schreie drangen herüber. So viele Dinge gingen ihm durch den Kopf.

»Rune wüsste vielleicht Bescheid.«

»Vielleicht.«

»Denkst du, er ist der Hüter?«

»Rune? Nein.« Bichlmaier schüttelte den Kopf. »Aber ich vermute, dass er etwas damit anfangen könnte. Dass er weiß, wer dieser Hüter ist. Da gibt es Geheimnisse, mit denen die Menschen hier leben, Dinge, über die sie nicht sprechen, wie der alte Mietzner …«

»Wie kommst du darauf?«

»Das ist nur so ein Gefühl. Aber das Gefühl war da, als ich mit Rune gesprochen habe, und auch, als wir bei dem alten Mann waren, war es ähnlich. Als würden die Menschen, die wir befragen, etwas verbergen. Etwas, worüber man nicht spricht … Wie eine kollektive Schuld.«

Er fragte sich, ob Amandas Eltern womöglich auch von diesen Geheimnissen gewusst hatten, Dinge, die sie vielleicht tief in ihrem Inneren verborgen hatten? Er wandte sich um, forschte in ihrem Gesicht, aber da stand nichts zu lesen.

»Wir müssen nach Rune suchen«, sagte er schließlich. »Ich mache mir Sorgen.«

»Wo sollen wir denn nach ihm suchen?«

»Im Moor. Alles hängt mit dem Moor zusammen. Ich bin mir sicher, dass Rune irgendwo dort draußen ist, und wir dort die Lösung unseres Falles finden werden.«

»Das Moor ist riesig. Überall lauern Gefahren. Viele Bereiche sind schlicht unzugänglich. Man kann nicht einfach eine Hundestaffel losschicken, die das Gelände durchkämmt.«

»Was, wenn er sich verlaufen hat und Hilfe benötigt? Ich habe Angst, dass ihm etwas zugestoßen ist.«

»Wenn wir nur wüssten, wo wir anfangen sollten.«

»Kann es sein, dass nach wie vor Menschen in den verlassenen Dörfern und Höfen leben?«

Amanda überlegte einen Augenblick, schüttelte dann den Kopf. »Wie sollte das möglich sein? Ohne Strom und ohne Nahrung.«

Bichlmaier wusste, dass sie recht hatte. »Vielleicht kann uns ja dieser Förster helfen?« Er war sich seiner Hilflosigkeit bewusst und fühlte sich schrecklich alt. Als er Amandas Büro verließ, beschleunigte er seine Schritte, als könnte er dadurch etwas ändern.

Ein ungepflegter Garten umgab das Haus, in dem der Förster sein Büro und seine Wohnung hatte.

Der Mann, der ihm aufmachte, wirkte aus der Nähe betrachtet noch derber, als Bichlmaier ihn in Erinnerung hatte. Ein leichter Geruch nach Obstschnaps ging von ihm aus. Das und die Röte in seinem Gesicht ließen darauf schließen, dass er kein Kostverächter war und dem Alkohol entsprechend zugeneigt war.

Er bat Bichlmaier herein, fragte, ob er Kaffee trinken wolle, seine Frau würde welchen aufbrühen, doch der lehnte ab.

»Was kann ich für Sie tun?« Er griff nach seiner Pfeife und begann, sie umständlich zu stopfen, wobei er Bichlmaier auffordernd ansah.

»Rune Baumann«, sagte Bichlmaier. »Sie kennen ihn?«

Der Förster nickte. Er entzündete seine Pfeife und tauchte hinter einem Vorhang aus aromatisch riechendem Rauch weg. »Was ist mit Rune?«

»Er ist verschwunden. Wahrscheinlich ist er ins Moor hinaus. Das ist schon einige Tage her. Seitdem fehlt jede Spur von ihm.«

»Dann ist er vielleicht tot … Auch wenn er das Moor kennt.«

»Sie denken, er hat keine Chance?«

»Natürlich hat er Chancen. Wenn er nicht gerade in einen der Tümpel gefallen ist. Aber das passiert schneller, als man denkt. Vor allem, wenn Nebel aufkommt.«

»Könnte er in einem der verlassenen Dörfer Zuflucht gesucht haben?«

»Gut möglich.«

»Gibt es viele davon?«

»Einige wenige nur. Dazu vereinzelt Höfe, die aber nahezu verfallen sind.«

»Und passiert es öfters, dass Menschen dort draußen verschwinden?«

»Na ja. Letztes Jahr erst hat ein Schäfer Knochenreste gefunden. Über die DNA wurde das Opfer identifiziert. Ein Belgier, der seit einigen Jahren vermisst worden war. Warum er vom Weg abkam, ob es Schwäche war oder ob er sich verlaufen hat, man weiß es nicht.«

»Könnte es sein, dass dort draußen nach wie vor Menschen leben?«

Es war dieselbe Frage, die er Amanda gestellt hatte, und er erwartete, dass der Förster ebenso wie Amanda lediglich abwinken würde, doch zu seiner Überraschung schien der die Möglichkeit durchaus in Betracht zu ziehen. Eine Weile zog er an seiner Pfeife, bis die Glut rot aufleuchtete und dichte Rauchschwaden durchs Zimmer zogen.

»Warum sagst du es ihm nicht?«, kam plötzlich die Stimme einer Frau aus einem der Zimmer.

»Meine Frau«, sagte der Förster. »Sie ist nicht von hier.«

Warum betonte er das?, fragte sich Bichlmaier. War es von Bedeutung, dass sie keine Einheimische war? »Was meint sie damit?«

»Es gibt Gerüchte, dass irgendwo dort draußen tatsächlich jemand lebt. Eine alte Frau, die in einer der Ruinen haust …«

»Nur ein Gerücht?«

Er zuckte mit den Schultern. »Meine Frau denkt, dass etwas dran ist, aber ich weiß nicht … Frauen, die sehen gerne Gespenster.«

Bichlmaier nickte. »Würden Sie mich ins Moor hinausbegleiten?«

Der Förster blickte ihn skeptisch an. »Das ist nicht so einfach, wie sie denken. Das Moor ist ein Ungeheuer … Außerdem sind für die nächsten Tage heftige Frühjahrsstürme vorhergesagt.«

»Und danach?«

»Natürlich nimmt er Sie dann mit hinaus«, kam die Stimme aus dem Nebenraum. »Irgendwann muss das ganze Elend doch ein Ende finden.«

»Was meinen Sie damit?«, fragte Bichlmaier, aber die Stimme aus dem anderen Zimmer war verstummt.

24

In der Nacht zog tatsächlich ein Tiefdruckgebiet von den Britischen Inseln über dem Moor herauf. Dunkle Wolken, die sich furchterregend über der Stadt und den Dörfern zusammenballten. In den frühen Morgenstunden fing es an, zu regnen. Der Regen wurde immer heftiger und bald sah es aus, als wollte die Welt untergehen.

Bichlmaier hatte schlecht geschlafen und fühlte sich müde und erschlagen, als er kurz vor acht aus den Federn kroch. Er hatte sich die ganze Nacht über im Bett herumgewälzt. Dabei waren ihm die Worte, die die Frau des Försters gesagt hatte, immer wieder durch den Kopf gegangen. Allmählich hatte sich dabei ein Muster gebildet, dem er wieder und wieder gefolgt war, und im Halbschlaf hatte er auf einmal das Gefühl gehabt, zu verstehen, wie die Dinge zusammenhingen. Alles war ganz einfach gewesen. Daraufhin war er wohl eingeschlafen. Als er sich jetzt jedoch zu erinnern versuchte, merkte er, dass nichts mehr so recht einen Sinn ergab. Noch fehlten zu viele Puzzleteile. Was in der Dunkelheit der Nacht klar gewesen war, erwies sich bei Licht besehen als brüchig.

Eine halbe Stunde, nachdem er aufgestanden war, klingelte sein Handy. Seine Schwester, von der er seit einer Ewigkeit nichts mehr gehört hatte, meldete sich. Schon bei ihren ersten Worten merkte er, dass sie geweint hatte.

»Mama ist tot«, sagte sie, als er fragte, was denn los sei.

Er wusste nicht, was er darauf erwidern sollte, und schämte sich deswegen. Auch, weil er seine Mutter so lange nicht mehr besucht hatte. Mehr als ein Jahr war seit seinem letzten Besuch vergangen. Er erinnerte sich recht gut, er hatte damals ihre toten Augen nicht ertragen und war geflohen, wie er sein Leben lang vor allem geflohen war, was ihn aus dem Gleichgewicht hätte bringen können.

»Heute kurz nach Mitternacht … Die Leiterin des

Heims hat erst vor einer halben Stunde angerufen. Sie wollte uns in der Nacht nicht mehr wecken …«

»Ja, ja.«

»Wirst du kommen?«

»Natürlich. Ich fahre gleich los. Woher hast du überhaupt meine Handynummer?«

»Marianne hat sie mir gegeben. Sie kommt auch zur Beerdigung.«

»Gut«, sagte er. »Die beiden haben sich ja gemocht … früher.«

Nach dem Gespräch legte er sich aufs Bett und starrte zum Fenster, gegen das der Regen prasselte. Er lag lange so, und seine Gedanken wühlten in der Vergangenheit. Eigenartigerweise waren es Bilder, die unendlich weit weg waren, die als Erstes in ihm hochkamen. Seine Mutter beim Federballspiel am Schlossplatz von B., lachend und mit schwingendem Rock und wehenden Haaren. Ein Bild von trauriger, verlorener Schönheit. Wie alt er damals wohl gewesen war? Vielleicht vier oder fünf … Die Menschen um seine Mutter herum schienen alle glücklich zu sein. Nur er selbst fehlte auf dem Bild.

Kurz nach neun rief er bei Amanda Wouters an und erzählte ihr, was geschehen war, und dass er die nächsten Tage nicht da sein würde. Er fühlte sich leer und spürte eine tiefe Trauer, die größer war, als er selbst.

Die Beerdigung fand an einem Mittwoch statt. Er kam am Tag zuvor an und nahm sich in einer kleinen Pension außerhalb von B. ein Zimmer. Da hatte seine Schwester schon all die Dinge erledigt gehabt, die anfallen, wenn jemand in der Familie stirbt. So blieb ihm nichts, was er tun könnte, und er stahl sich alsbald davon aus dem Kreis der wenigen Verwandten, die sich versammelt hatten – nur Marianne fehlte noch. Er fuhr dorthin, wo seine Mutter gestorben war, zu dem kleinen Ort an der Autobahn, zu dem Pflegeheim, in dem sie die letzten Jahre verbracht hatte.

Das Pflegepersonal war freundlich und bemüht, und man führte ihn zu dem Zimmer, in dem noch die wenigen Sachen standen, die ihr gehört hatten. Es war erschreckend wenig, was nach einem langen Leben am Schluss blieb. Einiges an Wäsche, an Kleidung, Schuhe und eine Dose mit Keksen. Dazu ein dünnes Bündel mit Briefen, das sie aufbewahrt hatte. Das Bett war bereits abgezogen.

»Sie war schon lange nicht mehr ansprechbar«, sagte die Schwester. »Sie hat in ihrer eigenen Welt gelebt.«

Dann ließ sie ihn allein.

Bichlmaier setzte sich auf das Bett. Wie würde sein Leben enden? Ob er irgendwann auch in eine Welt des Vergessens eintauchen würde, langsam und ohne es so recht zu merken?

Eine Frage der Gene, dachte er. Vielleicht hatte er ja Glück und kam nach seinem Vater. Der war gestorben, noch ehe er die 70 erreicht hatte. Ein schneller, gnädiger Tod.

»Hast du das Gefühl, dass dein Leben auf das Ende zugeht?«, hatte ihn Marianne vor Monaten einmal gefragt, als es ihm so schlecht gegangen war.

Er hatte mit der Antwort gezögert. »Manchmal«, hatte er gesagt. »In meinem Alter hat man ja das meiste schon hinter sich. Da darf man sich nichts vormachen.«

Nach einer Weile stand er auf, ohne sich von irgendjemandem zu verabschieden, und ging zum Ausgang. Am

Ende des Ganges blickte er sich noch einmal um. Da war niemand mehr, der vor sich hin ins Nichts starrte. Der Gang lag erschreckend verlassen da.

Dann fuhr er los, fuhr ohne Unterbrechung mehrere Stunden lang, bis er wieder in M. ankam.

Drittes Buch

Rainer, wenn du wüsstest!

(Peter Urbach, ehemaliger V-Mann des Bundesamts für Verfassungsschutz in einem Telefongespräch mit dem Exkommunarden Rainer Langhans)

25

Als Bichlmaier am späten Nachmittag in M. ankam, hatte sich die Wetterlage dort erstaunlich verändert. Kein wolkenverhangener Himmel mehr oder Regen, sondern wärmender Sonnenschein begrüßten ihn.

Obwohl er viele Stunden ununterbrochen am Lenkrad verbracht hatte, fühlte er sich ungewöhnlich agil und voller Tatendrang. Dabei konnte er sich nicht einmal erklären, woher das kam. Tief in seinem Inneren ahnte er, dass sie sich der Auflösung des Falles, der streng genommen nicht der seine war, näherten. Vielleicht hatte ja das mit dieser Leichtigkeit zu tun.

»Wir haben einen Namen«, sagte Amanda, nachdem sie ihn begrüßt hatte. Kein Wort, keine Frage, warum er schon so bald zurückgekommen war. So als wollte sie ihn nicht drängen, sich zu offenbaren. »Jemand, der sich im Zuge unserer Ermittlungen gemeldet hat.«

Bichlmaier blickte Amanda verständnislos an.

»Eine Frau in Marlies' Alter, die vor vielen Jahren mit ihr befreundet war. Anscheinend haben die beiden damals zusammen in Berlin gewohnt.«

»Wie seid ihr auf sie gekommen?«

»Routinearbeit und Zufall.«

»Wie heißt sie?«

»Gina Baier.«

»Oh, was für ein Name! Lebt sie noch in Berlin?«

»Nein. Sie sagt, sie sei nach dem Fall der Mauer nach Frankfurt gezogen. Hat dort eine Weile als Grundschullehrerin gearbeitet.«

Bichlmaier lachte. »O je. Ein altes Fräulein.«

»Sie klang am Telefon recht munter. Könntest du mit ihr sprechen? Vielleicht weiß sie etwas über den geheimnisvollen Vater von Martin. Möglich, dass sie ihn gekannt hat. Ich kann hier nicht weg … und alte Fräulein müssten doch dein Fall sein.«

»Aber hallo«, sagte Bichlmaier, »wie kommst du denn auf solchen Unsinn?«

Am nächsten Morgen, bevor er losfuhr, rief er seine Schwester an. Er wollte sich entschuldigen, dass er der Beerdigung nicht beiwohnen würde, dass er wieder einmal vor der Verantwortung geflohen war. Er wollte ihre Absolution, doch sie ließ ihn nicht zu Wort kommen, legte einfach auf. Er versuchte es noch einige Male, aber sie hob nicht mehr ab. Auch Marianne war nicht zu erreichen. Nach einiger Zeit gab er es auf.

Es war zehn Uhr, als er von seiner Wohnung losfuhr. Kurz vor Frankfurt schaltete er sein Navi ein, das ihn in einen der schmucken Vororte der Stadt lotste. Da er eher als erwartet am Ziel war, beschloss er, erst einmal zu Mittag zu essen. Er hatte die Wahl zwischen einem Italiener und einem einheimischen Gasthaus und da ihm nach Deftigem zumute war, wählte er das bürgerliche Lokal. Die Bedienung war jedoch unfreundlich und der Lärmpegel, der im Lokal herrschte, machte ihn nervös und gereizt. Deshalb schlang er sein Essen hinunter, zahlte umgehend und verließ das Lokal so schnell wie möglich. Das gute Gefühl, das ihn während der Fahrt, trotz aller Trauer, erfüllt hatte, war verflogen.

Pünktlich um 14 Uhr stand er vor dem Haus, in dem Gina Baier wohnte. In dem Moment, als er die Hand ausstreckte, um auf den Klingelknopf zu drücken, erklangen die Glocken einer nahen Kirche, schlugen zur vollen Stunde, und einen Moment lang dachte er daran, dass jetzt, gerade um diese Zeit, die Beerdigung seiner Mutter am Waldfriedhof in B. begann. Er schämte sich seines Verhaltens und im Nachhinein ärgerte ihn sein fluchtartiger Aufbruch. Er ahnte, wie verstörend das Ganze auf andere wirken musste.

Warum war er nur so? Wovor hatte er eigentlich Angst?

Es blieb ihm jedoch kaum Zeit, sich der Frage zu stellen, denn gänzlich unvermittelt ertönte ein Summer, und die Haustür schnappte auf. Wie es schien, wurde er schon erwartet.

Gina Baier wohnte im zweiten Stock und empfing ihn vor ihrer Wohnungstür.

Bichlmaier war überrascht, als er die Frau sah. Sie wirkte weitaus jünger, als er erwartet hatte, und entsprach bei Weitem nicht dem Bild, das er von einer pensionierten Grundschullehrerin hatte. Sie lächelte ihn an, während er etwas atemlos die letzten Treppen nach oben keuchte. Ihre Hand, die sie ihm reichte, war weich und ein bisschen feucht und hielt die seine länger als notwendig. Sie erklärte ihm, dass sie ihn schon habe kommen sehen, und führte ihn dann in ihr Wohnzimmer. Ein verspielter Raum, in dem es ganz leicht nach ihrem Parfüm roch. Sie lebte wohl allein.

Er setzte sich in den Sessel, auf den sie gezeigt hatte, und sank sofort so tief hinein, dass das Gefühl aufkam, sich nie wieder daraus befreien zu können. Auf ihre Frage, ob er Kaffee wolle, nickte er nur und versuchte, wieder etwas zu Atem zu kommen.

»Sie wollen sicher wissen, warum ich hier bin«, sagte er, nachdem sie Kaffee gebracht hatte.

»Natürlich«, lachte sie, »natürlich würde ich das gerne wissen. Ein leibhaftiger Kommissar ...«

Bichlmaier kramte in seinem Jackett und holte zwei Fotografien heraus, die er vor sie hinlegte. Sie warf einen langen Blick darauf und beugte sich dabei leicht nach vorn, sodass er ihr Parfüm intensiv wahrnahm.

»Marlies war ein ungewöhnlich schönes Mädchen«, sagte sie nach einiger Zeit. Es klang bedauernd, als machte ihr die Diskrepanz zwischen dem, was die letzte Aufnahme von Marlies zeigte, und ihrer Erinnerung an die Freundin zu schaffen. Vielleicht war es aber auch allgemein der Gedanke, was die Zeit aus den Menschen machte, der sie betrübte.

»Wie war das damals, als Sie sich in Berlin kennengelernt haben?«

Sie zögerte einen Augenblick und warf noch einmal einen Blick auf das Foto der toten Marlies, bevor sie antwortete. »Ich bin ihr im Frühjahr 71 zum ersten Mal begegnet. An der FU. Ich kann mich noch gut erinnern. Ich saß in einem Studentencafé in der Nähe der Rostlaube. Dorthin kamen hauptsächlich Studenten der Geisteswissenschaften, die stundenlang wild diskutierten ... Für mich war es das erste Semester und alles war wahnsinnig aufregend ...«

Sie lächelte, als erinnerte sie sich gerne an die Zeit. Bichlmaier betrachtete ihr Gesicht von der Seite. Die Frau machte einen etwas verlebten Eindruck und war für seinen Geschmack viel zu stark geschminkt. Gar nicht wie eine Grundschullehrerin, dachte er unwillkürlich. Eher wie eine Professionelle. Dabei strahlte sie eine Sinnlichkeit aus, die ihn beunruhigte.

»Es ging recht eng zu, die Tische und Stühle waren

besetzt und Marlies fragte, ob sie sich zu mir an den Tisch setzen dürfe.«

»War sie allein?«

»Ja.«

»Und dann?«

»Wir kamen ins Gespräch, redeten über Gott und die Welt, über Politik und unsere Profs. Sie trank dabei Alkohol, ziemlich viel und ziemlich schnell, es war ein warmer Tag, und nach einer Weile fing sie plötzlich an zu weinen.«

»Hat sie einen Grund genannt?«

»Na ja. Das alte Lied. Ihr Freund hatte sie verlassen, sie war schwanger und wusste nicht wohin ...«

»Konnten Sie ihr helfen?«

»Ich hatte damals eine recht geräumige Wohnung in Dahlem, ganz in der Nähe ... Ich bot ihr an, mitzukommen und fürs Erste zu bleiben.«

»Ganz einfach so?«

»Das war damals eine besondere Zeit. Vor allem in Berlin ... Die Studenten lebten sehr frei, und so etwas war nicht ungewöhnlich. Außerdem gefiel sie mir.«

Bichlmaier dachte an die eigenen Jahre zurück. Von solch einem freien Leben hatte er immer geträumt. »Wie kam es überhaupt, dass Sie über eine große Wohnung in Uni-Nähe verfügten, als Studentin? Hatten Sie denn reiche Eltern?«

»Aber, aber, Herr Kommissar, was für Fragen Sie da stellen. Ich hatte einfach nur gute Freunde, die mich hin und wieder unterstützt haben ...«

»Verstehe«, nickte Bichlmaier. »Hatten Sie denn ein Verhältnis mit Marlies Berger?«

»Ach, was denken Sie denn? Nein, nein ... zumindest

nicht gleich. Aber es machte ihr nichts aus, dass ich eine Frau war.« Sie lachte und blickte Bichlmaier belustigt und ein bisschen provozierend an.

»Wie lange haben Sie zusammengelebt?«

»Gewohnt, Herr Kommissar. Mehr als ein Jahr. Sie hat in der Zeit ihr Kind zur Welt gebracht, den kleinen Martin …«

»War ihr damals klar, dass mit dem Kleinen nicht alles in Ordnung ist?«

»Sie hat es ziemlich bald erfahren, obwohl das Kind anfangs wie alle anderen Kinder aussah. Daraufhin hat sie es weggegeben. Sie hat es ihren Eltern gebracht …«

»Und dann?«

»Dann kam sie zurück. Aber sie war verändert. Das war nicht zu übersehen.«

»Haben Sie in all diesen Monaten Martins Vater je gesehen?«

»Nein, und davor auch nicht.«

»Sie hat gelegentlich über ihn geredet, aber sie wusste anscheinend wirklich nicht, wo er sich aufhielt. Er war wie vom Erdboden verschwunden.«

»Kennen Sie den Mann?«, fragte Bichlmaier und deutete auf das zweite Bild, das er vor sie auf den Tisch gelegt hatte.

Gina Baier schüttelte den Kopf. »Nein, den habe ich noch nie gesehen. Ist er das?«

Bichlmaier nickte. »Hat sie je seinen Namen genannt?«

»Ja, sie hat immer von ihrem Hartmut gesprochen.«

»Nur Hartmut?«

»Ja.«

»Kein Familienname?«

»Nein. Irgendetwas stimmte mit diesem Hartmut nicht.

Darüber hat sie aber nie etwas verlauten lassen. Nur dass er verheiratet war und Kinder hatte … Das war aber nicht das Problem für sie. Da gab es etwas, das mit den politischen Verhältnissen von damals zu tun hatte. Und mit seinem Bruder und mit den Freunden, mit denen der sich herumtrieb. Aber, was das war …«

»Hat sie jemals gesagt, was dieser Hartmut beruflich machte?«

»Ich glaube, er hatte einen Job bei der Reichsbahn im Osten. Aber damals ging's ziemlich kunterbunt zu, und so genau wusste man nie, was einer machte. Das galt natürlich nicht für die Beamten und Staatsdiener sowie für die Bullen und Kriminalkommissare…« Sie lachte und legte ihre Hand einen Augenblick lang auf seinen Oberschenkel, so als wollte sie ihn beruhigen.

Bichlmaier spürte, wie ihn die Berührung erregte, und er konnte nicht anders, rutschte in seinem tiefen Sessel hin und her. Das schien ihr zu gefallen, und ganz langsam ließ sie ihre Hand weiter an seinen Schenkeln nach oben wandern. Dabei beugte sie sich zu ihm hin, dass er die süße Wolke ihres Parfüms einzuatmen genötigt war. In diesem Augenblick, als er voll Panik nach Luft keuchte und sich ihr völlig ausgeliefert fühlte, erfasste ihn eine wilde Gier nach ihrem Fleisch und ihrer Umarmung und ihrer Feuchtigkeit, dass er sich mit aller Kraft aufbäumte und beide ziemlich ungeschickt auf dem Boden vor der Couch landeten. Was folgte, ging sehr schnell, und als er dann nach Luft ringend neben ihr lag, umschlang sie ihn mit ihrem Lachen, bis er selbst in ein abgehacktes, heiseres Lachen ausbrach, das wie das Weinen eines alten, räudigen Katers klang.

Irgendwann in der Nacht wurde er wach und verspürte einen gewaltigen Durst. Sein Mund war trocken und seine Zunge klebte am Gaumen. Unbeholfen stand er auf und tastete sich im Grau des heraufziehenden Morgens in die Küche, wild entschlossen, etwas Wasser zu finden. Im Kühlschrank stand nur eine angebrochene Dose mit Diät-Cola, die er angewidert austrank.

Dann schlich er zurück und setzte sich auf die Bettkante. Er betrachtete die Frau, die tief und fest schlief und leise röchelte. Sie lag in Embryonalstellung, die Hände zwischen den Schenkeln. Mit einem Mal war sie ihm schrecklich fremd. Er hatte sie einige wenige Momente lang begehrt und ihre Geilheit ausgekostet. War ihr nahe gewesen. Jetzt lag sie nackt vor ihm, und nachdem der Rausch vorüber war, sah er nur noch eine einsame Frau mit einem müden Körper, der sich nach der Unschuld der Kindheit sehnte.

Er deckte sie zu, stand auf und begann, sich anzukleiden. Er wusste, er würde sie aller Wahrscheinlichkeit nach nie wiedersehen.

Es war kurz vor halb vier am Morgen, als er in sein Auto stieg und die Rückfahrt antrat. Zumindest kannten sie jetzt den Vornamen von Martins Vater.

26

Amanda Wouters saß auf dem Boden ihres Wohnzimmers und blickte durch die offen stehende Tür, die in den Garten hinausführte. Wieder einmal träumte sie sich von hier weg, den Kopf schräg gelegt. Ein leiser Wind zog herein, der das Nahen einer schöneren Jahreszeit verkündete. Sie liebte den Frühling, aber noch mehr den Sommer, und sehnte sich nach dessen Wärme und Geborgenheit. Noch war es manchmal bitter kalt, brachten die Winde aus dem Norden eine Mahnung von einer anderen, vergänglichen Seite des Lebens. Doch seit gestern hatte sich eine stabile Wetterlage eingestellt, was darauf schließen ließ, dass die Kraft des Winters wohl endgültig gebrochen war.

Die Blätter der Zeitung, die sie vor sich ausgebreitet hatte, raschelten im Zug des Windes und ließen ihre Gedanken in die Realität zurückkehren. Noch immer befasste sich die Presse recht ausgiebig mit dem Mord im Moor, der eine seltsame Faszination auf die Menschen auszuüben schien. Und nach wie vor wurde heftig spekuliert, ob nicht Verbindungen zu ehemaligen Gladio-Zellen der Hintergrund für das grausame Verbrechen sein könnten.

Immer wieder fiel dabei auch hinter vorgehaltener Hand der Name Magnus Berger. Sie wollte diese Zusammenhänge ebenfalls nicht ausschließen, doch deuteten die bisherigen Ermittlungen auch auf sehr persönliche Motive hin. In diesem Zusammenhang ging ihr schon seit geraumer Zeit ein Gedanke durch den Kopf. Da war etwas gewesen, das der Kollege aus Regensburg gesagt hatte. Etwas, das sie nicht in Ruhe ließ, etwas, dem sie nachgehen musste.

Sie faltete die Zeitung zusammen und erhob sich. Dann machte sie sich fertig, die Wohnung zu verlassen.

Das Archiv in einem der Nebengebäude des Kommissariats fristete ein Schattendasein, seit das Zeitalter der Digitalisierung Einzug in die Polizeiarbeit gehalten hatte. Nur selten verirrte sich jemand in den düsteren, alten Bau, in dem die Akten der letzten knapp 50 Jahre gelagert waren. Dort war das Reich des Maulwurfs, wie der alte Maulmann von den Kollegen genannt wurde.

Ehe die kleine Polizeidienststelle zu einer richtigen Mordkommission aufgebaut worden war, war er für die Ablage und Organisation der Aktenberge, die Monat für Monat, Jahr für Jahr anfielen, zuständig gewesen. Niemand wusste so recht, wie lange der Maulwurf bis zu seiner Pensionierung hatte, und viele munkelten, dass er das selbst auch nicht wisse. Ja, vielleicht hatte man einfach vergessen, dass es ihn gab, und der Zeitpunkt für sein Ausscheiden aus dem Dienst war längst vergangen. Eine kafkaeske Figur in einer Warteschleife des Lebens.

Der Maulwurf war irgendwann einmal verheiratet gewesen, aber seine Frau war vor vielen Jahren gestorben, einfach still und leise aus dem Leben hinausgeglitten und hatte ihn allein zurückgelassen. Seitdem hatte er sich in dem alten Gebäude eingenistet, das er kaum noch verließ.

Generationen von Polizeianwärtern hatten mit ihm zu tun gehabt, und hätten, wären sie länger als nur ein, zwei Jahre geblieben, eine allmählich hervortretende Metamorphose beobachten können, die ihn immer maulwurfähnlichere Züge hatte annehmen lassen.

Als er nun Amanda durch seine dicken Brillengläser anstarrte, waren seine Augen ganz klein und nutzlos.

»Schau an, schau an«, sagte er mit seltsam heiserer Stimme, »die Amanda besucht den alten Maulwurf in seinem dunklen Reich. Bringst du denn auch etwas vom Tageslicht mit in meine finstere Höhle?«

»Guten Tag, Maulmann«, sagte sie und konnte ein Grinsen nicht unterdrücken. »Könntest schon etwas Licht gebrauchen, nicht wahr?«

Maulmann schüttelte den Kopf. »Hier liegen viel zu viele Leichen herum. Die vertragen kein Licht. Die müssen im Dunkeln vermodern und allmählich zu Staub zerfallen. Erst dann kann man ihre Akten schließen.«

»Das klingt ja gruselig«, sagte Amanda, die sich in der trockenen Luft, die in den Räumen herrschte, nicht recht wohlfühlte. »Aber vielleicht hast du recht.«

Maulmann musste plötzlich husten. Ein trockener, intensiver Reizhusten, der ihn richtiggehend schüttelte. »Zu welcher meiner Leichen soll ich dich denn führen?«, fragte er, als er sich einigermaßen erholt hatte.

»Wenn ich das nur wüsste«, seufzte Amanda. »Vielleicht gibt es gar keine Leiche. Aber da muss etwas in den frühen 70ern hier in der Gegend passiert sein. Genau genommen suche ich nach einer Person, die in dieser Zeit verschwunden ist.«

»Nach verschwundenen Menschen zu suchen, ist immer schwierig. Vor allem, wenn der Zeitpunkt des Verschwindens so lange zurückliegt.«

»Warst du damals schon hier? In den 70ern.«

Wieder hatte der alte Maulwurf einen Hustenanfall. Amanda Wouters stellte sich an ein Fenster und öffnete es einen Spalt weit. Ein Sonnenstrahl fiel herein, in dessen Licht die Staubflusen tanzten.

»Natürlich«, sagte er. »Komm nur.« Er trat an ihr vorbei und führte sie durch eine Reihe von Zimmern, an deren Wänden unzählige Dokumentenschränke aufgereiht standen. Während sie daran vorbeischritten, versuchte sie anhand der Beschriftung ein System zu erkennen, nach dem die Schränke und ihre Inhalte angeordnet waren, aber es war ihr nicht möglich. Sie stellte nur eine wirre Aneinanderreihung von Zahlen und Buchstaben fest, die ihr nichts sagten. Am Ende der Zimmerflucht kamen sie zu einer hölzernen Wendeltreppe, die sie in ein tiefergelegenes Stockwerk führte. Wieder durchquerten sie eine verwirrende Vielzahl von Räumen. Diese waren nun weitgehend düster und nur noch spärlich mittels einiger Glühlampen ausgeleuchtet. Amanda bückte sich instinktiv, da die Räume zudem immer niedriger und bedrohlicher zu werden schienen, je weiter sie gingen. Maulmann, der stumm und ebenfalls gebückt voranschritt, kam ihr dabei, als sie ihn von hinten betrachtete, tatsächlich wie ein Maulwurf vor, der sich durch enges, staubiges Erdreich grub.

Nachdem sie so einige Minuten gegangen waren, blieb er plötzlich stehen. Er deutete auf ein wackeliges Tischchen in einer Ecke mit einem riesigen alten Lederstuhl davor.

»Warte hier«, sagte er. »Ich bringe dir, was du suchst.«

Wieder dauerte es eine Weile, dann kam er mit dünnen vergilbten und verstaubten Aktenordnern zurück, die er vor sie auf den kleinen Tisch legte.

»Man weiß nie, was man findet«, meinte er, wobei er sie durch seine dicken Brillengläser anstarrte.

Dann ließ er sie allein, war verschwunden, ohne dass Amanda gesehen hatte, wohin er gegangen war. Sie rückte die Tischlampe zurecht, die ebenfalls nur ein düsteres Licht verbreitete, und begann zu lesen und in die Vergangenheit einzutauchen.

Als sie nach einer knappen Stunde aus der dunklen Höhle wieder ans Licht des Tages trat, hatte sie eine Ahnung von dem, was vor vielen Jahren geschehen war und aller Wahrscheinlichkeit nach in irgendeiner Weise auch zu dem Mord im Moor geführt hatte.

Maulmann hatte ihr zum Abschied die Hand gereicht. »Hast du gefunden, wonach du gesucht hast?«, hatte er sie dabei gefragt. Amanda hatte geblinzelt und genickt. Sie hätte gerne gewusst, ob der alte Maulwurf nicht mehr von den damaligen Vorkommnissen wusste, als er ihr je sagen würde.

Er lauschte ihren Atemzügen. Die kamen stoßweise, setzten rasselnd ein, um gleich darauf wieder für Ewigkeiten auszusetzen. Dann wartete er, zählte die Sekunden bis zum nächsten krampfhaften Würgen. Manchmal dauerte es so lange, dass er dachte, sie würde es nicht mehr schaffen. Irgendwann, das wusste er, würde es tatsächlich so sein. Sie würde einfach aufhören, zu atmen.

Im Zimmer war es hell, obwohl Mitternacht gerade erst vorbei war. Als sie zu Bett gegangen waren, hatten sie nicht daran gedacht, die Vorhänge zuzuziehen, und jetzt stand der Mond direkt vor dem Fenster und leuchtete herein.

Er hielt es noch eine Viertelstunde aus, dann schob er die Bettdecke zur Seite und stand auf. Eine Weile blieb er am Fenster stehen und starrte hinaus auf die spiegelblanke Fläche des Moors, das im Mondlicht ganz gespenstisch aussah. Es schien ihm, als könnte er Fußspuren sehen, die hinausführten in die unendliche Weite. Spuren, die auf ewig blieben und nicht verschwinden wollten. Es gab Fußspuren und Handlungen, die niemals verschwanden, dachte er, und Leben, das auf ebensolche Weise erhalten blieb.

Dann ging er hinunter, um sich anzuziehen. Als er an der Schlafzimmertür des Jungen vorbeikam, hörte er, wie er im Schlaf weinte und stöhnte.

In der Küche bereitete er sich etwas Proviant, Wurstbrote und dazu Süßigkeiten, und verstaute alles in seinem Rucksack. Anschließend packte er mehrere Flaschen mit Trinkwasser hinein, da er aus Erfahrung wusste, dass sie bald Durst bekommen würden.

Als er mit den Vorbereitungen fertig war, blieb er eine Weile am Küchentisch sitzen und ließ seine Gedanken wandern, dachte darüber nach, wie es so weit mit ihm hatte kommen können. Mit ihm und dem ganzen Leben. Wie hatte ihm alles nur so entgleiten können? Natürlich wusste er, wer die Schuld an dem Schlamassel trug. Diese verfluchte Sau, diese elende Drecksau! Da war es nur richtig gewesen, was sie getan hatten. Warum nur hatte er wieder auftauchen müssen? Wäre er doch in seinem Versteck geblieben. Hatte er denn nicht gewusst, was ihn erwartete? Noch hatte er seine Schreie im Ohr. Gebrüllt hatte er wie ein Tier, als ihn die Männer in die Mangel genommen, ihn an den Eiern gehabt hatten. Und genau das war er gewesen: ein dummes, verkommenes Tier. Warum hatte er nicht geredet? Am Schluss hatten selbst die Schattenmänner seine Schreie nicht mehr ausgehalten und ihn vom Haken gelassen. Hatten ihn verrecken lassen … Was für Schwächlinge.

Damals hatte er geglaubt, dass alles vorüber wäre, wenn er nur verreckt war. Dass er keinen Schaden mehr anrichten würde. Aber es war ein Fehler gewesen, dass sie ihn in den Baum gehängt hatten. Sein Fehler. Sie hätten ihn einfach irgendwo im Moor verschwinden lassen sollen. Dann hätte kein Aas nach ihm gefragt. Und die Polizei hätte sich nicht eingemischt.

Aber jetzt war die Zeit gekommen, um endgültig reinen Tisch zu machen. Auf keinen Fall würde er warten, bis Amanda Wouters oder der andere Polizist kamen, um ihn zu holen.

Magnus Berger erhob sich. Etwas mühsam kniete er sich hin, schlug den Teppich zurück und begann, eines der Dielenbretter darunter zu lösen. Aus dem Hohlraum, der frei wurde, entnahm er eine großkalibrige Pistole, die in einen ölgetränkten Lappen eingewickelt war. Dazu ein Päckchen Munition. Einen Moment wog er die Waffe in der Hand, dann setzte er das Dielenbrett wieder an seinen Platz und strich den Teppich darüber glatt.

Als er hochschaute, blickte er geradewegs auf das vergilbte Schwarz-Weiß-Foto, das neben dem Kruzifix hing. Die dunklen Augen seines Vaters erfassten ihn. Er würde gutheißen, was er zu tun im Begriff war.

Er steckte Waffe und Munition in seinen Rucksack. Dann ging er, den Jungen zu wecken.

27

Es war nur ein Bild, kaum eine Erinnerung. Und dabei wusste sie nicht einmal, ob das Bild echt war. Sie befand sich in einem leeren Raum, und um sie herum türmten sich Körper ohne Konturen und ohne Gesichter und ohne Augen, lagen zu ihren Füßen, und sie stand hoch erhoben über den Körpern und stach mit einem langen, spitzen Messer immer und immer wieder auf die vor ihr Liegenden ein. Sie wollte hören, wie sie schrien und flehten, wollte sehen, wie das Blut aus ihnen herausspritzte, aber nicht der geringste Laut war zu vernehmen und kein Blut war zu sehen. Vielleicht war es nur ein Traum oder ein Märchen. Ein Märchen, in dem sie selbst vorkam …

Der Alte hatte ihr in all den Jahren immer mal wieder Bücher zum Lesen gebracht. Alle in einer fremden Sprache geschrieben, an die sie sich schon längst gewöhnt hatte … Märchen waren ihr immer am liebsten gewesen. Sie wusste nicht warum. Darüber hatte sie nie nachgedacht. Auch in diesem Moment dachte sie nicht darüber nach.

Aber jetzt stand das Bild vor ihren Augen, und sie wusste, dass es damit zu tun hatte, dass der Junge den Mann hereingebracht hatte. Der war halbtot gewesen, und der Junge hatte gesagt, er würde ihn töten. Aber sie wollte nicht, dass er starb … Seine Augen waren ohne Schuld. Sie hatte seine Augen gesehen, als sie ihm etwas zu essen und trinken gebracht hatte. Er hatte sich bedankt, und sie hatte gewusst, dass er keiner der Männer war, die ihr wehgetan hatten. Keiner von denen, die sie damals genommen hatten wie ein Stück Vieh, die ihr Leben gestohlen hatten …

Damals … es ist ein lauer Sommerabend, die Mannschaftskantine ist noch sonnenwarm. Bier fließt in Strömen. Seit einigen Stunden ist Dienstschluss. Wochenende.

Den ganzen Tag über hat sie gespürt, dass etwas Bedrohliches in der Luft liegt. Sie weiß nicht, was sie denken soll. Ob es an der Schwüle des frühen Abends liegt? Wie immer ist sie die einzige Frau im Lokal, von der Wirtin abgesehen, die ist aber alt und fett. Auch die Soldaten, die nicht nach Hause oder zu ihren Freundinnen gefahren sind und seit Dienstende herumhocken und trinken, scheinen die besondere Atmosphäre dieses Abends zu spüren. Sie ziehen sie mit ihren Blicken aus, ungehemmter als sonst, versuchen, sie bei jeder Gelegenheit, immer und immer wieder, zu berühren und zu betatschen. Sie lacht dazu, zwängt sich trotzig zwischen den Körpern schwitzender Männer hindurch, bringt ihnen zu trinken und nimmt dabei jede ihrer verstohlenen oder grob zupackenden Berührungen wahr. Es gehört dazu. Sie ist jung, und sie liebt die Männer und die Männer lieben sie. Sie, die Russin …

Heute hätte sie die freie Auswahl. Sie kann es in ihren Augen lesen, dass sie sie begehren … und in ihren Träumen weiß sie, wen sie in ihre Kammer mitnehmen würde.

Nur vor der Gruppe der Männer, die ganz hinten im Raum sitzen, hat sie Angst. Auch an deren Tisch wird getrunken, immer wieder muss sie Bier und Schnaps heranschleppen. Aber die Blicke, die sie ihr zuwerfen, sind anders. Da schwingt etwas mit von Verachtung und Ablehnung, obwohl sich auch hier bierwässrige Augen voll Gier ihrer Brüste und Schenkel bemächtigen. »Bring uns Bier,

Russin! Bring uns Schnaps!« Sie spürt die Kälte in den Worten der Männer.

Sie weiß nicht, warum die Männer sie hassen.

Stunden später hat sich der Raum geleert, bis auf einige wenige, die vornübergebeugt daliegen und schnarchen. Der Wirt, ein kräftiger Mann, macht kurzen Prozess, wirft die Schnapsleichen hinaus ins Freie, wo sie liegen bleiben. Dann wird der gröbste Dreck beseitigt, die Tische geputzt, der Rest wird ohnehin morgen erledigt. Morgen ist auch noch ein Tag.

Wenn es denn ein Morgen gäbe … Noch weiß sie nicht, was auf sie wartet.

Es sind schließlich mehr als zwei Stunden nach Mitternacht, als sie sich auf den Weg macht. In einem Nebengebäude, das außerhalb des eigentlichen Kasernengeländes steht, hat man ihr zwei kleine Zimmer zugewiesen.

Ein kurzer Weg. Noch immer spürt sie das Tanzen und Vibrieren der Sonne auf ihrer Haut, auch wenn diese längst untergegangen ist. Die Geräusche der Nacht. Das Zirpen der Grillen und das Quaken der Frösche. Warum hat sie auf einmal Angst? Sie beschleunigt die Schritte, sieht schon den Eingang vor sich, als mit einem Mal die Männer aus der Dunkelheit treten.

Sie bleibt stehen, verharrt, versucht ein Lachen, das nicht erwidert wird.

»Wohin, Russin?«

Sie nickt zaghaft, kann nicht sprechen, deutet auf den Hauseingang. Sie erkennt einige der Soldaten, die sie vor Kurzem noch bedient hat, denen sie Bier und Schnaps gebracht hat. Männer, von dem Tisch ganz hinten, Männer, die ihr Angst eingeflößt haben. Aber da sind vor allem andere dabei, ältere, die sie den Abend über nicht wahrgenommen hat. Männer aus dem Dorf wahrscheinlich, keine Soldaten.

Einer von ihnen, mit Augen dunkler als die fahle Mondnacht, löst sich aus dem Schatten der anderen. »Ich kenn dich, russische Hure«, brüllt er. »Denkst du, wir wüssten nicht, was du hier treibst, Schlampe? Verdrehst den Kameraden die Köpfe, spionierst herum … Bolschewistensau!«

Sie versteht nicht, was er von ihr will. Sieht nur, wie sich der Kreis der Männer um sie herum schließt. Plötzlich spürt sie grobe Hände, die sie von hinten packen. Ein Stück Stoff wird ihr mit größter Brutalität in den Mund gestopft, hindert sie am Schreien, nimmt ihr die Luft zum Atmen. Und dann ist da nur noch Panik und unsägliche Angst und ein verzweifeltes Schnappen nach Luft.

Irgendwann, nach Ewigkeiten engster Enge in einem Kofferraum, nach einer Fahrt über holpriges Gelände dann das Schreckliche: Männer, die im diffusen Halblicht der Nacht um sie herumstehen, sie anstarren. Sie ist sich ihrer Nacktheit bewusst, als der Dunkle als Erster herantritt und mit einem einzigen kalten Hauch seines Stockes ihre Vergangenheit für immer löscht, ihr Herz leert. Dazu sein Gesicht, in dem sie Hass und Brutalität liest. Und da ist noch etwas … Wieder versteht sie nicht, was die Männer rufen.

»Spionin, Spionin …«

Dann beginnt die Tortur. Ihre Arme sind nach oben gerissen, Hände und Füße zusammengebunden. Die Peitschen der Männer haben kurze Griffe, die Stöcke sind lang und biegsam. Sie schlagen und schlagen und schlagen, dass kein Fleck ihres weißen Körpers unberührt bleibt.

»Spionin, Spionin …«

Dann fallen sie über sie her. Abwechselnd, einer nach dem anderen. Am Schluss, als sie, fast tot, nichts mehr wahrnimmt, lassen sie sie auf eine alte Matratze fallen, bedecken den geschundenen Körper notdürftig.

Wochen später bringen sie sie zu dem verfallenen Haus im Moor. Dort sperren sie sie ein, ketten sie fest wie einen räudigen Hund. Sie kommen abwechselnd, mal allein, mal zu zweit oder in Gruppen.

In jenen Tagen und Nächten fängt es an. Plötzlich erscheinen Dinge vor ihr, über die sie keine Gewalt hat. Bilder und Schatten drängen sich in ihre Gedanken und Träume. Bilder von Tieren, von Schlangen und Ratten, von Käfern und Aasgeiern. Sie bemächtigen sich ihres Geistes, füllen ihre Seele.

Am schlimmsten ist es, wenn der Dunkle kommt. Er kann sie aus ihrem Zwinger holen, ihre Beine spreizen oder die Peitsche tanzen lassen, kann sie dressieren, dass sie lacht, wenn er es befiehlt und weint, wenn er mit den Augen zwinkert. Und immer muss sie bereit sein für das, was er ihre gemeinsame Prüfung nennt.

Schließlich nimmt er ihr die Ketten ab, verbietet ihr aber, das Haus zu verlassen. Mehr als zwei Tage sitzt sie da, unfähig, sich zu bewegen, trinkt lediglich aus dem Blechnapf, der vor ihr steht, isst von dem harten Brot, das er ihr hingeschmissen hat, entleert sich in einer Ecke des Raums, wenn ihr Körper es fordert. Als es dann wieder Nacht wird, erhebt sie sich …

Sie kommt nicht weit. Sie warten vor dem Haus auf sie. Dann schleifen sie sie zurück und schlagen sie noch einmal halb tot.

Danach wissen die Männer, dass sie sich ab jetzt keine Sorgen mehr machen müssen.

Sie wird nun nie wieder davonlaufen.

Als der Sommer und zum größten Teil auch der Herbst vorüber sind, bringen sie ihr einen Ofen, Holz und Kohle, dass sie es einigermaßen warm hat. Sogar eine Leitung legen sie ihr ins Haus, mit Strom, der von einem altmodischen mit Diesel betriebenen Generator erzeugt wird.

Im ersten Winter wäre sie trotzdem beinahe erfroren, als ihr die Zündhölzer ausgehen, und sie sich nur noch in ihre Decken kauern kann. Erst nach zehn Tagen kommt der Dunkle, den die anderen Magnus nennen, und setzt das Feuer wieder in Gang.

In dieser Phase ist sie stumm wie ein Grab, und nur manchmal schreit sie vor Schmerz, wenn die Männer die Peitschen zu wild schwingen und ihre Haut aufplatzt.

So vergnügen sich die Männer fast zehn Jahre lang. Es sind nicht immer dieselben, die kommen, aber das registriert sie kaum. Nur der, den sie am meisten fürchtet, sucht sie mit großer Regelmäßigkeit auf. Wie es scheint, wird er ihrer nicht müde, und immer wieder fallen ihm neue Spiele ein, um sie zu quälen und zu prüfen.

Dann wird sie schwanger. Als die Männer ihren immer dicker werdenden Bauch bemerken, bleiben sie nach und nach weg, hören auf, sich ihrer zu bedienen. Fast scheint es, als hätten sie so etwas wie Achtung vor ihrem Zustand.

Damit beginnt eine neue Phase in ihrem Leben. Nur mehr der Dunkle, der Alte, wie sie ihn bei sich nennt, findet noch den Weg zu ihr ins Moor hinaus. Ob er der Vater des Kindes ist oder ob es einer der anderen Männer ist, weiß sie nicht, ist ohne Belang – wie es scheint, auch für ihn. Als sie den Jungen zur Welt bringt, ist er jedenfalls dabei. Er und eine Frau, die sie nicht kennt, die aber weiß, was zu tun ist. Die Geburt verläuft ohne Komplikationen. Trotz all der Gewalt, die ihrem Körper angetan worden ist, ist er stark und zäh und fest.

Während der ersten Wochen nach der Geburt kommt der Alte jeden Tag, sieht nach ihr und dem Kind, bringt, was sie benötigen. Sie nimmt es hin, ohne ihm gegenüber je eine Gefühlsregung zu zeigen. Dabei erholt sie sich schnell, doch stärker noch als in den Monaten und Jahren zuvor umfangen sie immer wieder verstörende Bilder von wilden Tieren, käferartigen Missgeburten und Schlangen.

Sie gibt dem Kleinen die Brust, solange sie Milch hat, und er entwickelt sich prächtig. Wenn er schreit, liegt sie bei ihm und singt die Lieder ihrer Heimat. Sie erzählt ihm die Geschichten, die ihre Mutter ihr einst erzählt hat, Geschichten aus der unendlichen Ferne ihrer Kindheit. Dazu die Märchen, die sie in der Fremde kennengelernt hat, und mitunter liest sie ihm aus den Büchern vor, die ihr der Alte bringt.

Nach und nach wächst der Junge heran, beginnt zu laufen und zu sprechen. Sie nimmt es hin, ohne Freude zu empfinden, gleichmütig, immer verfolgt von den Bildern ihres verwirrten Geistes.

Als der Junge vier oder fünf Jahre alt ist, bringt der Alte eines Tages seinen Enkel, den kleinen Martin, mit hinaus in die Stille des Moores. Von da an spielen die beiden Kinder immer öfter miteinander. Im Lauf der Jahre kommen noch andere Kinder aus den Dörfern, um in völliger Ausgelassenheit mit den beiden herumzutoben. Wilde, grausame Spiele sind es, die sie weit ins Moor hinaus treiben,

Spiele, von denen der Junge und auch Martin oftmals zerkratzt und blutend zurückkommen.

So gehen die Jahre dahin und das Leben, das Swetlana nun führt, ist von Einsamkeit und der Öde der täglichen Abläufe geprägt. Seit ihrer Schwangerschaft und der Geburt des Jungen hat sie der Alte nicht mehr angerührt. Den Stock und die Peitsche hat er in die Ecke gelegt und nicht wieder hervorgeholt. Wenn er zu ihr und dem Jungen kommt, dann sitzen sie zusammen in der verfallenen Küche oder vor dem Haus, und es ist, als würden sie sich gegenseitig dabei beobachten, wie sie träge und untätig werden, allmählich selbst verfallen.

Der Junge schweift die meiste Zeit im Moor umher und nur gelegentlich wagt er sich, einem Steppenwolf gleich, in die Welt der Dörfler und der Städter, wo er unsicher, nur jeweils kurze Zeit verweilt. Man kennt ihn, und doch führt er das Leben eines Menschen, der nicht existiert. Die Einheimischen, die eine Ahnung von seiner Herkunft haben, werfen ihm unsichere Blicke zu, wenn sie ihm begegnen, doch hüllen sie sich in Schweigen, wenn er sich ihren Blicken wieder entzogen hat. Und diejenigen, die nicht dazugehören, ahnen ohnehin nichts von seinem Schicksal.

Swetlana erhob sich aus dem alten Ledersessel, den sie an das große Fenster gerückt hatte. Hier saß sie oft stundenlang, stierte hinaus auf die Terrasse und die grüne Wand dahinter, die sich, seltsam undurchdringlich, vor ihren Augen rings um den alten Garten zog. Hier war ihr Lieblingsplatz, der Platz, an dem sie sich ein bisschen geborgen fühlte, Ruhe hatte. Hier wimmelte es nicht von Schlangen und Hyänen, von Schattenwesen und monströsem Getier.

Hier hatte sie sich ihr Reich der Fantasie eingerichtet, von dem niemand etwas wusste. Vor allem der Alte nicht. Ja selbst der Junge kannte diesen geheimen Ort nicht.

Sie ging in die Küche, vorsichtig, um nicht auf das Gewürm zu ihren Füßen zu treten. Aus einer der Schubladen entnahm sie ein Messer, dessen Schärfe sie mit dem Daumen prüfte. Dann wandte sie sich zu der Treppe, die in den Keller hinabführte. Als sie an einem der zerbrochenen Fenster vorbeiging, schweifte ihr Blick in die Ferne. Ganz hinten am Horizont erkannte sie zwei Menschen, die sich der Ruine näherten.

28

Adolf Bichlmaier kehrte in seine kleine Wohnung zurück, ohne einen Gedanken darauf zu verwenden, ob er vielleicht zuerst im Kommissariat vorbeischauen sollte. Er war müde, und obwohl es schon 9 Uhr morgens war, legte er sich ins Bett, um wenigstens ein, zwei Stunden zu schlafen. Als er sich jedoch ausgestreckt hatte, begannen seine Gedanken erst recht zu wandern. Der Besuch bei Gina Baier hatte ein schales Gefühl bei ihm hinterlassen, und als er über sein Verhalten während der letzten beiden Tage nachdachte, ekelte er sich vor sich selbst.

Er wälzte sich noch geraume Zeit hin und her, wobei er immer wieder an Rune denken musste. Auch die alten

Männer, die während Marlies' Beerdigung hinter Magnus Berger und seiner Frau gestanden haben, gingen ihm durch den Kopf. Eine Riege greiser Veteranen, dachte er. Es musste eine Verbindung zwischen ihnen geben, zwischen Magnus Berger und dem Mann im Moor, dessen Vornamen er nun kannte. Dessen war er sich sicher. Aber wer war dieser Hartmut nur gewesen? Welche Rolle hatte er damals in Berlin gespielt? Und warum hatte er sich in jenen Tagen in M. aufgehalten? Fragen über Fragen. Aber so sehr er sich auch den Kopf zermarterte, eine befriedigende Antwort wollte ihm nicht einfallen. Auch jetzt befiel ihn wieder das Gefühl, an einer Ermittlung beteiligt zu sein, die in die Irre lief. Es war ihm, als würden sie, Amanda und er, mit den Füßen im Moor feststecken und allein darauf hoffen, irgendwann festen Halt unter den Füßen zu bekommen. Sie wussten noch immer nicht, wo alles seinen Ausgangspunkt nahm, dachte er. Die eigentliche Ursache all der Ereignisse, selbst für den absurden Mord in München, war ihnen nach wie vor unbekannt. Und doch ahnte er, dass sie einer Lösung des verworrenen Falles sehr nahe waren. Im Grunde hatte er keine Zweifel, dass sich bald Ergebnisse einstellen würden. Das war so sicher wie das Amen in der Kirche und war bei all den Fällen, die er in seiner langen Laufbahn bearbeitet hatte, ähnlich gewesen.

Schließlich hielt er es im Bett nicht mehr aus. Er erhob sich und ging unter die Dusche. Er ließ heißes Wasser auf sich herabprasseln, bis sich sein Körper fast taub anfühlte. Als er schließlich aus der Duschwanne stieg, hatte er seine Müdigkeit fast überwunden.

Wenig später kam er im Kommissariat an. Dort traf er nur den Rotfuchs an, der vor seinem PC saß und ihm verschwörerisch zuraunte, dass Amanda zu Christa Berger gefahren sei, um diese erneut zu vernehmen. Bichlmaier nickte.

»Sonst noch was Neues?«

»Die Amis haben angerufen. Die rühren sich später noch einmal.«

»Das wurde aber auch Zeit«, meinte Bichlmaier, der wie Amanda Wouters schon ungeduldig auf neue Informationen aus Seattle wartete.

Wie spät es wohl jetzt dort drüben war?, fragte er sich.

Er ging hinüber in das kahle Konferenzzimmer. Dort roch es nach kaltem Rauch, und jemand hatte die Fenster geöffnet, sodass es ziemlich ungemütlich war. Bichlmaier schloss sie und setzte sich auf eine Couch, die jemand vor langer Zeit in eine Ecke des Zimmers gestellt haben musste. Ein altes, verschlissenes Möbelstück, das jedoch ein bisschen Gemütlichkeit ausstrahlte.

Er musste wohl eingenickt sein, da er richtiggehend spürte, wie ein heftiger Ruck durch seinen Körper ging, als er plötzlich Percy Johnson wahrnahm, der vor ihm stand und rauchte. Wie lange mochte er schon so auf ihn herabgeschaut haben? Einen Moment fühlte er sich wie ertappt, ohne genau sagen zu können, weswegen. Ihre Augen trafen sich, und Bichlmaier erkannte die Härte im Blick des anderen.

»Warum bist du damals weggelaufen?«, fragte Percy schließlich, nachdem er mehrmals an seiner Zigarette gezogen und den Rauch tief inhaliert hatte. Bichlmaier hatte den Blick nicht gewandt, dabei wahrgenommen, wie Asche zu Boden fiel. Den Mann vor ihm schien das nicht zu stören. Aus einem Grund, den er nicht erklären konnte, war Bichlmaier gar nicht überrascht, dass ihm Johnson die Frage stellte. Es war ihm sogar, als habe er die ganze Zeit darauf gewartet.

»Du weißt, dass ich das gewesen bin? Woher?«

»Eine lange Geschichte, Adolf.« Er drückte seine Zigarette in einer leeren Schale auf dem Konferenztisch aus. »Es ist schönes Wetter, gehen wir nach draußen, oder willst du hier bleiben?«

»Warum nicht. Gleich gegenüber gibt es einen Jugoslawen, da kann man draußen sitzen.«

»Gibt's denn überhaupt noch Jugoslawen?«

Bichlmaier zuckte mit den Schultern. »Hier schon.«

Während sie die Straße hinuntergingen, sprachen sie nicht miteinander. Beide schienen ihren Gedanken nachzuhängen. Johnson stapfte mit großen Schritten voran, sodass Bichlmaier Mühe hatte, zu folgen. Es war nicht weit, und doch geriet er schnell außer Atem. Johnson war dagegen in guter Form. Trotz seines unmäßigen Zigarettenkonsums. Eine verdammte Ungerechtigkeit, wie Bichlmaier dachte.

Die Tische vor dem Lokal waren nur spärlich besetzt. Offensichtlich zogen es die Menschen vor, im Inneren des Lokals zu Mittag zu essen. Dennoch waren die beiden von freundlichem Gemurmel und gelegentlichem Lachen umgeben.

Bichlmaier bestellte Wasser und Kaffee, obwohl er lieber ein Bier getrunken hätte. Percy Johnson entschied sich für Rotwein und einen Vorspeisenteller.

»Hat Romy dir erzählt, dass ich damals mit ihr zusammen war?«

Johnson kramte umständlich in seiner Jackentasche und förderte erst ein zerknautschtes Päckchen mit Zigaretten hervor, ehe er antwortete. »Nein. Romy hat nie von dir gesprochen, und ich habe sie auch nie nach dem Namen ihres Begleiters gefragt. Ich wusste aber, dass du eines Tages kommen würdest.«

»Wie konntest du dir da so sicher sein?«

Bichlmaier ließ seinen Blick über die wenigen Gäste im Lokal schweifen. Niemand, den er kannte.

»Ich habe ziemlich schnell herausgefunden, wie der Junge hieß, der damals Reißaus genommen hat. Das war kein Problem für mich, und ich brauchte dazu Romys Aussage nicht. Und dann habe ich gelegentlich verfolgt, was aus diesem Jungen wurde. Ich war ja selbst nicht viel älter als du.«

»Warum hast du mich nicht bei der deutschen Polizei gemeldet?«

»Es gab keinen Grund dafür ... Ich habe doch nur nicht verstanden, warum du damals weggerannt bist.«

»Und deswegen hast du mich dann all die Jahre beobachtet? Was hast du dabei gesehen?«

»Ich habe gesehen, wie du zu einem guten Polizisten wurdest. Und zu einem unglücklichen Menschen ... Du bist in der Tat ein trauriger Fall, Adolf, und, glaube mir, ich weiß sehr viel über dich.«

Bichlmaier betrachtet ihn kritisch. Die Situation erschien ihm plötzlich völlig absurd. Da saß er mit jemandem zusammen, der ihm gerade mitteilte, dass er ihn während der letzten 40 Jahre mehr oder minder systematisch beobachtet hatte. Jemand, der sein Leben auf zwei kleine, traurige Begriffe reduzierte.

»Wie war es dir überhaupt möglich, in dieser Weise in mein Leben einzudringen?«

»Ich bin eine Art Polizist. Und es gehört zu meinen Tätigkeiten, andere Menschen zu beobachten. Warum nicht auch dich?«

»Was für eine Art Polizist bist du denn?«

Johnson lachte. »Einer, der die Kälte liebt, das Verborgene. Einer, der im Schmutz der Politik zu Hause ist, der agiert und nicht nur reagiert, so wie du …«

»Für wen arbeitest du? Für die Amis? Für unsere Schlapphüte? Verfassungsschutz oder MAD? Oder doch CIA?« Bichlmaier blickte auf Johnsons Narbe, die plötzlich zu leuchten schien. Er sah das Lachen in seinen Augen. Es wirkte etwas überheblich, war aber nicht unsympathisch, und hatte weit weg von seiner eigenen kleinen Welt seinen Ursprung.

»Nicht so wichtig.«

»Warum bist du dann hier? Ist es ein Zufall, dass wir uns hier begegnen oder bin ich der Grund für deine Anwesenheit? Bist du wegen mir zurückgekommen?«

»Nein, Adolf. Nicht wegen dir. Aber ob es nur ein Zufall ist, dass wir uns schließlich doch noch kennenlernen, nach all den Jahren, das kann ich nicht mit Sicherheit sagen. Vielleicht hängen die Dinge ja in irgendeiner Weise zusammen, was den Fall und deine persönlichen Verstrickungen betrifft. Wer weiß?«

»Wonach suchst du? Welches Interesse hast du an dem Fall? Gibt es eine politische Dimension? Etwas, das die Geheimdienste interessiert?«

»Ja, diese Dimension gibt es. Aber das weißt du doch oder hast es dir schon gedacht. Auch Amanda ahnt, dass der Mann im Moor ein Geheimnis mit sich getragen hat, das ihn das Leben gekostet hat.«

»Was ist das für ein Geheimnis?«

»Die Erinnerungen eines Lebens …«

Bichlmaier wartete, aber Percy Johnson schwieg. Vieles von dem, was ihm sein Gegenüber gesagt hatte, war erstaunlich und war unerwartet gekommen. Und doch hatte er Antworten erhalten, mit denen er gerechnet hatte. Viel mehr, das ahnte er, würde er im Moment nicht erfahren. Eine Frage lag ihm jedoch noch auf dem Herzen. »Hast du die Informationen der Presse gesteckt, die die Journalisten auf die politische Fährte gelockt haben?«

Wieder lachte Johnson. Er nahm sein Glas in die Hand und ließ den Wein darin kreisen. Bichlmaier schien es, als wollte er einen Trinkspruch ausbringen.

»Manchmal muss der Jäger auf den Busch klopfen, damit die Hasen zu rennen anfangen«, meinte er und kippte seinen Rotwein in einem Zug hinunter.

»Wen jagst du denn und wer sind die Hasen?«

Percy Johnson zuckte mit den Schultern und blickte ihn fast ein wenig mitleidig an. »Auf manche unserer Fragen gibt es keine Antworten«, fügte er dann noch hinzu, als er Bichlmaiers ratlosen Blick bemerkte. »Und im Übrigen, Adolf, auch du hast meine Frage ja nicht beantwortet.«

Bichlmaier nickte. Er wusste, dass das stimmte.

Als er ins Kommissariat zurückkam, saß Amanda Wouters auf ihrem Schreibtisch ohne sich zu bewegen. Sie starrte auf das Telefon, das sie in Griffweite vor sich hingelegt hatte, so, als wollte sie den Apparat hypnotisieren.

»Was ist los?«, fragte Bichlmaier.

»Nichts«, antwortete sie recht einsilbig. »Ich warte, dass die Amis endlich anrufen.«

»Verstehe.«

Er nahm auf der alten Couch Platz, wo er vor etwa einer Stunde bereits gesessen hatte, ehe ihn Percy Johnson aufgeschreckt hatte, und berichtete von seinen Recherchen in Frankfurt. Dabei beschränkte er sich auf die wesentlichen Fakten, ohne näher auf die Zeugin oder gar auf sein amouröses Abenteuer einzugehen. Das aber, was er herausgefunden hatte, war nicht viel. Im Grunde war es nur der Vorname des Mordopfers, der Amanda nicht bekannt war.

»Hartmut«, sagte sie und seufzte. »Das hilft uns nicht viel weiter.«

Bichlmaier nickte und grinste dabei etwas schief. »Wir drehen uns im Kreis«, sagte er. »Vielleicht sollten wir den alten Hausmeister fragen, ob er einen Hartmut gekannt hat.«

»Mietzner? Gute Idee. Ist zumindest einen Versuch wert.« Amanda erhob sich. Sie wirkte unschlüssig. Etwas schien sie zu beschäftigen.

»Was hast du bei den Bergers erfahren?«

Amanda seufzte. »Genau das ist es«, sagte sie, »was mir Sorgen bereitet. Magnus Berger ist seit heute Nacht verschwunden. Und Martin ebenfalls.«

»Einfach so?«

»Ja. Beide sind einfach weg. Ich habe mit Christa gesprochen. Die war voller Sorge.«

»Hat sie eine Ahnung, wo die beiden Männer sein könnten?«

»Sie meint, dass sie ins Moor hinaus sind.«

Das Moor, dachte er, das war wohl der letzte und endgültige Fluchtweg für jemanden, der allem entkommen wollte. Da brauchte man einfach nur hinauszuwandern, um irgendwann in einem der unergründlichen Moorlöcher zu versinken, hinunterzugleiten in unendliche Tiefen, in denen Dunkel und Schweigen herrschten. Dort, wo niemand mehr irgendwelche Spuren verfolgen konnte.

»Hat sie noch mehr gesagt?«

»Nein. Aber sie weiß etwas …«

Der Anruf aus den Staaten, der den Durchbruch bei der Lösung des Falles bringen sollte, kam um kurz vor halb vier deutscher Zeit. In Seattle hatte der Arbeitstag somit gerade erst begonnen, was für die beiden Ermittler, die ungeduldig auf diesen Anruf gewartet hatten, aber ohne Belang war.

Max Breidenbends Stimme kam überraschend klar und deutlich aus dem Hörer, ohne verwirrendes Brausen aus dem Äther, wie beim letzten Mal. Wie es schien, war der Detective Lieutenant schon seit geraumer Zeit auf den Beinen. Er klang zumindest frisch und munter.

»Hi, Amanda«, brüllte er, und die Laute rollten tief aus seiner Kehle. »Es gibt Neuigkeiten über euren Mann im Moor. Aaron Rosenberg. Du wirst staunen. Wir haben seine Spur gefunden …«

»Großartig, Max. Übrigens, wir können dich sehr gut hören. Du brauchst nicht …«

»Verstehe«, ertönte die Stimme nun wesentlich gedämpfter.

»Was habt ihr ermittelt?«

»Nun, dieser Rosenberg war auch für uns lange Zeit ein Phantom. Er taucht zum ersten Mal im Oktober 1971 auf. Vier Jahre nach seiner Einäscherung in Tacoma. Er ist ganz plötzlich da. Zwischen 1967 und 1971 gibt es noch keinerlei Spuren von ihm. Als habe er nicht existiert.«

»Und dann?«

»Im Oktober des Jahres ist er als Teaching Assistant an der University of Washington in Seattle registriert. Er arbeitet im Department of Germanics als Assistent von

Professor Ernst Behler, dem damaligen Chairman des Departments ...«

»Habt ihr mit dem Professor gesprochen? Was sagt er?«

»Das ging leider nicht. Der Professor ist vor etwa zehn Jahren verstorben, im Alter von 82 Jahren.«

»Gibt es denn keine Unterlagen, Arbeitsverträge oder Ähnliches?«

»Doch, Amanda, die gibt es. Alles scheint in Ordnung ... und alle wurden von Behler unterzeichnet ... jeder einzelne Vertrag.«

»Hm, ist das alles? Dann war das wohl eine Sackgasse?«

»Nein, nein, warte, nicht unbedingt. Wir haben mit einigen anderen ehemaligen Professoren gesprochen. Da gibt es nicht mehr viele. Die meisten sind bereits tot und die wenigsten von denen, die noch leben, konnten sich so recht an ihn erinnern. Wie es scheint, war er ein ziemlicher Einzelgänger, der zwar als TA tätig war, aber niemals unterrichtet hat. Es gibt auch keinerlei Publikationen von ihm, keinen Aufsatz, nichts. Und das ist schon sehr ungewöhnlich. Er hat nur für Behler gearbeitet. Vorwiegend im Bereich der Literaturrecherche, was immer das ist. Bis 1998. Dann gingen beide in Ruhestand. Behler emeritierte und Rosenberg zog sich in ein kleines Haus bei Bremerton zurück.«

»Und Behler? Was ist mit ihm?«

»Nichts Außergewöhnliches. Ein Mann ohne Schatten ...«

»Was bedeutet das also?«

»Dass wir erst einmal an unsere Grenzen gestoßen sind. Aber wir haben noch weitere Erkundigungen eingezogen.«

»Und?«

»Lass es mich kurz machen. Du wirst überrascht sein.«

»Nun?«

Max Breidenbend lachte. Sie vernahm ein tiefes Grollen und sie ahnte, dass er etwas für sie hatte, das wirklich von Bedeutung sein musste. »Wir haben seine Telefongespräche während der letzten beiden Jahre gecheckt. Da gab es eine Nummer, die er immer wieder gewählt hat. Eine Nummer in Santa Barbara, California. Wir haben dort angerufen. Und siehe da, ein Volltreffer. Allerdings mussten wir feststellen, dass der Mann, dem diese Nummer gehört hat, vor wenigen Tagen verstorben ist ...«

»Noch ein Toter! Ist das nicht eigenartig?«

»Nein, denn allem Anschein nach starb er eines natürlichen Todes. Aber, was interessant ist, ist vor allem der Name des Mannes, ein deutscher Name ... Peter Urbach ...«

Aus Breidenbends Mund klang das wie ›Örbäck‹, und einen Moment lang waren Amanda und auch Adolf Bichlmaier wohl gleichermaßen verwundert und hilflos. Der Name sagte ihnen herzlich wenig.

»Peter Urbach«, wiederholte Amanda etwas ratlos. Sie musste fast lachen, als sie bemerkte, wie enttäuscht der Kollege wegen ihrer Unwissenheit war, und erst als er ihnen erklärte, wer sich hinter diesem Namen verbarg, wurde ihnen die Brisanz des Ganzen klar.

»Urbachs Frau hat im Übrigen bestätigt, dass Aaron Rosenberg Peters Urbachs älterer Bruder war. Sein eigentlicher Name war Hartmut.«

Hartmut, dachte Bichlmaier. Endlich näherten sie sich dem Ziel.

»Und was wollte dieser Hartmut in Deutschland? Hat dies seine Schwägerin denn auch gewusst?«

Mit einem Mal schien Breidenbends Stimme weit weg zu sein. Es klang fast wie ein Flüstern, als er auf Amandas Frage antwortete. »Er hatte etwas sehr Wertvolles dabei, etwas, das ihm sein Bruder anvertraut hat. Etwas, woran wohl eine Menge Leute ein Interesse haben oder gehabt haben …«

29

Am Morgen des nächsten Tages, als sie sich vor dem Haus des Försters versammelten, fühlte Adolf Bichlmaier sich schlecht. Er hatte während der vergangenen Stunden kein Auge zubekommen, war unruhig im Kommissariat hin und her gewandert, ohne sich hinzulegen, obwohl ihm Amanda die Couch in ihrem Büro angeboten hatte. Am liebsten wäre er gleich am späten Nachmittag aufgebrochen, doch die Warnungen des Försters vor den Gefahren des unwegsamen Geländes in der frühzeitig einsetzenden Dunkelheit hatten die Einsatztruppe zurückgehalten. Bichlmaier hatte sich, wie alle anderen Beteiligten auch, dieser Vorsichtsmaßnahme beugen müssen. Zusammen mit Amanda Wouters hatte er die Zeit genutzt, um nach Informationen über Hartmut und Peter Urbach im Internet zu suchen. Vor allem der Name von Peter Urbach tauchte dabei in unzähligen Artikeln auf. Und je mehr sie über seine Geschichte lasen, desto deutlicher wurde ihnen, welche Gründe zu Hartmuts Ermordung geführt haben mussten.

Der Morgen war frisch und es würde in den kommenden Stunden voraussichtlich klar bleiben. Die Hunde, deren heißer Atem im Licht der Scheinwerfer nach oben stieg, wirkten ebenso unruhig wie Bichlmaier und zerrten an ihren Leinen. Noch war man allerdings nicht so weit, Vorbereitungen mussten getroffen werden, um im Falle, dass es zu Schusswaffengebrauch kommen würde, gerüstet zu sein. Ein Arzt und zwei Sanitäter würden die Polizisten begleiten. Deutsche Gründlichkeit, dachte Bichlmaier, der am liebsten allein losgezogen wäre.

Er hasste es, zu warten, und begann, langsam zu frieren. Unruhig blickte er um sich. Der Förster hatte eine Karte vor sich ausgebreitet und zeigte den Polizisten um Amanda, in welchen Bereichen des Moors sich Magnus Berger mit seinem Enkel aller Wahrscheinlichkeit nach aufhielt. Ob sie dort auch Rune antreffen würden, wussten sie nicht, auch wenn er besonders darauf hoffte. Sein Blick wanderte weiter, und als er am Haus des Försters nach oben schaute, glaubte er, an einem der Fenster eine Bewegung wahrzunehmen. Wahrscheinlich die Frau des Försters, die er bislang noch nicht zu Gesicht bekommen hatte. Er dachte an ihre Äußerung zurück, die sie vor einigen Tagen gemacht hatte. »Irgendwann muss das ganze Elend doch ein Ende finden«, hatte sie gesagt. Ob sie diesem Wunsch in den nächsten Stunden näher kommen würden? Ob es wirklich ein Ende geben würde?

Beinahe hätte er den Mann, der sich in diesem Moment neben ihm auf einem Gartenstuhl niederließ, nicht erkannt. So sehr war er in seine Gedanken versunken. Percy Johnson steckte in einem alten Parka mit Kapuze, die er zum Schutz gegen die Kälte aufgezogen hatte. Er nickte Bichlmaier zu. »Hast du eine Vorstellung, was ihr dort draußen finden werdet?«, fragte er. »Jetzt, da ihr die Hintergründe etwas besser kennt.«

Bichlmaier zuckte mit den Schultern. »Einen Mörder?«

Johnson schüttelte den Kopf. »Er hat ihn nicht ermordet. Da bin ich mir ziemlich sicher. Wo sollte er beispielsweise die Kapsel mit Blausäure herhaben? Das klingt doch eher nach meinen Kollegen ... Er war wahrscheinlich nur dabei, als Hartmut Urbach hingerichtet wurde. Das ist ein Unterschied.«

»Deine Kollegen?«

»Männer und Frauen, die im Schatten leben, so wie ich ... Wer genau ...« Er ließ den Satz stehen, bis er sich in der Kälte aufgelöst hatte. »Da gibt es viele ...«

»Kanntest du ihn?«

»Wen?«

»Diesen Hartmut.«

»Ja. Wir sind uns früher ein-, zweimal begegnet. Einmal war auch sein Bruder dabei. Peter.«

»Waren sie denn beide V-Leute?«

»Nein. Soweit ich informiert bin, hatte Ende der 60er nur Peter beim Verfassungsschutz angeheuert. Aber Hartmut wusste sicher davon. Die beiden steckten ja viel zusammen. Die kamen des Öfteren gemeinsam hierher, wenn ihnen Berlin zu hektisch wurde. Hartmut war immer auf der Suche nach Weibern. Er hatte ein Faible für Landeier ...«

»Landeier ... wie Marlies?«

»Yep. Hartmut war ein richtiges Arschloch. Der hat sich einfach durchgevögelt, ohne Rücksicht auf Verluste.«

»Und Peter?«

»Ein Möchtegern-Revoluzzer, der den Anarchisten gespielt hat, dabei aber durch und durch bürgerlich gewesen ist. In der linken Szene war er als S-Bahn-Peter bekannt. Ein guter Sportler übrigens, der eine Polizeiausbildung absolviert hat und irgendwann in die Fänge des Verfassungsschutzes geraten ist.«

»Und wie ging das weiter? Wie kam es, dass die beiden Brüder in Amerika landeten?«

»Na ja, dem Verfassungsschutz gelang es in dieser Zeit, Peter Urbach als V-Mann beim SDS einzuschleusen. Die Studenten haben ihn für einen tollen Kerl gehalten, weil er ihnen Waffen besorgt hat, und Drogen … Total bescheuert war das.«

»Ging denn das so einfach?«

Johnson lachte. »Die Studenten waren ganz wild auf die Knallerei. Die wollten Krieg führen. Und Urbach hat ihnen Pistolen und Sprengstoff besorgt. Er hat ihnen gezeigt, wie man Lastwagen mit Mollis anzündet … Das fanden die Bürgersöhne und Bürgertöchter richtig geil.«

»Und der Verfassungsschutz hat mitgespielt? Warum?«

»Na, die haben die Waffen und den Sprengstoff ja besorgt. Die hatten nämlich ein richtiges Interesse daran, die ganze linke Szene zu kriminalisieren. Sie haben die Studenten bewaffnet, um hinterher die Studentenbewegung zusammenzuschlagen. So einfach war das.«

Das klang wie in einem Agentenkrimi, dachte Bichlmaier. Einiges von dem, was Johnson ihm mitteilte, hatte er bereits in diversen Artikeln im Internet gelesen und doch waren viele Fragen offen geblieben. »War das denn von langer Hand geplant? Und wer stand hinter dieser Strategie?«

»Schwer zu sagen. Genau weiß ich das nicht. Aber die Eskalation der politischen Situation spielte konservativen Kreisen in der damaligen BRD sicher in die Karten. Peter Urbach, der hätte das aufklären können ... Deswegen sind ja eine Reihe von Leuten hinter ihm und Hartmut her gewesen. Auf jeden Fall war er so etwas wie der Waffenmeister der RAF. Ohne ihn und seine Waffen wäre die linke Szene Anfang der 70er möglicherweise nicht so radikal geworden. Die Entführungen und Morde ... Vielleicht wäre es nie dazu gekommen, vielleicht hätte es die RAF niemals in der Form gegeben, wie sie dann in den späteren Jahren aufgetreten ist.«

»Aber das ist bloße Spekulation, oder?« Nun war es Percy Johnson, der mit den Schultern zuckte. »Mag sein, aber was damals abgelaufen ist, klingt sehr stark nach Gladio-Aktivitäten. Nur ... Peter hat all die Jahre über dichtgehalten ...«

Die beiden Männer verstummten kurz, und Adolf Bichlmaier folgte mit seinen Blicken dem weißen Atem, der in der Kälte zu gefrieren schien.

»Und wie kam es dann, dass sich die beiden Brüder nach Amerika absetzten?«, wiederholte er seine Frage.

»Na ja, irgendwann wurde es ihnen zu heiß in Deutschland. Besonders nachdem Andreas Baader, der Kaufhaus-Brandstifter, zum ersten Mal verhaftet worden war. Peter hatte ihn verraten, ihm die Polizei auf den Hals gehetzt ... Diese Verhaftung war ja dann letztlich der Auslöser für die Gründung der RAF, und nach dieser Aktion war schnell klar, dass Peter Urbach für den Verfassungsschutz gearbeitet hat ...«

»Und die Schlapphüte brachten daraufhin ihn und Hartmut mit neuer Identität außer Landes, nach Amerika.«

Johnson nickte. »In Westberlin gab es eine Reihe von Leuten, die vor allem Peter, aber auch Hartmut, lieber tot als lebendig gesehen hätten.«

»Stimmt es, dass Hartmut damals schon verheiratet war?«

»Ja, beide hatten Frau und auch Kinder, aber das spielte wohl keine ganz große Rolle. Auch Hartmuts Affäre mit Marlies ...« Er zuckte mit den Schultern. »Sie mussten damals einfach aus der Bundesrepublik verschwinden.«

Bichlmaier musste an Marlies Berger denken, die man zweimal bestattet hatte, an ihren frühen, mysteriösen Tod, an das verlorene Leben als Prostituierte, das sie geführt hatte. Und dann sah er das leere Gesicht des Mannes vor sich, das ihm entgegengegrinst hatte. Ein Gesicht, in dem die Augen gefehlt hatten.

Vergeudete Leben. Das galt für sie beide.

Und Magnus Berger. Welche Rolle er wohl spielte? Hatte nicht doch er Hartmut Urbach getötet? Auch wenn Percy das nicht für wahrscheinlich hielt. Hatte er sich an dem Mann gerächt, der ihm seine Tochter genommen hatte?

Percy Johnson beobachtete ihn. Bichlmaier spürte seine Blicke. Wie es schien, ahnte der andere, in welche Richtung seine Gedanken gingen.

»Du fragst dich, wie Magnus Berger in all das passt?«

Bichlmaier nickte.

»Ein Fanatiker, der schon als junger Mann der rechten Szene angehörte. Mitglied beim Bund Deutscher Jugend. Da waren Leute darunter, die von der CIA finanziert wurden, junge Männer, die Waffenlager angelegt und Guerillatechniken trainiert haben, für den Fall, dass die Russen nach Westeuropa marschieren würden, aber auch alte

Haudegen der Wehrmacht und der Waffen-SS … Aber das weißt du ja alles.«

Bichlmaier erinnerte sich an das, was Rune ihm erzählt hatte. Auch er hatte von solchen Gruppen gesprochen. Und er hatte Angst gehabt, als er ihm davon berichtet hatte.

»Sind diese Leute denn heute noch aktiv?«

»Offiziell schon lange nicht mehr, aber …« Er schwieg, führte den Satz nicht zu Ende. Er wollte anscheinend nicht alles preisgeben.

Einer der Polizeihunde näherte sich, soweit es seine Leine zuließ. Er blieb nur wenige Meter vor Bichlmaier mit schief gestelltem Kopf stehen und beäugte ihn mit einem Ausdruck, der fast menschlich wirkte. Er wedelte mit dem Schwanz. Plötzlich fing er an zu kläffen, sodass Bichlmaier erschrak. Das Bellen erinnerte ihn an die Situation auf dem alten Wachturm, an das Gespräch mit Rune.

Ob er Rune noch einmal wiedersehen würde? Er war sich nicht sicher. Er wandte sich wieder an Johnson, der noch immer wie festgenagelt auf dem alten Gartenstuhl saß. »Als der Unfall mit Romy passierte, warst du damals schon Polizist?«

»Militärpolizist …«

»Und dann?«

Johnson rieb die Hände, riesige Pranken, die schwarz aus den Ärmeln seines Parkas ragten. »Dann bin ich in die Welt der Schattenmänner eingetaucht, bin Agent geworden, um das Gute in dieser korrupten Welt zu verteidigen.« Er lachte.

»Warum bist du dann hier? Willst du auch hier das Gute verteidigen?«

Percy Johnson lachte noch immer, aber er gab Bichlmaier keine Antwort.

»Bist du denn auf der richtigen Seite? Wer weiß denn schon, was das Gute ist und was das Böse?«

Darauf wusste Bichlmaier nichts zu sagen.

Wenig später brachen sie auf. Ein eigenartiger Zug, der sich da im Licht des frühen Morgens in die Unendlichkeit des Moores hinausbewegte. Eine Reise ins Herz der Dunkelheit war es, so schien es Bichlmaier. Eine Handvoll Polizisten mit Schutzwesten und Gewehren, ein Arzt und zwei Sanitäter, beide im Hintergrund, dazu Amanda, Percy Johnson und Bichlmaier. Auch sie waren angehalten, kugelsichere Westen unter ihren Mänteln und Jacken anzulegen. Eine unsinnige Vorsichtsmaßnahme, wie Bichlmaier dachte. Was sollte denn passieren?

Sie alle hatten die Köpfe gesenkt, folgten dem Förster, der mit strammem Schritt voranging. Neben ihm die Hunde, die an den Leinen zogen, als wollten sie ihr Ziel möglichst schnell erreichen. Ob sie Magnus Berger und seinen Enkel dort antreffen würden, wo der Förster sie vermutete? Ob die beiden überhaupt noch lebten? Und waren da draußen noch andere? Vielleicht der mysteriöse Hüter, von dem Christa Berger gesprochen hatte, Rune, von dem sie seit Tagen kein Lebenszeichen mehr erhalten hatten, sein alter Freund Rune, der ihm am meisten am Herzen lag, und die vor vielen Jahren ebenfalls verschwundene Russin. War sie womöglich die geheimnisvolle Alte, die einem Geist gleich in der unwirtlichen Einöde existierte? Er wusste, dass Amanda davon ausging … Auf wen würden sie nur stoßen?

»Wie kann man hier draußen leben?«, fragte Amanda,

nachdem sie mehr als eine Stunde marschiert waren. »Ich denke da an die alte Frau …« Sie wandte sich zu Bichlmaier um, der direkt hinter ihr ging und gewaltig keuchte.

»40 Jahre sind eine lange Zeit«, sagte der. »Vor allem hier draußen. Das kann man sich nur schwer vorstellen.«

»Vielleicht ist sie ja schon lange tot, und es sind nur die Gerüchte, die von ihr übrig geblieben sind.«

»Kann schon sein. Wir werden sehen.«

»Damals ist nach ihr gesucht worden, aber nicht sehr intensiv. Es gab sogar einen Hinweis, dass Magnus Berger und seine braunen Gesinnungsgenossen am Abend ihres Verschwindens mit ihr gesehen worden waren, aber diesem Hinweis wurde nie so richtig nachgegangen.«

»Was stand denn sonst noch in den Akten?«

»Es ist eher das, was nicht darin steht. Die Ermittlungen sind damals äußerst schlampig geführt worden … so als wollte man eigentlich keine Antworten finden. Nur einige Hinweise durch den Kantinenwirt, bei dem das Mädchen gearbeitet hat, dass es immer mal wieder zu kritischen Äußerungen gekommen ist, wegen der Herkunft von Swetlana. Wie es scheint, haben sich einige der Gäste, die teilweise auch von außerhalb der Kaserne kamen, darüber aufgeregt, dass sie Russin war.«

»Magnus Berger und seine Kameraden aus den Dörfern …«

Die Nebel lichteten sich, dachte er. Plötzlich kam ihm die Situation völlig unwirklich vor. Sollten sie wirklich am Ziel sein? Über Wochen waren sie sonderbaren Schatten gefolgt. Und jetzt hatten sie ihr Wild in die Enge getrieben. Es war nur noch eine Frage von Stunden, bis sie den Mann festnehmen konnten, der ihnen so manches würde erklären können. Die unterschiedlichen Puzzleteile wurden nach und nach zu einem vollständigen Bild.

»Wenn er und seine Freunde tatsächlich hinter dem Verschwinden dieses russischen Mädchens gesteckt haben, dann könnte doch das der Grund gewesen sein, warum Marlies von zu Hause weg ist …«

Er sah, dass Amanda nickte. Auch sie atmete schwer.

Sie gingen weiter. In der Ferne waren mittlerweile Bäume aufgetaucht, die in dem flachen Terrain wie Fremdkörper wirkten. Sie brauchten allerdings noch fast 20 Minuten, bis sie an den Rand des Moorwaldes gelangten. Dort war es, als würden die Marschierenden durchatmen, auch wenn nun das Unbehagen der Polizisten und die Vorsicht, mit der sie sich bewegten, deutlich wuchsen. Zumindest boten die Bäume etwas Schutz. Von irgendwelchen alten Gemäuern war nichts zu sehen.

In diesem Augenblick fielen Gewehrschüsse. Vier Schüsse, schnell hintereinander abgefeuert. Kein Aufschrei. Niemand wurde getroffen Die Männer, und auch Amanda, hatten sich sofort auf den Boden geworfen, hatten versucht, Deckung zu finden.

Bichlmaier stellte verwundert fest, dass die Situation eine gewisse Befriedigung in ihm auslöste. Zumindest wussten sie jetzt, dass ihr Verdacht gegen Magnus Berger gerechtfertigt war.

30

Als er den Kopf einige wenige Zentimeter hob, konnte er zu dem Strauch hinüberblicken, wo er vor einigen Sekunden Amanda wahrgenommen hatte. Er hatte sich geirrt. Anscheinend war sie doch getroffen worden. Sie kauerte am Boden, stöhnte dabei verhalten und war, soweit er das von seiner Position aus sehen konnte, schrecklich weiß im Gesicht. Dazu presste sie ihre Hand auf die linke Schulter. Zumindest lebte sie, dachte er. Wegen der Entfernung konnte er nicht genau sehen, ob sie blutete. Wie im Krieg, dachte er. Zumindest stellte er sich den Krieg so vor. Mit einem Mal hatte er Angst und fühlte sich ausgeliefert. Von dem Schützen war nichts mehr zu hören oder zu sehen.

Er wartete einige Sekunden und lauschte dem Hämmern seines Herzens. Seit der einen, kurzen Gewehrsalve waren keine weiteren Schüsse gefallen und es herrschte eine unwirkliche Stille, die nur durch Amandas Stöhnen unterbrochen wurde. Bichlmaier blickte noch einmal hoch und kroch dann auf allen vieren zu ihr hinüber, ständig darauf gefasst, von Neuem beschossen zu werden. Aber alles blieb ruhig. Fast gleichzeitig mit ihm hatten auch die beiden Sanitäter und der Arzt Amanda erreicht. Die hatte in der Zwischenzeit kurzzeitig das Bewusstsein verloren und lag seltsam gekrümmt am Boden. Sie war im oberen Brustbereich getroffen worden und hatte bereits eine Menge Blut verloren, das sich unter ihrem Körper sammelte und langsam im Boden versickerte. Sie würde verbluten, dachte Bichlmaier. Warum nur hatte sie keine kugelsichere Weste getragen wie die anderen Polizisten?

Der Arzt kramte in seiner Notfalltasche und begann im Schutz der Sträucher mit der Erstversorgung. Minuten später schleppten die beiden Sanitäter Amanda aus der unmittelbaren Gefahrenzone. Sie hatte wieder das Bewusstsein erlangt und ihr Atem ging verhältnismäßig ruhig. Die Vorderseite ihrer Jacke war blutig, und noch immer sickerte Blut durch den Druckverband. Sie starrte Bichlmaier mit angstvollen Augen an.

»Es wird gut«, sagte er. »Es wird gut.«

»So eine Scheiße«, murmelte sie. »Diese verdammte Schutzweste hat so fürchterlich gedrückt …«

Bichlmaier blickte den vier Menschen hinterher. Das Einzige, was ihn außer Amandas Gesundheitszustand nun interessierte, war die Frage, wo sich Magnus Berger versteckt hatte. Ob er wahnsinnig geworden war? Wie verzweifelt musste der Mann sein, dass er in der ausweglosen Lage, in der er sich befand, noch das Feuer eröffnete. Vorausgesetzt, er war es gewesen, der geschossen hatte.

Die Polizisten hatten sich in der Zwischenzeit in Position zu bringen versucht und sich dabei mit größter Vorsicht durch die lichten Reihen der Birken nach vorn geschoben. Nach einer Weile war nichts mehr von ihnen zu sehen.

Bichlmaier richtete sich leicht auf und dehnte sich vorsichtig. Seine Muskeln und Knie schmerzten. Er wartete. Nichts geschah. Als er nach links blickte, sah er den Förster, der ebenfalls hinter einem der noch recht kahlen Sträucher Schutz gesucht hatte. Auch er schien unschlüssig, wie er sich verhalten sollte. Nur Percy Johnson sah er nicht. Er war wohl mit den anderen Polizisten in den Wald geschlichen.

Bichlmaier wartete noch einige Minuten, was ihm wie eine halbe Ewigkeit vorkam. Dann stand er auf, und aus einem Impuls heraus schlich er in geduckter Haltung in der Richtung weiter, aus der sie gekommen waren. Nach etwa 50 Metern begann er zu laufen. Die Angst zwang ihn, schneller zu laufen, als ihm guttat, und er wusste, dass er das Tempo nicht lange würde durchhalten können. Er sah aber bald, dass das Wäldchen einen leichten Bogen machte und dadurch den Blick auf die weite Ebene des Moores wieder freigab. Nach wenigen Metern war er aus der Puste und blieb, die Hände auf die Knie gestützt, stehen, um zu Atem zu kommen.

Als er sich aufrichtete, sah er ihn. Es konnte niemand anders sein als Magnus Berger. Er stand da, etwa 300 bis 400 Meter von ihm entfernt, und blickte sich mehrmals um. Einen Moment dachte Bichlmaier, dass Berger direkt zu ihm herüberstarrte. Dann ging er weiter. Bichlmaier wusste nicht, ob ihn der andere wahrgenommen hatte. Es schien aber, als sei er ohne Eile. So sah niemand aus, der auf der Flucht war, dachte er.

Bichlmaier wandte sich um. Weder der Förster noch irgendeiner der Polizisten waren zu sehen. Er war allein. Dennoch fiel ihm die Entscheidung nicht schwer. Fast gemächlich setzte er sich in Trab, folgte dem alten Mann, der unbeirrt in den völlig unwegsamen Teil des Moores hinausstapfte. Schon nach wenigen hundert Metern spürte er, wie der Untergrund schwankte und sich das Brodeln links und rechts von ihm verstärkte.

Nach etwa einer Viertelstunde war er Magnus Berger noch nicht wesentlich näher gekommen. Plötzlich blieb der stehen und wandte sich zu seinem Verfolger um. Er wartete. Bichlmaier brauchte eine Weile, um die Distanz zu verkürzen, und befand sich nun in Rufweite. Er schnaufte heftig und als er zu sprechen versuchte, versagte ihm die Stimme. So setzte er einfach weiter Fuß vor Fuß, bis er sich bis auf etwa zehn Meter genähert hatte. Als er Magnus Berger schließlich ins Gesicht blickte, war er zutiefst erschüttert. Er sah, wie sich die Züge des alten Mannes innerhalb der wenigen Tagen seit ihrem letzten Zusammentreffen, verändert hatten. Es war das Gesicht eines Kranken, in dem die Augen unruhig flackerten. Erst auf den zweiten Blick nahm er den großkalibrigen Revolver wahr, den der andere in der Hand hielt. Die Mündung war auf seinen Kopf gerichtet. Erstaunlicherweise verspürte er in diesem Augenblick keinerlei Angst. Er war völlig gelassen und bereit für alles, was nun kommen würde.

»Bleib stehen, Polizist! Komm mir nicht zu nahe!«, herrschte ihn der Alte an. »Was willst du von mir?«

»Nicht sehr viel«, keuchte Bichlmaier. »Nur Antworten auf meine Fragen ... Wir sind hier doch ganz allein. Niemand, der uns zuhört. Nur du und ich. Kein Gott, kein Teufel, nur wir beide. Niemand, der uns stören könnte ...«

Magnus Berger presste ein Lachen hervor, das über die unendliche Weite kroch und schließlich in den brodelnden Tiefen links und rechts von ihm versank. »Was willst du denn wissen?«

»Wie alles angefangen hat. Damals, als du deine Tochter verloren hast, als du zum Verbrecher geworden bist.«

»Du nennst mich einen Verbrecher«, höhnte Magnus Berger. »Hört, hört! Wer bist du denn? Wofür hältst du dich? Niemand nennt mich einen Verbrecher! – Wer darf denn entscheiden, was falsch ist oder richtig? Ein Staatsanwalt? Ein Richter? Oder gar ein Politiker? Ein Priester? Oder du, ein kleiner, unglücklicher Polizist? Wer? Wer darf sagen, du bist ein Verbrecher und du dort bist ein Heiliger?«

»Es gibt schließlich Regeln …«

»Ich scheiß auf deine Regeln. Das sind Regeln für die Schwachen, für die Idioten, die an das Gewäsch der Politiker glauben, die zulassen, dass unsere deutsche Kultur kaputtgeht. Die das Gesindel hereinholen, das uns die Heimat wegnimmt und unsere Arbeitsplätze …«

»Ah, deshalb habt ihr damals wohl die kleine Swetlana ins Moor verbannt? Weil ihr Angst gehabt habt, dass eure großartige Kultur ihretwegen den Bach hinuntergeht? Habt ihr das bisschen Leben genommen, das sie gehabt hat. Wie alt war sie damals? 18? 19? Was habt ihr mit ihr nur gemacht? Du und deine Freunde.«

Der Mann vor ihm schwieg, starrte vor sich hin. Von seiner anfänglichen Überheblichkeit war mit einem Mal nichts mehr zu sehen. »Das geht dich nichts an. Dafür bin ich bestraft worden, glaube mir.«

»Deine Tochter …?«

Berger nickte. »Marlies hat davon erfahren … Aber wir haben doch nur unseren Spaß gehabt. Wir waren damals noch jung. Und der kleinen Russin hat's ja irgendwann auch gefallen … Nur hat Marlies den Mist, den ihre langhaarigen Freunde von sich gegeben haben, geglaubt. Ständig das Gefasel von Friede, Freude, Eierkuchen. Plötzlich wollte sie nichts mehr mit mir zu tun haben, ist einfach abgehauen. Weg war sie. Einfach weg. Mit diesem linken Arschloch …«

»Warum ist sie damals nicht zur Polizei? Wollte sie den

eigenen Vater nicht bloßstellen? Warum ist sie lieber weggelaufen?«

»Polizei! Was für ein Blödsinn. Das hat doch damals keine Sau interessiert, was wir mit der kleinen Schlampe gemacht haben. Meinst du denn, die Leute haben nichts davon gewusst? Deine Kollegen hätten die Marlies doch nur ausgelacht und wieder heimgeschickt.«

Bichlmaier betrachtete ihn unverwandt. Es waren Abgründe einer Gesellschaft, die sich vor seinen Augen öffneten. Der Blick, den ihm der alte Mann erlaubte, ließ ihn tief in den Morast des Lebens eindringen und ihn schauderte. Und zum ersten Mal wurde ihm dabei bewusst, dass ja auch er Teil dieser verfaulten Welt war, dass auch er sich kein bisschen davon unterschied. Es war eine Welt, in der die Menschen sich jedweder Verantwortung entzogen, sich betäubt durch den Augenblick davonstahlen. Eine Welt, in der die Dunkelmänner seit langer Zeit das Regiment übernommen hatten, Männer, die im Schatten lebten …

»Und Hartmut Urbach. Hast du ihn getötet? Hast du Recht sprechen wollen, ihn dafür bestrafen, dass er dir deine Tochter genommen hat?«

»Nein.« Berger winkte müde ab. »Hartmut hat seinen Tod hundertfach verdient, aber ich habe ihn nicht getötet. Das waren andere.«

Einen Moment lang fuchtelte er mit seiner Waffe umher, dann versank er in Schweigen und Bichlmaier sah, wie sein Blick in die Richtung ging, aus der er vor wenigen Minuten gekommen war. Er wollte sich schon umdrehen, als der alte Mann weitersprach.

»Ich habe ihn nicht getötet, aber ich war dabei, als sie ihn zu Tode gefoltert haben. Ich habe gehört, wie er geschrien und gefleht hat, und ich habe dabei an meine Marlies gedacht … Und als sie mit ihm fertig waren, habe ich ihm die Hände abgesägt …«

»So sehr hast du ihn gehasst?«

Magnus Berger tat, als habe er die Frage nicht gehört. Er war wieder in brütendes Schweigen versunken, und wie abwesend blickte er dabei über Bichlmaiers Schulter hinweg in die Ferne.

»Was hast du damit gemacht … mit seinen Händen?«

Berger zuckte nur mit den Schultern und Bichlmaier ahnte, dass sie sie wohl nie mehr finden würden. Das Moor bot zu viele Möglichkeiten, um sich ihrer zu entledigen.

»Wer waren die Männer, die Hartmut Urbach getötet haben?« Bichlmaier befürchtete, dass er auch auf diese Frage keine rechte Antwort bekommen würde, und doch wollte er nicht aufgeben.

Magnus Berger richtete seine Augen wieder auf ihn, und er schien aus endloser Ferne zurückzukehren. »Das weiß ich nicht. Das waren die Namenlosen, die seit vielen Jahren im Hintergrund die Fäden ziehen. Männer, die schon in meiner Jugend dagewesen sind. Die zwischen uns leben, die wir aber nicht wahrnehmen. Männer wie Urbach, die irgendwelchen Geheimdiensten angehören. Die tauchen auf und verschwinden wieder …«

»Wie die Freunde aus der rechten Szene? Hoffmann …?«

Berger winkte verächtlich ab. »Die nicht.«

»Wie war das bei Hartmut Urbach?«

»Ein Telefonanruf. Sie wussten, dass er unterwegs war, dass er seinen Sohn sehen wollte, den Martin. Es war also nur wahrscheinlich, dass er hierherkommen würde. Dann haben sie mir klargemacht, dass ich ihnen helfen musste.«

»Wie …?«

»Hartmut wusste von der Sache mit Swetlana. Wenn er geplaudert hätte, wäre alles aufgekommen …«

»Warum aber mussten sie ihn gleich töten?«

»Weil er etwas bei sich hatte, das nicht in seinem Besitz hätte sein dürfen, etwas, das nie an die Öffentlichkeit geraten darf.«

Bichlmaier blickte ihn verständnislos an. »Was um alles in der Welt ist das?«

»Das hier.« Berger nestelte mit der linken Hand in seiner Hosentasche und zog dann etwas heraus, das er hochhielt.

Bichlmaier erkannte zuerst nicht, was es war, das ihm der alte Mann präsentierte. Erst nach einer Weile sah er, dass es ein glänzender, gänzlich unscheinbarer Speicherstick war.

»Peter Urbachs Erinnerungen«, sagte Berger. In seiner Stimme schwang leiser Triumph mit. »Alles fein säuberlich gespeichert … Die Anfänge der RAF und die Rolle der Geheimdienste dabei, die Tricks der Berliner Politik, Urbachs Informationen über geheime Armeen der NATO in der Bundesrepublik und so weiter. Alles, was das Herz begehrt … Peter selbst war zu krank, um nach Deutschland zu reisen, und da Hartmut seinen Sohn all die Jahre ohnehin hatte sehen wollen, hat er ihn wohl darum gebeten …«

»Ob er gewusst hat, dass er ihn in den Tod schickt? Und warum erst jetzt? Warum hat er all die Jahre geschwiegen?«

»Ganz einfach: Hätte er versucht, damit an die Öffentlichkeit zu gehen, hätte man ihn umgehend liquidiert. Das zumindest wusste er.«

»Hast du dir die Aufzeichnungen angesehen?«

Der alte Mann nickte. »Flüchtig. Vermutlich stehe ich seither auf ihrer Liste«, sagte er fast gleichmütig. »Was ich da gelesen habe, ist zum Teil so brisant, dass niemand mit diesem Wissen überleben wird. Das werden sie nicht zulassen.«

»Warum hat Peter Urbach seine Erinnerungen nicht einfach an einen Verlag oder an einen Vertrauten in Deutschland gemailt?«

»Keine Ahnung. Auch die Männer haben Hartmut danach gefragt, aber er hat ihnen darauf nicht geantwortet. Vielleicht hat er einfach keinen Verlag gefunden ... und vielleicht gab es auch niemanden, dem er trauen konnte.«

»Und die Folter. Weswegen haben sie ihn zu Tode gequält?«

»Als sie ihn aufgespürt haben, hatte er Peters Aufzeichnungen nicht mehr bei sich. Sie haben ihn nach ihnen gefragt, immer und immer wieder. Sie waren ganz wild darauf. Er wollte aber nicht reden ...«

Bichlmaier dachte an den Toten in München, an Otto Brenner ... Wahrscheinlich hatte man auch bei ihm das Material vermutet. Die Tatsache, dass er Marlies gut gekannt hatte, hatte dafür wohl genügt. Und der Einbruch in Marlies' Wohnung ... Alles ergab nun mit einem Mal einen Sinn. »Wie bist du daran gekommen?«

Magnus Berger stieß einen Laut aus, der wie ein kurzes, scharfes Lachen klang. »Er hat den Stick Martin gegeben. Am Tag bevor er getötet wurde. Die beiden haben sich im Moor getroffen und bei dieser Gelegenheit hat er ihm das Material zugesteckt. Warum er das getan hat, weiß ich nicht. Vielleicht ahnte er, dass man ihm auf den Fersen war. Ich hab den Stick dann zufällig bei Martins Sachen gefunden ...«

In dem Augenblick verstummte der alte Mann, und Bichlmaier war es plötzlich, als habe er hinter sich ein Geräusch gehört. Als er sich umblickte, sah er, dass sich aus derselben Richtung, aus der er vor endlosen Augenblicken gekommen war, ein Mann genähert hatte, den er bislang nicht gehört hatte. Er war nicht sonderlich überrascht, als er Percy Johnson erkannte, der keine 20 Meter mehr entfernt war.

Als er schließlich neben Bichlmaier stand, steckte er sich, ohne etwas zu sagen, eine Zigarette in den Mund, zündete sie jedoch nicht an. Sein Blick wanderte von Bichlmaier zu dem alten Mann, der trotz seines Revolvers seltsam hilflos dastand. Fast hatte es den Anschein, als ob Johnson dabei grinste.

»Gib mir die Aufzeichnungen, alter Mann«, sagte er dann gänzlich ungerührt. Die Waffe in Bergers Hand ignorierte er dabei völlig. Der starrte ihn lediglich an, ohne auch nur eine Reaktion zu zeigen. Johnson wartete, blickte schließlich wie Hilfe suchend zu Bichlmaier, der ebenfalls stumm und bewegungslos dastand und auf das wartete, was nun kommen würde.

»Warum gibst du sie mir nicht? Man muss sie zerstören, sonst richten sie nur Schaden an.« Er klopfte mehrmals auf die Taschen seines Parkas, als suchte er nach Feuer für seine Zigarette. Völlig entspannt griff er schließlich mit einem entschuldigenden Lächeln in eine der Taschen. Der Schuss, der unmittelbar darauf fiel, war nicht einmal sonderlich laut. Bichlmaier war nur erstaunt, wie schnell sich der Schall – fast augenblicklich – irgendwo in der Weite des Moores wieder verlor.

Einen Moment lang verspürte er nichts als den dumpfen Wunsch, davonzulaufen. Weg von all dem hier.

»Warum …?«, fragte er nach einer Weile.

Percy Johnson lächelte ihn an, und die Narbe in seinem Gesicht war zum ersten Mal, solange sich Bichlmaier erinnern konnte, kaum zu erkennen. Die Kälte des Moores schien sie weggewischt zu haben. Selbst die Gesichtshaut des Mannes wirkte mit einem Mal bleich.

»Er wollte dich erschießen. Sieh nur, seine Waffe … Ich musste das tun. Verstehst du das denn nicht?« Er nickte Bichlmaier kurz zu. Dann ging er zu Magnus Berger, der nun ganz klein und unscheinbar am Boden lag wie ein Stück Wild, das der Jäger erlegt hatte, und nahm den Stick an sich. Der Schuss hatte den alten Mann offensichtlich direkt ins Herz getroffen.

Bichlmaier schaute auf den Toten und den Mörder, der zu dessen Füßen kauerte, und es war ihm, als könnte er den leisen Klang einer hellen Glocke vernehmen, der wie eine Ahnung aus der Tiefe des Moores heraufstieg.

Zusammen mit Johnson verließ Bichlmaier die Stelle, an der dieser vor wenigen Augenblicken Magnus Berger hingerichtet hatte, ohne dass es ihm möglich gewesen war, das zu verhindern. Er war müde, und sämtliche Kraft hatte ihn verlassen, sodass er mehr stolperte als ging. Dabei hatten sie kurz erwogen, die Leiche des alten Mannes mitzunehmen, sie zu dem kleinen Wäldchen zu schleppen, doch hatte sich Bichlmaier aus ermittlungstechnischen Gründen dagegen entschieden. Vielleicht auch nur, weil ihm die Kraft dafür gefehlt hatte. Die Spurensicherung würde kommen, den Tatort in Augenschein nehmen und einen Bericht erstellen, der die Ereignisse dokumentierte. Das musste sein. Standardprozedere. Natürlich hatte er auch die beiden Waffen an sich genommen, Bergers Revolver und Johnsons kleinkalibrige, todbringende Pistole, die ebenfalls untersucht werden würden. Die Ergebnisse allerdings, da war er sich sicher, standen bereits fest, und niemand würde Johnson vorwerfen, dass er von der

Schusswaffe Gebrauch gemacht hatte. Zu eindeutig musste sich ihm die Situation einer Bedrohung dargestellt haben. Bichlmaier war aber ebenso fest davon überzeugt, dass die Hintergründe seines Handelns nie ans Tageslicht kommen würden und dass selbst eine Aussage, die auf Johnsons geheimdienstliche Tätigkeit hinwies, nichts daran ändern würde. Niemand würde ihm Absicht unterstellen. Und nur er wusste, dass Berger auf bequeme Weise mundtot gemacht worden war. Aber selbst er, der dabei gewesen war, was sollte er aussagen?

»Was wirst du mit Urbachs Aufzeichnungen machen?«, fragte er, nachdem sie etwas mehr als die Hälfte der Strecke hinter sich gebracht hatten. Er wandte sich zu Johnson um, der die ganze Zeit hinter ihm gegangen war.

»Welche Aufzeichnungen?«, fragte der. Er lachte dabei freudlos und zeigte seine bloßen Hände. Wie es schien, war der Datenträger in einem der unzähligen schwarzen Löcher gelandet, an denen sie vorbeigekommen waren, und würde somit nie mehr auftauchen.

»Gibt es denn nur diese eine Kopie? Könnt ihr sicher sein, dass nicht doch mehrere Kopien irgendwo im Umlauf sind?«

Johnson zuckte leicht mit den Schultern. »Das mag schon sein, aber sobald jemand damit an die Öffentlichkeit treten möchte, sind wir da …« Er vollendete den Satz nicht, und doch ahnte Bichlmaier etwas von der ungeheuren Präsenz der geheimen Welt, begann das Ausmaß zu verstehen, in dem sein Leben und das der anderen Menschen von dieser Parallelwelt gesteuert wurden.

»Auch in Amerika?«

»Natürlich, auch dort.«

Während des restlichen Weges schwiegen die beiden

Männer. Erst als sie in der Nähe des Wäldchens waren, wandte sich Johnson an Bichlmaier.

»Wirst du Romy noch einmal besuchen?«, fragte er. »Bevor du fährst.«

Bichlmaier gab ihm keine Antwort.

Als sie das Wäldchen schließlich erreicht hatten, ließ Bichlmaier sich völlig entkräftet auf den feuchten Boden fallen. Er spürte, wie er zitterte und die Anspannung der letzten Minuten und Stunden von ihm abfiel. Er wusste nicht, wie lange er so seltsam hingekauert dagelegen hatte. Später erinnerte sich aber an ein Gefühl totaler Leere, das ihn in diesem Augenblick erfasst hatte.

Wie durch einen Nebelschleier nahm er irgendwann wahr, dass einer der Polizisten zwischen den Bäumen hervortrat, auf ihn zulief, auf die freie Fläche vor ihm deutete und dann nach oben und etwas zu ihm sagte, was er nicht verstand.

Erst als ohrenbetäubender Lärm einsetzte, wachte er aus seiner Betäubung auf, bewegte sich zögernd auf allen vieren nach vorn. Wie aus dem Nichts stand plötzlich ein Helikopter in der Luft, nur wenige Meter über dem Grasboden, peitschte die Halme und Büsche und wirbelte abgestorbene Zweige und Blätter der nahen Bäume hoch. Eine Trage wurde heruntergelassen und gleichzeitig schleppten zwei Polizisten aus dem Schutz der Birken kommend in aller Eile einen bewegungslosen Körper herbei, verstauten ihn in geduckter Haltung in der Trage und warteten, bis diese nach oben gehievt worden war. Amanda. Offensichtlich hatte sie wieder das Bewusstsein verloren. Kurz darauf senkte sich die Trage erneut. Ein zweiter regloser Körper wurde gebracht und verstaut. Mit Mühe gelang es Bichlmaier, sich aufzurichten. Er war sich nicht sicher, ob es Rune war, der da in Windeseile in den Helikopter hinaufgezogen wurde, aber in diesem Augenblick betete er, dass dem so war.

Sekunden später hatte sich der Helikopter nach oben geschraubt und drehte ab. Eine Weile waren das Knattern der Rotoren und das Motorengeräusch zu vernehmen, dann trat wieder Stille ein.

Die Männer, die eben noch in größter Hektik die beiden Verwundeten versorgt hatten, standen nun seltsam verloren herum. Wie Figuren auf einem riesigen Schachbrett. Keiner bewegte sich. Jeder Einzelne wartete, dass irgendjemand das Signal zum Aufbruch gab. Doch nichts passierte.

Neben einem verkrüppelten Baum am Rande des Wäldchens nahm Bichlmaier in einiger Entfernung drei geduckte Gestalten, zwei Männer und eine Frau, wahr. Daneben einen Polizisten, der, als er hinüberstarrte, mit seltsamer Hast begann, sich seiner Schutzweste zu entledigen. Als er näher herantrat, blickte Bichlmaier auf zwei völlig verwahrloste Menschen mit verfilzten, vor Dreck starrenden Haaren und verschmierten Gesichtern, die hilflos aneinandergelehnt auf dem kalten Boden kauerten. Die Hände des Mannes waren gefesselt. Die Frau hatte einen Arm um ihn gelegt und streichelte immer wieder über seine Haare, dabei richtete sie ihre Blicke hinaus aufs Moor. Daneben stand Martin. Er war in die Knie gegangen und wippte leicht hin und her.

»Swetlana?«, fragte Bichlmaier.

Sie blickte durch ihn hindurch, schien ihn nicht wahrzunehmen. Der Mann neben ihr hob jedoch den Kopf und richtete seine Augen auf Bichlmaier.

»Ich bin der Hüter«, murmelte er. »Ich …«

Bichlmaier nickte. »Es ist vorbei. Jetzt ist es vorbei«, sagte er.

31

Er wurde von einem Geräusch wach und schreckte hoch. Im Zimmer war Licht, und als er auf den Radiowecker neben seinem Bett sah, wurde ihm klar, dass er mehr als 14 Stunden geschlafen hatte.

Es spielte keine Rolle. Es gab niemanden, der auf ihn wartete, der etwas von ihm wollte, nichts, was er erledigen musste. Er hatte Zeit. Jetzt galt es nur noch, Abschied zu nehmen. Abschied von Amanda und Rune, von Romy und vor allem der eigenen Vergangenheit.

Im Krankenhaus wurde gerade das Abendessen verteilt, niemand hatte etwas dagegen, dass er außerhalb der offiziellen Besuchszeiten zu einer Krankenvisite kam. Offensichtlich hatte sich herumgesprochen, wer er war. Die Schwestern lächelten ihn freundlich und ein bisschen neugierig an und führten ihn zu Amandas Zimmer.

Man hatte ihr am gestrigen Nachmittag die Kugel aus der Brust entfernt und wie es schien, befand sie sich, obwohl sie viel Blut verloren hatte, bereits auf dem Weg der Besserung. Trotzdem sah sie in ihrem weißen Nachthemd ganz klein und mitgenommen aus. Selbst von ihrer imposanten Oberweite war nur mehr wenig zu erkennen.

»Ich bin froh, dass es dir gut geht«, sagte er. Er wusste, wie banal das klang, aber es war genau das, was er in dem Augenblick empfand.

»Weißt du, dass Berger tot ist?«, fragte er dann.

Sie schüttelte den Kopf.

»Johnson hat ihn erschossen.«

»Einfach so?« Sie blickte ihn ungläubig an.

»In Notwehr. Berger hatte eine Waffe …«

»Und was denkst du darüber?«

Bichlmaier zuckte mit den Schultern. »Vielleicht ist es besser so, wer weiß.«

»Berger ist also tot … aber Hartmuts Mörder haben wir nicht gefasst, oder? Keine Gerechtigkeit für unsere Moorleiche und den Mann in München …«

Bichlmaier war nicht verwundert, dass sie enttäuscht war, ihm erging es selbst nicht anders. »Es gibt keine Gerechtigkeit. Damit müssen wir zurechtkommen. Und du hast recht, auch die Sache in München wird wohl nie genau geklärt werden.«

Sie blickte ihn zweifelnd an. »Denkst du, wir werden je herausfinden, wo sich Hartmut Urbach aufgehalten hat, bevor er getötet wurde?«

»Auch das ist nicht sehr wahrscheinlich«, meinte Bichlmaier nachdenklich. »Im Grunde ist es ja auch nicht wichtig.«

Sie nickte. »Hat Berger auf mich geschossen? War er das?«

»Nein. Geschossen hat der Mann, der all die Jahre bei Swetlana gelebt hat, ihr Sohn, den sie im Moor zur Welt gebracht hat. Die Frucht ihrer Vergewaltiger. Er ist der

Hüter, von dem Christa Berger gesprochen hat. Und wahrscheinlich ist er auch Bergers Sohn, aber das ist bislang nur eine Vermutung. Berger hat ihn auf jeden Fall zum Hüter ernannt, als er sich zu alt gefühlt hat, um auf Swetlana aufzupassen … Als uns dieser verwirrte junge Mann dann hat kommen sehen, hat er wohl geglaubt, seinen Auftrag erfüllen zu müssen …«

»Was für eine Tragödie. Denkst du, Christa Berger hat von all dem gewusst?« Ihr fiel, als sie die Frage stellte, die Postkarte ein, die Marlies ihrer Mutter aus Berlin geschickt hatte. Wahrscheinlich hatte Marlies den Kontakt zu ihrer Mutter nicht gänzlich abgebrochen. Zumindest nicht am Anfang, als sie von zu Hause weggelaufen war.

»Ziemlich sicher. Sie und eine ganze Reihe der älteren Leute aus den Dörfern hier … die wussten Bescheid.«

Amanda schloss die Augen. Das Gespräch strengte sie an. Sie musste plötzlich an ihren Vater denken. Ob auch er zu der Gruppe der schweigenden Mitwisser gehört hatte? Sie wusste es nicht und es waren graue Gedanken, die sie plagten. Doch sie waren nicht von Dauer und bald schon tauchte sie ein in ein Meer von Farben von schier unbeschreiblicher Intensität, war umgeben von Wärme und Behaglichkeit. Ihre Züge begannen sich zu entspannen.

Bichlmaier setzte sich auf den Stuhl, der neben ihrem Bett stand. Er hatte keine Eile und würde warten. Irgendwann würde sie wieder bereit sein …

Wenig später musste er dann ebenfalls eingenickt sein. Wie es schien, forderten all die Aufregungen ihren Tribut. Doch selbst als er eintauchte in gnädigen Schlaf, ließen ihn die

Bilder in seinem Kopf nicht so recht zur Ruhe kommen. Wieder und wieder tauchten die Dämonen auf, die ihm begegnet waren. Fratzenhafte Gestalten, die ihn in die trübe Dunkelheit der Moortümpel hinabzogen. Gesichter ohne Augen. Blutige Stümpfe verklumpten Fleisches, und dazu das schrille Kreischen einer Motorsäge, die sich durch menschliches Gewebe und Knochen fraß.

Anders als Amanda, deren so viel glücklichere Disposition ihm fehlte, war er allein mit seinen Ängsten, und es gab nichts, was er dagegen tun konnte.

»Ich bin auf dem Weg nach Hause«, sagte er.

»Zurück nach Regensburg?«, fragte Rune.

Er sprach sehr undeutlich, was durch die Verletzung, die er durch den Schlag gegen seinen Kiefer erlitten hatte, bedingt war. Er hatte großes Glück gehabt. Aber auch er würde sich erholen, vielleicht einige Narben behalten, aber wieder gesunden. Das hatten zumindest die Ärzte versichert. Von den Narben in seinem Inneren hatten sie nichts gesagt.

Bichlmaier nickte. »Wenn du wieder gesund bist, musst du unbedingt nach Regensburg kommen und mich besuchen.«

Rune nickte leicht, schien dabei immer noch Schmerzen zu haben. Sein Gesicht war dick angeschwollen und dunkel verfärbt. Lange hätte er wohl nicht mehr durchgehalten.

»Was ist dort draußen eigentlich passiert?«, fragte Bichlmaier. »Was wolltest du dort?«

»Es war das Gespräch mit dir. Auf dem alten Wachturm. Das hat mir keine Ruhe gelassen. Verstehst du? Ich wollte einfach herausfinden, ob die Gerüchte stimmten ...«

»Wie es scheint, waren Gerüchte über Swetlana schon

lange im Umlauf. Auch über Bergers politische Aktivitäten?«

Rune nickte. »Viele wussten davon oder hatten eine Ahnung von dem, was er im Moor so trieb. Es wurde immer mal wieder gemunkelt, dass er und seine Freunde im Moor Schießübungen machten und mit Sprengstoff experimentierten …«

»Auch noch in letzter Zeit?«

»Nein. Das alles ist schon viele Jahre her. Aber es gibt wieder junge Leute, die ihm nacheifern …«

Bichlmaier kaute auf der Unterlippe. »Wollte er dich denn töten?«

»Berger? Nein, nur der Junge, aber Swetlana hat mir geholfen. Sie hat meine Fesseln gelöst und dann haben wir alle gewartet, Magnus, Swetlana die beiden Jungen und ich …«

»Worauf habt ihr gewartet?«

»Auf euch. Auf die Polizisten. Berger hat gewusst, dass jemand kommen wird. Er war sich da ganz sicher, und es war ihm völlig egal …«

»Warum wollte er dann, dass der Junge auf uns schießt?«

»Das wollte er doch gar nicht. Er hat ihm sogar das Gewehr weggenommen.«

Es passte ins Bild, und Bichlmaier war nicht verwundert über das, was Rune da von sich gab. Er hatte geahnt, dass Berger auf seinen eigenen Tod gewartet hatte. Er dachte zurück an die gestrigen Ereignisse. Wie der alte Mann dagestanden hatte, mit dem riesigen Revolver in der Hand. Trotz der Schusswaffe war keinerlei Bedrohung von ihm ausgegangen, und weder er noch Johnson hatten so etwas wie Angst empfunden. Ob Berger geahnt hatte, dass Johnson sein Todesengel sein würde?

Bichlmaier blieb noch eine Weile an Runes Krankenbett sitzen, bis sie beide schließlich erkannten, dass sie alles gesagt hatten, was es zu sagen gab. Als ihnen die Worte gänzlich ausgingen, erhob sich Bichlmaier. Er berührte Rune leicht an der Schulter, eine ungewohnt intime Geste. Dann ging er. Er wusste, dass sie sich nicht mehr sehen würden. Als er die Tür schließen wollte, vernahm er noch einmal Runes Stimme.

»Habt ihr meinen Sandor denn nicht gefunden?«, wollte er wissen.

Bichlmaier lachte ganz leise und nickte Rune zu. »Hunde sind doch treue Wesen«, sagte er. »Dein Sandor hat die ganze Zeit auf dich gewartet. Wir haben ihn in der Kaserne gefunden. Es geht ihm gut.«

Die beiden folgenden Tage nutzte er, um seine wenigen persönlichen Angelegenheiten in M. zu regeln. Er kündigte seine Wohnung, löste sein Konto auf, das er erst vor einigen wenigen Wochen eröffnet hatte, erledigte weitere Kleinigkeiten und packte zum Schluss seine Habseligkeiten ins Auto. Dabei hatte er den Eindruck, dass so gut wie nichts dazugekommen war, seit dem Tag seiner Flucht aus Regensburg. Schließlich verabschiedete er sich von den Kollegen im Kommissariat, die ihm gute Wünsche auf den Heimweg mitgaben. Sie versicherten ihm, sie würden ihn vermissen.

Dann machte er sich auf, das letzte Kapitel seines früheren Lebens zu schließen. Dieses Mal hatte er die Blumen nicht vergessen. Ein großer Strauß roter Rosen, der ihm aber, schon während ihn die Verkäuferin herrichtete, peinlich war. Er ahnte ja, dass er damit nur seine eigene Sprachlosigkeit überdecken wollte. Ein kläglicher Versuch, wie er nur zu gut wusste.

Dann hatte er Glück. Zumindest empfand er es so. Romy war nicht zu Hause. Er läutete dreimal, aber sie öffnete nicht. Da legte er den Strauß vor die Tür und schrieb eine Nachricht, die er erleichtert zu den Blumen steckte. ›Tut mir leid‹, stand darauf. Vielleicht würde sie ja wissen, was er damit meinte. Dann setzte er sich ins Auto und brach mit großer Hast auf. Ein weiter Weg lag noch vor ihm.

Als er durch das Stadttor, durch das er vor sieben Wochen in die Stadt gekommen war, rollte, verspürte er eine große Erleichterung. Fast hätte er deshalb den jungen Mann übersehen, der wie aus dem Nichts kommend, vor ihm über die Straße ging. Er musste scharf bremsen, sodass sein alter Saab bedenklich in die Knie ging. Der junge Mann drehte sich zu ihm um und blieb stumm und bedrohlich vor dem linken Kotflügel stehen. Ein athletischer, junger Mann mit gegelter Kurzhaarfrisur, der ihn mit großer Intensität musterte. In seinen Augen lag etwas, was Bichlmaier Angst machte. Erst nach einer Weile ging der Mann weiter, ohne sich noch einmal umzudrehen. In dem Augenblick fiel es Bichlmaier ein, wo er ihn schon einmal gesehen hatte.

Epilog

Fast auf den Tag genau waren es sieben Wochen gewesen, die er fern des vertrauten Lebens verbracht hatte. Sieben Wochen nur, und doch schien ihm, als habe er sieben Jahre in einer Art Traumwelt gelebt, in der Vergangenes und Gegenwärtiges in besonders inniger Verbindung zueinander gestanden hatten. Als sei er eingeschlossen gewesen in einem Zauberberg, in dem märchenhafte Wesen ihn in ihre Netze verwoben hatten, um ihn am Ende wieder in eine vordergründige Realität zu entlassen.

Jetzt war er aus diesem Traum erwacht, und als er die Augen geöffnet hatte, war ihm seine Welt wie verwandelt vorgekommen. Stärker noch als früher, erzeugten die Menschen, die emsig um ihn herum hin und her eilten, ein Gefühl der Fremdheit in ihm.

Selbst seine Schwester, die für einige Tage nach Regensburg gekommen war, war ihm ungewöhnlich fremd geworden. Zum ersten Mal sah er die strengen Linien in ihrem Gesicht, die spröde Blässe ihrer Haut und die Röte ihrer Augen, und er erkannte sich darin selbst. Der Mann jedoch, der ihm da entgegengrinste, war ihm trotz allem fremd. Es war ihm, als betrachte er eine alte, verstaubte und längst vergessene Fotografie von einem Freund, der schon vor geraumer Zeit verstorben war.

»Erinnerst du dich an Mama, als wir Kinder waren?«

»Das ist schon eine Ewigkeit her«, lachte sie. »Und so viel ist seit damals passiert. Ich kann mich aber daran erinnern, wie sie ausgesehen hat, als ich geheiratet habe und von zu Hause weg bin. Damals hat sie geweint.«

Bichlmaier nickte. Auch er konnte sich daran erinnern. Aber das war es nicht das, was er sagen wollte. »Ich kann sie noch immer so sehen, wie sie vor langer Zeit gewesen ist. Sie hat immer schrecklich gern Federball gespielt. Dabei haben ihre Haare wie verrückt im Wind geweht und sie hat gelacht und gerufen … Damals wollte ich, dass sie nie damit aufhört.«

»Bist du deswegen nicht zur Beerdigung gekommen? Hattest du Angst, dass dir dieses Bild verloren geht?« Sie löffelte ihr Eis und blinzelte in die Sonne. Er betrachte sie dabei. Warum war er nur so anders als sie?, dachte er.

Eine Weile hingen sie ihren Gedanken nach, er und sie. Ihre Augen schweiften in die Ferne, folgten dem emsigen Treiben auf dem Domplatz, ohne viel davon wahrzunehmen.

»Ich begreife noch immer nicht, warum du aus Regensburg fort bist. Warum musstest du überhaupt in diese schreckliche Moorgegend?«, fuhr sie nach einer Weile fort.

»Es gibt immer Gründe. Vielleicht habe ich einfach nur einen Tapetenwechsel gebraucht … Und dann kam dieser Mordfall dazwischen. Ich bin durch Zufall hineingeraten, aber dann wollte ich die Ermittlungen bis zum Ende verfolgen. Ich bin ja trotz allem Polizist …«

»Aber du hast gesagt, dass die eigentlichen Täter nicht gefasst worden sind. Es gibt also kein richtiges Ende, nicht wahr?«

»Solche Enttäuschungen gehören dazu.«

Sie ließ nicht locker. »Du weißt im Grunde gar nicht, warum du diese Reise gemacht hast«, sagte sie. »Habe ich recht?«

Dieses Mal antwortete er nicht. Aber er dachte an Hartmut Urbach und daran, wie bekannt ihm sein Gesicht vorgekommen war, als er ihn in dem alten Baum entdeckt hatte.

Seine Schwester stand auf, um noch einige Einkäufe zu machen. Sie nickte ihm kurz zu. Er wusste, sie würde nach geraumer Zeit mit Tüten beladen zurückkommen und ihn abholen.

Er sah ihr nach, bis sie zwischen den Menschen, die fotografierend und essend und trinkend und schwatzend herumstanden, verschwunden war. Dann war er wieder allein.

Zum ersten Mal seit langer Zeit hatte er den Wunsch, zu rauchen. Er dachte dabei an Percy Johnson. Der war, nachdem sie aus dem Moor zurückgekehrt waren, einfach weg gewesen. Er hatte mehrmals nach ihm gefragt, aber niemand schien gewusst zu haben, wo er sich aufhielt. Es hatte lediglich geheißen, dass er den Behörden zur Verfügung stehen würde, wenn es Fragen zum Tod von Magnus Berger geben sollte. Da hatte Bichlmaier gewusst, dass er in seine Schattenwelt zurückgekehrt war. Es gab sie, diese Welt jenseits seiner Erfahrung. Da war er sich nunmehr ganz sicher. Johnson hatte ihm einen kurzen Blick in diese Welt erlaubt.

Als er sich von Amanda verabschiedet hatte, hatte sie ihn gefragt, ob er wisse, woher die Narbe in Johnsons Gesicht stamme. Er hatte ihre Frage jedoch nicht beantworten können, hatte nur gewusst, dass er schon damals, vor vielen Jahren, als er ihn zum ersten Mal gesehen hatte, gezeichnet gewesen war. Aber das hatte er ihr nicht erzählt.

Noch in Gedanken, bat er einen jungen Mann am Nebentisch um eine Zigarette. Der Mann war freundlich und hielt ihm sein Päckchen hin. Als er ihm Feuer gab, kreuzten sich kurz ihre Blicke. Bichlmaier fühlte einen Stich und es war ihm in diesem Moment, als könnte er in den Augen des Fremden etwas von der anderen Welt lesen, als wüsste der andere aus unerklärlichen Gründen Bescheid über ihn und sein Leben und seine Reise in eine unbekannte Zukunft …

Danksagung

Mein Dank gilt

… Dr. Matthias Wellstein, meinem Kollegen mit dem schier unerschöpflichen Vorrat an ›kriminellen‹ Fantasien

und

… Sven Lang, meinem Lektor, der sich meiner Schwächen angenommen hat.

Vor allem aber bedanke ich mich bei Andrea, Hannah und Daniela für die Zeit, die sie mir gewährt haben.

Weitere Krimis finden Sie auf den folgenden Seiten und im Internet: www.gmeiner-verlag.de